古典詩歌研究彙刊

第二十輯

龔鵬程 主編

第 4 冊

宋詞與蘇杭（上）

馬 俊 芬 著

國家圖書館出版品預行編目資料

宋詞與蘇杭（上）／馬俊芬 著 — 初版 — 新北市：花木蘭文
化出版社，2016〔民 105〕
目 6+190 面；17×24 公分
（古典詩歌研究彙刊 第二十輯；第 4 冊）
ISBN 978-986-404-825-0（精裝）
1. 宋詞 2. 詞論
820.91   105015100

ISBN-978-986-404-825-0

9 789864 048250

古典詩歌研究彙刊
第二十輯　第四冊

ISBN：978-986-404-825-0

宋詞與蘇杭（上）

作　　者　馬俊芬
主　　編　龔鵬程
總 編 輯　杜潔祥
副總編輯　楊嘉樂
編　　輯　許郁翎、王筑　美術編輯　陳逸婷
出　　版　花木蘭文化出版社
社　　長　高小娟
聯絡地址　235 新北市中和區中安街七二號十三樓
　　　　　電話：02-2923-1455／傳真：02-2923-1452
網　　址　http://www.huamulan.tw 信箱 hml810518@gmail.com
印　　刷　普羅文化出版廣告事業
初　　版　2016 年 9 月
全書字數　229714 字
定　　價　第二十輯共 18 冊（精裝）新台幣 28,800 元

宋詞與蘇杭（上）

馬俊芬　著

作者簡介

馬俊芬（1984～）山東濱州人，2011年畢業於蘇州大學古代文學專業，師從楊海明教授，獲文學博士學位主要研究方向爲唐宋詞、蘇州地域文化。現爲蘇州大學圖書館古籍部館員，從事古籍整理與吳文化研究工作。工作期間，參與南京師範大學國家社會科學基金重大項目「民國詩詞學文獻眞本整理與研究（13 & ZD118）」，並出版《民國人選民國詞之一》（河南文藝出版社，2015年4月），發表學術論文十餘篇。參與蘇州大學CALIS二期專案「吳文化資料庫」建設工作，並負責吳文化公眾號的推送工作。

提　　要

　　宋詞，是文學史中最風情嫵媚的一段；宋代蘇杭，是江南風情最淋漓盡致的所在。宋詞與蘇杭，是藝術世界與現實地理最流光溢彩的交匯。這一交匯是通過詞人這一中介來完成的，詞人在蘇杭的遊蹤行跡是宋詞與蘇杭產生聯繫的主要途徑。

　　文章共分四部分：第一章歷史上的蘇杭形象，從文獻記載和歷史發展兩個層面論證了蘇杭兩市同宗同源；第二章以白居易《憶江南》的寫作順序爲導引，從景和情兩大角度對蘇杭的詞學形象進行探討；第三章以考證爲主，匯總了宋代115名詞人在蘇杭的行跡遊蹤，並把詞人的游蹤概括爲祖籍、遊歷、仕宦和流寓四類，以表格的方式做了統計。第四章從理論角度解讀了詞人、詞作與蘇杭的關係。本文的主要貢獻是第三章對宋代主要詞人蘇杭行蹤的考證和匯總，既從時空角度再現了各位詞人在蘇杭的行蹤、典故和遺跡，又用客觀事實證明了詞人和蘇杭，詞作和蘇杭的相互作用，以此來論證宋詞和蘇杭之間千絲萬縷的聯繫是客觀存在的。宋代各個詞人的行跡疊加在一起，就是整個宋詞在蘇杭的發展軌跡。文章最終得出結論：宋詞與蘇杭之關係是詞人共同選擇的結果，也是宋詞與江南關係的一個縮影。

目

次

緒　論

第一節　選題背景

一、從文學的「方向坐標」看選題的理論背景

　　文學創作作為人類文化活動的有機組成部分，從時間和空間兩個方向坐標上顯示自身的存在，一篇文學作品的創作不可避免地受到時間和空間的影響與限制。對一個文體而言，時間和空間的影響因為視角的擴大會更加明顯。從時間角度，「時運交移，質文代變」〔註1〕，文體帶有時代特色。一個時期的文學創作，必定受到當時經濟政治狀況的影響，作家的心態和思想會因外界的變動而引起波動，而文學作品也會隨之打上這個時代的烙印，如南朝時期風靡宮體詩，唐詩則經歷初唐詩歌的大唐氣象到晚唐詩歌穠豔頹靡的風格變化，這些均是當時時局在文學中的反映。一個時期的政治經濟狀態影響著文學作品的風格基調，而反過來，從文學作品中亦可間接透視一個時期的時局。正所謂「故知歌謠文理，與世推移，風動於上，而波震於下者」〔註2〕。劉勰所提出的「故知文變染乎世情，興廢繫乎時序」〔註3〕、「質文沿

〔註 1〕劉勰《文心雕龍》卷九，上海古籍出版社，1984 年版，第 182 頁。
〔註 2〕劉勰《文心雕龍》卷九，上海古籍出版社，1984 年版，第 182～183 頁。
〔註 3〕劉勰《文心雕龍》卷九，上海古籍出版社，1984 年版，第 188 頁。

時，崇替在選」〔註4〕，正是點明了文學的發展受到時代情況的感染，不同文體的興衰和時代有關，王國維所謂「凡一代有一代之文學」也。

從空間角度，文學又帶有地域特色。文學和地域的關係有二：其一，表現在一個文體會在不同的地域表現出有差異的繁盛態勢。這個地域可能是依託於某一具體的地理地域，比如楚辭產生並繁盛於楚地，也可能依託於一個經濟基礎上的地域，如邊塞、鄉里或都市。本文關注的主要是具體的地理地域。唐代魏徵在《隋書・文學傳序》裏有關於地域和文學關係的論述：「江左宮商發越，貴於清綺；河朔詞義貞剛，重乎氣質。氣質則理勝其辭，清綺則文過其意」〔註5〕。今人袁行霈在講到中國古代文學的地域不平衡性時也談到：「不同的地域有不同的文體孕育生長，從而使一些文體帶有不同的地方特色，至少在形成後相當長的一段時間內是如此。例如《楚辭》帶有明顯的楚地特色，五代詞帶有鮮明的江南特色，雜劇帶有強烈的北方特色，南戲帶有突出的南方特色」〔註6〕。誠如袁行霈先生所言，翻檢中國的歷代文體，地域特色最明顯的莫過於以上所列舉的楚辭、唐宋詞、雜劇和南戲。一個地域內，因為主客觀的原因，某些文體會得到突出發展，長而久之，受到地域地理特色和文化積澱的影響，文體會被賦予明顯的地域特色。

其二，即「江山之助」以及與其相反的「江山遇詩才」兩種相互作用。作為創作主體，作家身處一定空間地域，地域文化無時無刻不在影響著作家的生活和視野，薰陶造就著作家的心理素質和審美方式。各個地域有不同的山光水色和自然環境，有經濟發展不均衡帶來的差異，更有長期的世俗民情、生產方式等文化傳習積澱而成的社會風氣和生活場景，這就使得不同地域顯現出不同的稟賦氣質，而這些正是地域能夠影響文學創作的主要因子。反過來講，地域生活作為文

〔註4〕劉勰《文心雕龍》卷九，上海古籍出版社，1984，第189頁。
〔註5〕【唐】魏徵《隋書》卷七六，中華書局，1973年版，第1730頁。
〔註6〕袁行霈《中國文學史》第一卷，高等教育出版社，1999年版，第8頁。

學創作的客體，它也是作家觀照生活、表現生活、改造生活的對象之一，作家本人和作品或通過描寫來展現地域，推動地域的名氣擴張，或直接對地域進行作用，推進地域內的物質精神改造。

正是基於以上所論及的文體與時間、空間即時代與地域關係的理論前提，我們展開宋詞與蘇杭這一課題。宋詞是詞最繁榮的一個階段，詞這一文體在宋代得到了最大程度的發展，成爲有宋一代之代表文學樣式。詞在宋代，尤其在江南地區興盛一時，帶有明顯的江南地域特色。沒有一個文體能夠像詞一樣在自身的發展中，不僅僅帶有明顯「斜橋紅袖」的江南色彩，而且在歷史的成全和造化中，作爲一種文學樣式和江南的州郡相互影響。這其中，尤以蘇州和杭州最爲明顯。

二、從詞的「產地轉移」看選題的詞學背景

目前，關於詞的起源，學界的看法基本歸於一致，即「從音樂方面來說，詞是燕樂發展的副產品；從文學方面來說，詞是詩、樂結合的新創造」〔註7〕。沿著這一源頭，我們順流而下看一看詞體的發展演變。隋唐之際，西域燕樂大量傳入中原並普遍流行於民間，雜曲歌詞，乘時競作，詞作爲一種文學新樣式出現並開始繁衍。西域，地理位置上在中原之西北，而當時的政治中心長安也是在中國疆域的北部，燕樂通過使者自西域來到中原。考慮到古代傳播技術的落後，燕樂在較短時期內還不能到達南方，因此燕樂最初盛行是在北方。「自宣武（北齊）已後，始愛胡聲。」〔註8〕，「後主（北齊）唯賞胡戎樂，耽愛無已。於是繁手淫聲，爭新哀怨。」〔註9〕燕樂這一新興俗樂最初正是以這種排山倒海之勢先佔領了北中國的音樂界。《全唐五代詞》前言在論及燕樂的傳播時認爲：「西域樂舞的輸入和流行以及由此而

〔註7〕　吳熊和《唐宋詞通論》，浙江古籍出版社，1989 年，第 1 頁。
〔註8〕　【元】馬端臨《文獻通考・樂二》，中華書局，1980 年，第 1151 頁。
〔註9〕　【唐】魏徵等《隋書・音樂志》卷十四，中華書局 1973 年，第 331 頁。

形成的一定程度的胡漢融合的音樂發展趨勢，主要是在北中國得到實現的。」〔註10〕確定了燕樂最初的活動範圍，由此而論，詞依燕樂而生，詞體最初的產生地也必將是在北中國。在詞的發展早期，可以清楚看到北方地域文化對於詞作的影響。以敦煌詞爲例，最初中唐文人詞韋應物、戴叔倫的《調笑令》都是很明顯寫邊塞景象。盛唐時期的鄭谷《席上貽歌者》寫到：「座中亦有江南客，莫向春風唱《鷓鴣》」，從「江南客」三字可以看出，當時這首《鷓鴣》唱詞演唱背景是在北方。

　　以上是從詞體產生的地理位置而言，那麼從經濟領域來看，我們也應該注意到詞體孕育的具體環境。燕樂傳播到中原，只是爲詞體之起源準備了溫床，最初的燕樂並不等於後來入詞的形形色色的曲調。郭茂倩《樂府詩集·近代曲辭》序中記載：「唐武德初，因隋舊制，用九部樂太宗增高昌樂，又造讌樂，而去禮畢曲，其著令者十部：一曰讌樂、二曰清商……十曰康國，而總謂之『燕樂』。」〔註11〕這十部樂被置於宮廷，大部分是供宮廷用的大曲，規模過大，難以入詞。唐五代時期，滋生出詞的樂曲，主要是短小輕便的雜曲小唱。燕樂的傳播只是爲詞的興起創造了一個大背景，而和詞的起源直接掛鉤的應該是唐玄宗時期所設置的教坊。玄宗時期，教坊成爲女樂和俗樂的集中地。「大凡詞之初起，出於民間，樂工伶人，以文就聲，由樂定詞，爲當行本色。他們對依曲拍爲句的詞體的成立，是最先做出貢獻的。盛唐到中唐，是燕樂樂曲的繁盛期，也是詞體在民間、在樂界的孕育、生長期。」〔註12〕《舊唐書·音樂志三》記載；「自開元以來，歌者雜用胡夷里巷之曲。」〔註13〕胡夷里巷之曲，已成爲學界公認的詞的

〔註10〕 曾昭岷等《全唐五代詞》，中華書局，1999 年，第 13 頁。

〔註11〕 【宋】郭茂倩《樂府詩集 近代曲辭》卷七九，中華書局，1979 年，第 1107 頁。

〔註12〕 吳熊和《唐宋詞通論》，浙江古籍出版社，1989 年，第 30 頁。

〔註13〕 （後晉）劉昫編《舊唐書·音樂志》卷三十，中華書局，1975 年，第 1089 頁。

萌芽形態。所謂胡夷里巷，一方面，道出了詞最初來源於外族，即唐代的少數民族；另一方面，「里巷」則指出詞最初流行於民間，這民間在最初包括了廣大的邊陲農村。詞的最原始和樸素形態當是唐五代民間詞，然而唐五代民間詞基本上沒有流傳到後世，要還原詞的最初形態無疑要靠現存最早的敦煌曲子詞。《全唐五代詞》正編卷四收錄了一百九十九首敦煌曲子詞，其中《雲謠集雜曲子》三十首，散見於各卷的有一百六十九首。這近二百篇曲子詞，題材豐富，風格質樸，爲我們展現了一副廣闊的唐五代生活風貌圖。舉凡時政大事、生活疾苦、戰爭動亂、生活窘迫，甚至日常生活都有所反應和描繪。從敦煌曲子詞所描寫的場景來看，有風煙浩渺的邊塞，有華麗的宮城，也有碧波蕩漾的五湖和遼闊的草原；有荒涼的長城，也有繁華的的商賈碼頭，場境跨度可謂寬廣遼闊。從此可以看出詞在產生初期，其產地分散，邊塞鄉村、大漠水域、城市里巷都有詞的蹤跡。

　　綜上所述，詞本起源於「胡夷里巷之曲」，最初「廣泛流行於邊陲農村、山鄉水驛」〔註14〕。然而到了宋代，我們看到的宋代詞，其產地卻已然明顯完成了兩個轉移：「一是從農村轉向了城市，二是從北方轉向了南方」。〔註15〕關於詞趨於城市化轉移，盛唐稍後的司空圖在《楊柳枝》中寫到：「千門萬戶喧歌吹，富貴人間只此聲」，從中就可以看出詞開始脫離「窮鄉僻壤」而「進城」。唐代中晚期，文人開始參與詞的創作，並逐漸成爲最主要的創作者。魯迅先生曾這樣談到各種文體的起源：「歌、詩、詞、曲，我以爲原是民間物。」〔註16〕。然而隨著人類社會的進步、文人的加入以及文體本身的發展成熟，文體的成長領域會離開原產地而發生轉移和改變，這一轉移和改變會直接會造成文體本質的轉變。這一現象在詞體的發展史上體現最爲明顯。「中國所有新興文體，其始皆出自民間；迨行之既久，乃爲文人

〔註14〕楊海明《唐宋詞史》天津古籍出版社，1998年，第13頁。
〔註15〕楊海明《唐宋詞史》天津古籍出版社，1998年，第13頁。
〔註16〕魯迅《魯迅書信集·致姚克》，人民文學出版社，1976年，第492頁。

所注意，由接受而加以改進，以躋於「大雅之堂」。詞體之興，亦有此例。」〔註17〕最早涉足詞的文人多貴族或宮廷文人。白居易以士大夫身份作《憶江南》，開啓了文人詞的創作。最早的詞集《花間集》，作者溫庭筠、皇甫松、韋莊、薛昭蘊、牛嶠等十八位詞人基本都是宮廷文人或長期接觸宮廷生活；詞到南唐，李璟、李煜及其身邊的大臣成爲最大的詞學創作團體。這些最初的詞人，身份較高貴，多生活於比較發達的都市和州郡。他們將所處的環境逐步融入作品創作，加速了詞的城市化進程。到北宋時期，詞已經基本上確立了城市文學的特點，最初描寫邊塞鄉里的詞作幾乎絕跡。宋詞從意象選擇、意境營造以及詞人捕捉的焦點、詞作的風格都透露出城市化傾向。

　　關於宋詞產地轉移的第二個方向即從北方轉到南方，學界對此多有關注，這一方面的相關論述很多。《敦煌曲子詞》裏已經出現了江南的水鄉景致，如帶有濃重南方色彩的詞牌名《憶江南》、《望江南》、《夢江南》、《南歌子》、《南鄉子》、《浣溪沙》、《江城子》、《思越人》、《採蓮曲》、《欸乃曲》、《採蓮子》等，再如內容方面，也開始有江南地名和江南景致的描寫。以《西江月》爲例，「雲散金烏初吐，煙迷沙渚沉澱。棹歌驚起亂西（棲）禽，女伴各歸南浦。船押波光搖虜，貪歡不覺更深。楚歌哀怨出江心，整置（正值）明月當干（午）。」〔註18〕詞中出現的「煙迷沙渚沉澱」的意境，「船押波光搖虜」的生活場景，「南浦」、「江心」這特殊的地名，「棹歌」、「楚歌」這些特有的稱謂，都昭示著詞作的江南特色。以上是民間詞的情況，文人詞比之更明顯地傳達出詞之南方文學的特色。第一本文人詞作《花間集》就是很好的例證。《花間集》收錄了溫庭筠、皇甫松、韋莊、薛昭蘊、牛嶠等十八位詞人共五百首作品，他們共同生活在南方的地域之中（主要是西蜀），受生活場景的影響，這些作家的詞作都或多或少地帶有南方地域色彩。《花間集》之後的詞作，如《尊前集》所收詞作

〔註17〕龍榆生《中國韻文史》，上海古籍出版社，2004年，第75頁。
〔註18〕王重民輯《敦煌曲子詞》，商務印書館，1950年，第6頁。

以及南唐二主詞因爲產生地局限於南唐這一南方地域,意象與意境以及風格基調上,更是浸潤著濃濃的南方色彩。入宋以來,宋代作家也基本尚承襲了南方文學色彩並將其發揚光大。楊海明先生在其著作《唐宋詞史》裏面就曾從詞的產地、詞人的籍貫和經歷、詞與前代文學的承繼關係三方面,從地理環境、作家、文體三層次討論了唐宋詞的南方文學特色〔註19〕。詞中大量的南方意象、細膩朦朧的意境,主要詞人的籍貫和活動場境都可以證明詞到宋代已經具有了明顯的南方特色。

　　詞在宋前的「產地轉移」是宋詞走向南方城市的客觀前提。經過這樣兩個轉變,詞這一文體在宋前基本形成了主要的風格特色,爲其在宋代的興盛奠定了基礎,而此時的南方城市蘇州和杭州也逐步進入「上有天堂,下有蘇杭」的黃金時期,爲迎接宋詞的創作主體——詞人做好了充分準備。

第二節　詞與蘇杭唐宋交匯

一、《憶江南》開啓詞與蘇杭的千年之旅

　　當一個文學形式在民間興起發展後,總是會引起文人的注意,部分文人開始嘗試。如果說韋應物和戴叔倫的《調笑令》還是文人對詞這一新的文體之偶一爲之,元和之後作詞的文人呈現增長趨勢。其中,白居易和劉禹錫是學術界公認的正式涉足於文人詞創作的作家。劉白二人因爲曾被貶於巴蜀湘贛一帶,受民間文藝薰染頗深,在詞體創作上已經比較成熟和穩定。他們二人的《憶江南》標誌著兩人對詞體運用已經達到了得心應手的程度。白居易三首《憶江南》分別以蘇州和杭州爲描寫和回憶對象,再現了蘇杭美麗的風景和頗有特色的民俗。

〔註19〕楊海明《唐宋詞史》天津古籍出版社,1998 年,第 13～16 頁。

　　　　江南好，風景舊曾諳。日出江花紅勝火，春來江水綠
　　如藍。能不憶江南？

　　　　江南憶，最憶是杭州。山寺月中尋桂子，郡亭枕上看
　　潮頭。何日更重遊？

　　　　江南憶，其次憶吳宮。吳酒一杯春竹葉，吳娃雙舞醉
　　芙蓉。早晚復相逢？

《憶江南》一方面透露了詞在文人手中迅速演進的痕跡；另一方面，就宋詞和蘇杭的關係而言，詞作意義重大。首先，它第一次明確把詞這一輕巧文體和清麗明媚的蘇杭聯繫起來，為詞體和蘇杭的千年緣分揭開了序幕。其次，在意象方面，詞中出現的江南景色，蘇杭的景觀和民風都成為宋詞中蘇杭的標誌性意象，為宋詞提供了標本和模板。再次，情感方面，白居易在詞中所抒發的對蘇杭的眷戀與回憶，也奠定了宋代詞人對蘇杭的主要感情基調。最後，《憶江南》的產生背景是劉白二人的唱和之作，而唱酬正是宋代詞人在蘇杭作品的主要形式，尤其是北宋柳永、張先、蘇軾、周邦彥等大詞人在蘇杭的作品大多是唱和之作。第一首文人詞《憶江南》對蘇杭的摹寫，正式讓宋詞與蘇杭開啓了互動互惠的千年之旅。隨著唐宋異代，蘇杭在詞的逐步成長中充溢其中，而詞也浸潤著蘇杭的美景走向了江南，走向了城市。

二、文學與地域最流光溢彩的交匯

　　宋代的蘇杭已經享有「上有天堂，下有蘇杭」的美譽，有江南佳麗之景，是東南繁華之都、文人雅會之所、風月溫柔之鄉和世俗宜居之地。這樣的客觀條件吸引了一批批詞人騷客來此流連悠游。自北宋以來，詞人們源源不斷來到蘇杭，或遊賞，或仕宦，或流寓。所見所感集結於詞人的筆下，蘇杭的景物、民風開始滲透進詞作，一篇篇名作如潘閬《酒泉子》十首、柳永《望海潮·東南形勝》、《瑞鷓鴣·全吳嘉會古風流》等紛紛湧現，既豐富和活躍了詞壇，又客觀上提升了蘇杭的城市知名度。南宋之後，高宗駐蹕，杭州一躍而為行在所，成為當時的政治、經濟和文化中心，杭州達到了城市發展史上的新高

峰。都城的特殊吸引力讓杭州成爲南宋詞中最受青睞的城市，杭州的西湖美景、孤山梅影滿足了詞人的審美需求，繽紛了南宋詞史。宋代是士大夫治天下，他們對政治中心的追慕讓更多的人來到杭州，而詞人和官員身份的結合，客觀上就造成更多的詞人認識和熟悉杭州。南宋詞史可以說是宋詞的杭州時代，而緊鄰的蘇州也作爲京師近輔之地得到更多關注。

蘇杭景觀豐富了宋詞的意象和意境。太湖的煙波和垂虹亭，吳宮和姑蘇臺見識了多少詞人心中隱藏的退隱之思與興亡之歎。杭州的湖山，爲文人造就了心靈與自然和合的適意環境，是宋詞「壺中天」境界的現實模板，而南宋末期，西湖更是承載了南宋一代詞人的悲喜哀愁，成爲宋詞中長吟不衰的人間勝地。蘇杭的江南情味，紅花碧水的明麗、秀山暖風的柔靡、追逐享樂的民風都影響了宋詞意境的營造。

「地理環境加上這種地理環境中所孕育的人文因素，或曰地理環境通過詞人的心理，這才共同影響到了宋詞的題材和風貌」〔註20〕。文化傳承最重要的不是符號，而是人。蘇杭兩市爲宋詞的繁榮提供了適宜的溫床，也同樣造就了一批優秀的詞人。所謂蘇杭造就詞人不單單指蘇杭本土作家對於詞體發展所做的貢獻，更重要的是蘇杭作爲宋代文人薈萃的中心，爲詞人的創作提供了一個活動和交流的中心。終宋一代，蘇杭兩市的本土作家都沒有強大到成爲詞壇領袖的高度，但是異鄉的詞客彙聚於蘇杭，他們的詞作中必將受到蘇杭的物質精神各方面的影響。蘇杭遊歷，豐富了作家的生活閱歷和創作素材，這些都在宋詞有具體反映。

宋詞的繁盛，尤其是宋詞作爲當時流行歌曲一類的時興娛樂，其創作和傳播爲蘇杭的經濟和社會生活錦上添花。宋代，詞充分發展了其社會功能，活躍了文人的宴會，風雅了蘇杭的生活，甚至作爲當時商家招來生意的工具促進了蘇杭的經濟發展。《夢粱錄》記載，宋代公私酒庫在開業之時，都要利用歌妓唱詞來活躍氣氛，增添喜慶。

〔註20〕薛玉坤《宋詞與江南區域》序言，中國華僑出版社，2007 年，第 2 頁。

在人類的文明發展史上，以詩歌爲代表的文學藝術對人們的審美情趣、人文精神的塑造產生著舉足輕重的作用，繼而影響到社會其它領域的物質生產和文化創造活動。在上千年的歷史進程中，宋詞滲入到了蘇杭兩市的血脈之中。宋代蘇杭的自然美景、人文風情蘊藉了宋詞，而宋詞也同樣改造了蘇杭的城市面貌，蘇杭城市建設浸潤了濃濃的宋詞氣韻。宋詞的婉約，宋詞的曼妙，宋詞的幽微蘊藉讓蘇杭的天堂文化更加令世人嚮往。宋人李覯一首《遣興》恰如其分地寫出了詞人對於東南山水的再造作用：「境入東南處處情，不因詞客不傳名。屈平豈要江山助，卻是江山遇屈平。」正是范仲淹、柳永、蘇軾等宋詞人對於蘇杭景觀的吟詠，才讓蘇杭城市更添文化底蘊，更添浪漫色彩，對於當今蘇杭兩市文化建設具有深刻的現實意義。今日的蘇杭建設，應利用宋代詞人的作品和軼事營造文化景觀，弘揚宋代文人休閒精緻的生活作風，發展休閒文化和旅遊文化，使宋代的士大夫精神爲當今所用，這本身也是對宋代精神氣質的繼承和發揚。宋代歷史文化尤其是宋詞，對蘇杭兩座城市的影響，比對其它任何城市都要深遠。

蘇州和杭州是宋詞中出現數量最多的江南州郡。宏觀時代背景下，詞和蘇杭兩郡都在唐宋時代走到了各自最繁榮的階段，並都在南宋亡後一度進入低潮。具體到細節而言，從未有地域能像蘇州、杭州一樣和一個時代的文學如此步調一致、息息相通，將地域的自然風情、景觀建築、文化氣息、城市興亡都寄託於宋詞；也從未有一個文體能像宋詞一樣從產地到作品意象、意境以及傳播方式方面都這般緊密縮結於兩個州郡，並且跨越千年，用詞體所特有的幽微情韻影響了城市的後世建設和靈魂建構。從文化意蘊而言，宋代蘇杭，是江南風情最淋漓盡致的所在，那些小橋流水人家的景致，才子佳人的風流逸事，三吳都會的繁華奢侈，城市的煙雨流水裏處處都彌漫著古典悠長的意蘊。宋詞，是文學中最風情嫵媚的一段，用世上最柔美優雅的文字，笙鶴瑤天般的淺酌低吟，抒寫詞人心靈中最柔軟的情感和最真摯的赤子之心。「雖小卻好，雖好卻小」，略顯狹窄的格局，又都在政治

變遷中得到開拓和昇華。當蘇杭遇到宋詞，是風情畫卷邂逅了風流詞人，是天堂之地迎來了天籟之音，是現實地理與藝術世界最流光溢彩的交匯。

第三節　課題研究現狀綜述

　　本文就大的方面而言，理應屬於文學和地域研究這一領域。關於文學和地域的關係及地域文化的研究，自上世紀初梁啓超的《地理與文明》、《中國地理大勢論》、《地理與文明之關係》等一系列文章開始，到近幾年楊義先生《二十世紀中國文學圖志》的出版，以及大大小小的碩博士論文和一般論文的發表，可謂取得了豐碩的成果，並依然是古代文學研究的熱點問題之一。限於本文的研究範圍不論是文體還是地域都非常明確，在此只就近二十年間與「宋詞和蘇杭」這一課題相近範疇的研究成果略作綜述。宋詞是宋代文學的一種，而蘇杭從大的地域劃分，是江南的一部分，我們對前輩研究成果的綜述主要涉及到文學與地域這一較大的視域以及更爲具體的江南地域與文學，地域與宋代文學等研究層面。

一、相關著作

　　關於地域文化方面的著作很豐富，具體到地域和江南文化這一塊的，比較重要的有如下五本：程民生《宋代地域文化》〔註 21〕、景暇東《江南文化與唐代文學研究》〔註 22〕，劉士林《西州在何處——江南文化的詩性敘事》〔註 23〕與《江南文化的詩性闡釋》〔註 24〕以及薛玉坤所著《宋詞與江南區域文化》〔註 25〕。其中，《宋代地域

〔註 21〕程民生《宋代地域文化》，河南大學出版社，1997 年版。

〔註 22〕景暇東《江南文化與唐代文學研究》，人民文學出版社，2001 年版。

〔註 23〕劉士林《西州在何處——江南文化的詩性敘事》東方出版社，2005 年版。

〔註 24〕劉士林《江南文化的詩性闡釋》，上海音樂出版社，2008 年版。

〔註 25〕薛玉坤《宋詞與江南區域文化——人地關係的視角》，中國華僑出版社，2007 年版。

文化》從具體的區域出發，分別列述了宋代文化在各地區的形態、特點聯繫及演變，展示了多維的宋代文化形態。《江南文化與唐代文學研究》利用大量的文物考古、社會歷史、文學藝術等方面的研究成果，在追溯了江南文化傳統的形成之後，歸結出江南文化的傳統特徵。然後，分別從江南的官私學、江南的文人雅集、江南文人的隱逸漫遊之風以及吳語、吳娃等多個江南文化層面具體解析了江南文化與文學的關係。劉士林教授專門研究江南的詩性文化，以上兩本著作分別從江南的話語、歷史和山水三個層面分析了江南詩性文化的存在，後者則重點論述了江南詩性文化在宗教、詩歌、學術、審美精神方面的體現。薛玉坤《宋詞與江南區域文化》把研究的文體進而詳細到宋詞，而區域則限定為江南地域，這和本文的研究對象是非常接近的。本書從區域文化的角度探討宋詞的審美個性及其與江南區域文化的關係，明確了江南並確立了宋詞在江南區域文化建構中的作用。此書點明江南精神是在秀美自然山水和發達都市文明基礎上形成的「主情」和「尚文」的文化，具有柔婉輕清、空靈飄逸和淒迷感傷的外在特徵。

二、碩博論文

關於地域與文學這一課題的碩博論文一共 13 篇，其中博士論文 7 篇。廣西師範大學 2010 年鍾乃元博士論文《唐宋粵西地域文化與詩歌研究》探討了粵西地域文化與粵西詩之間的關係，在強調粵西地域文化對詩人的影響的同時，也注意詩人對粵西地域文化的能動作用。華東師範大學 2008 年姚惠蘭的博士論文《宋南渡詞人群的地域性研究》，論文從文學地域性研究的角度，採用文獻學、文化地理學、史學、文學相結合的研究方法，將南渡詞人群置於特定的社會政治文化背景下，具體考察其分佈態勢及相關活動，探討地域文化與詞人群、詞學之間的相互影響、互動關係，以及不同詞人群的群體特徵。蘇州大學 2008 年陳未鵬博士論文《宋詞與地域文化》，相

對於其它碩博士論文而言，文體限定於宋詞，但論述角度比較宏觀，從宋詞對地域文化表述的方式和特點、地域文化影響下的宋詞文體特質、地域文化的轉化變遷對宋詞創作的影響等三方面探討宋詞與地域文化關係，並以江西爲例做了個案研究。上海師範大學 2008 年劉方博士論文《宋代兩京都市文化與文學研究》，將研究的地域再次縮小，限定於當時的兩京汴京和杭州，在探索宋代新京都文化的文化想像和文學建構的基礎上，結合宋代特殊的歷史際遇，重點分析了宋代陪都文化孕育和影響下產生的，以體現陪都文化特徵爲主體內容的都市文學特質及其新型都市文學書寫的文學史意義。這篇論文和相對而言，更側重文學本身的研究，地域和文學關係只是一個研究背景文學始終是關注焦點。華東師範大學 2008 年李正愛博士論文《江南都市群文化研究》作爲劉士林教授的博士生，這篇論文從屬於劉士林教授研究領域，根據江南都市發展的歷史與現狀及其文化特徵，首次以江南都市群作爲概念和對象，著重分析江南都市文化的歷史源流和變遷。此文從詩性文化的角度，建立了一種以江南都市歷史經驗爲基礎的，符合其本身運作機制的理論框架，來作爲當下江南都市群發展的文化實踐。論文克服以往論述江南詩性文化時多借鑒西方理論資源，而缺乏符合江南都市文化傳統本質特徵的系統理論框架這一缺點，提供了一種具有針對性的認識規律和參考理論。福建師範大學 2008 年魏景波博士論文《唐代長安與文學》，本篇論文充分利用第一手文獻資料和近人研究成果，以文史結合爲手段，就唐代長安和文學的相關問題做整體的歷史文化研究。從長安與唐代地域文化的關係、長安與唐代文人的關係、長安與唐代詩歌的關係、唐代長安文化景觀考論四個方面展開了論述。復旦大學 2003 年王祥博士論文《宋代江南路文學研究》將研究範疇具體到了江南路，在分析了宋代文學地域性特點的前提下，考察了宋代江南路這一地域對宋代文學的作用，論證角度偏重於作家群體和文學家族。

相關碩士論文一定有 7 篇：內蒙古師範大學 2008 年陸有富碩士論文《以河洛爲背景的唐傳奇的地域文學特徵研究》，以唐傳奇和河洛之間的相互關係爲研究對象；曲阜師範大學 2008 年陳豔霞碩士論文《地域文化與〈詩經〉邶、鄘、衛三風研究》，考察了《詩經》與邶、鄘、衛三地民俗的關係。廈門大學鄭玲 2007 年碩士論文《北宋揚州文學研究》，從區域文化的角度考察了宋代揚州的文學活動和文學作品和作家；浙江師範大學莊戰燕 2005 年碩士論文《論南宋都城臨安文人群體的交遊與唱和活動》，對臨安文壇交遊唱和的活動特點、變化趨勢和深遠意義做了一個整體觀照；復旦大學 2003 年杜雋碩士論文《唐至北宋西湖詩歌研究》和蘇州大學 2008 年陶友珍碩士論文《宋代西湖詞研究》，同樣都是以西湖作爲研究地域，文體方面一個著重考察西湖詩歌，一個則主要研究西湖詞，爲我們再現了西湖在唐宋詩詞創作上的影響；2004 年上海師範大學陳登平碩士論文《柳永都市詞研究》，關注的是柳永的都市詞，從柳永都市詞內容、藝術和後世影響三個方面分析了柳永都市詞的藝術特色。

三、其它論文

關於區域文化和文學關係的研究，除了以上所列舉的著作和碩博論文之外，尚有爲數不少的小論文，涉及內容比較豐富，大致分爲如下幾類：

第一，以宋代地域文化這一大視角爲研究對象的，如：徐建春《文化區的意義及先秦浙江文化區的演變》〔註 26〕、姚蕙蘭《宋南渡詞人群的地域性研究》〔註 27〕、蕭華忠《宋代人才的地域分佈及其規律》〔註 28〕，葉忠海等《南宋以來蘇浙兩聲成爲中國文人學者最大源地的

〔註 26〕徐建春《文化區的意義及先秦浙江文化區的演變》，《浙江學刊》1990年第 1 期。
〔註 27〕姚蕙蘭《宋南渡詞人群的地域性研究》，《華東師範大學學報》2009年第 2 期。
〔註 28〕蕭華忠《宋代人才的地域分佈及其規律》，《中國歷史地理論叢》1993年第 3 期。

綜合研究》〔註29〕，王兆鵬、劉學《宋詞作者的統計分析》〔註30〕，楊金梅《論五代兩宋詞的南方化歷程》〔註31〕，姚兆余《兩宋時期中原文化的南移北漸》〔註32〕、錢建狀《南渡詞人地理分析與南宋文學發展新態勢》〔註33〕、劉影《論地域文化對宋詞創作之影響》〔註34〕。

　　第二，以江南或某一特定城市作爲專門考察對象的，如劉士林《「江南城市社會與文化研究」筆談》〔註35〕、孫遜《江南都市文化：歷史生成與當代視野》〔註36〕。以杭州作爲考察對象的有：康寶苓《試論南宋杭州休閒文化的特色》〔註37〕、余江寧《論宋代京城的娛樂生活與城市消費》〔註38〕、姚海英《略論南京臨安的市民生活文化》〔註39〕、盧逍遙《都城紀勝：南宋杭州城市文化的繁榮書寫》〔註40〕、王仲堯《南宋臨安文化市場初探》〔註41〕、徐寶餘《論兩宋詞對杭州

〔註29〕葉忠海等《南宋以來蘇浙兩聲成爲中國文人學者最大源地的綜合研究》，《華東師範大學學報》1994 年第 1 期。

〔註30〕王兆鵬、劉學《宋詞作者的統計分析》，《文藝研究》2003 年第 6 期。

〔註31〕楊金梅《論五代兩宋詞的南方化歷程》，《學術探索》2004 年第 7 期。

〔註32〕姚兆余《兩宋時期中原文化的南移北漸》，《甘肅社會科學》1999 年第 2 期。

〔註33〕錢建狀《南渡詞人地理分析與南宋文學發展新態勢》，《文學遺產》2006 年第 6 期。

〔註34〕劉影《論地域文化對宋詞創作之影響》，《湖南工業職業技術學院學報》2005 年第 1 期。

〔註35〕劉士林《「江南城市社會與文化研究」筆談》，《河南大學學報》2007 年第五 5 期。

〔註36〕孫遜《江南都市文化：歷史生成與當代視野》，《學術月刊》2009 年第 2 期。

〔註37〕康寶苓《試論南宋杭州休閒文化的特色》，《社會科學家》2004 年第 4 期。

〔註38〕余江寧《論宋代京城的娛樂生活與城市消費》，《安徽教育學院學報》2004 年第 2 期。

〔註39〕姚海英《略論南京臨安的市民生活文化》，《許昌學院學報》2005 年第三期。

〔註40〕盧逍遙《都城紀勝：南宋杭州城市文化的繁榮書寫》，《江南論壇》2005 年第 4 期。

〔註41〕王仲堯《南宋臨安文化市場初探》，《商業經濟與管理》）。

實行文化形象的建構》〔註42〕、劉永《西湖遊賞的詩性境界及其當代意義》〔註43〕、嚴麟書《西湖與文學》〔註44〕、陶友珍《南渡詞人與西湖》〔註45〕、許芳紅《張炎西湖詞的心路歷程》、〔註46〕張志烈《蘇軾元祐杭州詞的情感意象》〔註47〕、沈松勤《蘇軾判杭詞創作的文化機制》〔註48〕、馬學林《論蘇軾的兩次仕杭詞》〔註49〕、高智《論蘇軾杭州遊觀詩中的情感特質》〔註50〕、嚴浩偉《唐詩宋詞中的揚州城市意象》〔註51〕、馬曉靜《蘇軾判杭詞研究》〔註52〕等。以汴京作爲考察對象的如：董浩麟《汴京與宋詞》〔註53〕、歐陽勤《都市風情入詞來──論柳永都市詞》〔註54〕、翦伯象《論汴京的詞學背景功能》〔註55〕、梅國宏《宋詞都城意象的文化闡釋──以汴京爲中心》〔註56〕、楊紹軍《20 世紀 90 年代以來都市文學研究綜述》等〔註57〕。

〔註42〕徐寶餘《論兩宋詞對杭州實行文化形象的建構》，《浙江學刊》2006年第 5 期。

〔註43〕劉永《西湖遊賞的詩性境界激起當代意義》，《江南大學學報》2008年第 6 期。

〔註44〕嚴麟書《西湖與文學》，《杭州師範學院學報》2010 年第 1 期。

〔註45〕陶友珍《南渡詞人與西湖》，《黑龍江教育學院學報》2009 年第 12 期。

〔註46〕許芳紅《張炎西湖詞的心路歷程》，《求索》2006 年第 8 期。

〔註47〕張志烈《蘇軾元祐杭州詞的情感意象》，《四川大學學報》1989 年第 3 期。

〔註48〕沈松勤《蘇軾判杭詞創作的文化機制》，《浙江社會科學》17 年第 2 期。

〔註49〕馬學林《論蘇軾的兩次仕杭詞》，《湖南人文科技學院學報》2007 年第 1 期。

〔註50〕高智《論蘇軾杭州遊觀詩中的情感特質》，《四川教育學院學報》2004年第 5 期。

〔註51〕嚴浩偉《唐詩宋詞中的揚州城市意象》，《安徽文學》2008 年第 2 期。

〔註52〕馬曉靜《蘇軾判杭詞研究》，《文藝論叢》2005 年第 11 期增刊。

〔註53〕董浩麟《汴京與宋詞》，《河南師大學報哲社版》1994 年第 3 期。

〔註54〕歐陽勤《都市風情入詞來──論柳永都市詞》，《湖南科技學院學報》2005 年第 6 期。

〔註55〕翦伯象《論汴京的詞學背景功能》，《河南大學學報》2005 年第 2 期。

〔註56〕梅國宏《宋詞都城意象的文化闡釋──以汴京爲中心》，《齊齊哈爾大學哲社版》2007 年第 11 期。

〔註57〕楊紹軍《20 世紀 90 年代以來都市文學研究綜述》，《雲南社會科學》2005 年第 5 期。

第三，以都市文化作爲研究重點的，如劉士林《都市文化學：結構框架與理論基礎》〔註58〕、曾軍《市民化進程玉城市文化傳承》〔註59〕、曾大興《柳永都市風情詞的歷史價值與民俗價值》〔註60〕、陳健《柳永都市詞中的風俗畫》〔註61〕、趙炎秋《試論都市與都市文學》〔註62〕、韓偉《國內都市文化探究潛存的三種模式及其理論構建》〔註63〕、盧平《試論柳永的都市風情詞》〔註64〕、張璿《宋代都市詞興盛原因初探》〔註65〕、楊金梅《宋詞中的南宋都城杭州盛景》〔註66〕、蔡燕《唐詩宋詞中城市功能的演變與問題轉換》〔註67〕、陳未鵬《宋代都市公共文化空間與宋詞的俗化──以酒樓爲例》〔註68〕、曹茶香《「柳詞」與北宋南北都市風情》等〔註69〕。

第四，以某一個詞人或一個詞人群體在蘇杭的活動作爲研究對象的，如尹占華《論周密等人西湖詞社的創作活動》〔註70〕、程伊

〔註58〕劉士林《都市文化學：結構框架與理論基礎》，《上海師大學報》2007年第3期。
〔註59〕曾軍《市民化進程玉城市文化傳承》，《學術界》2007年第4期。
〔註60〕曾大興《柳永都市風情詞的歷史價值與民俗價值》，《暨南學報》2003第4期。
〔註61〕陳健《柳永都市詞中的風俗畫》，《茂名學院學報》2003年第2期。
〔註62〕趙炎秋《試論都市與都市文學》，《社會科學輯刊》2005年第2期。
〔註63〕韓偉《國內都市文化探究潛存的三種模式及其理論構建》，《社會科學》2009年第6期。
〔註64〕盧平《試論柳永的都市風情詞》，《名作欣賞》2008年第8期。
〔註65〕張璿《宋代都市詞興盛原因初探》，《讀寫雜誌》2008年第12期。
〔註66〕楊金梅《宋詞中的南宋都城杭州盛景》，《中共杭州市委黨校學報》2004年第2期。
〔註67〕蔡燕《唐詩宋詞中城市功能的演變與文體轉換》，《中國典籍與文化》2006年第2期。
〔註68〕陳未鵬《宋代都市公共文化空間與宋詞的俗化──以酒樓爲例》，《山東科技大學學報哲社版》2007年第4期。
〔註69〕曹茶香《「柳詞」與北宋南北都市風情》，《洛陽師範學院學報》2007年第1期。
〔註70〕尹占華《論周密等人西湖詞社的創作活動》，《蘭州大學學報》2003年第5期。

權《范仲淹在蘇杭地區行蹤初探》〔註 71〕、陶友珍《遺民詞人與西湖》〔註 72〕、諸葛憶兵《范仲淹與蘇州》〔註 73〕、杜豔《北宋詞人賀鑄吳中情事考》〔註 74〕等。

四、學術研討會

自文學與地域研究成爲學術界關注熱點之後，在近十年內，主要召開過四次相關研討會。

2004 年 1 月，由復旦大學中國古代文學研究中心、安徽大學徽學研究中心等聯合舉辦的「明代文學與地域文化」學術研討會在安徽大學召開。學者從地域角度對明代文學進行了重新審視。如吳、越文化對徐渭與王世貞文學創作的影響，地域文學在明代話本小說中的表現等。此外，學者還就經濟與文學的關係展開了熱烈討論，並認爲經濟是影響文學發展的最基本因素，並以明後期經濟繁榮的江南地區吸引了大量的作家定居，從而湧現出大批優秀的作品，作爲文學與經濟良性互動的典型例證。2006 年 10 月，「地域文化與文學學術研討會」在山東東營市舉行。會議由山東社會科學院語言文學所舉辦，勝利油田文聯協辦。會議圍繞地域文學研究的生長點、歷史與現狀、地域文化特質與文學演進的關係、新時期山東文學的創作與發展等問題進行了研討。劉揚忠先生指出宋詞的幾個主要流派不同程度地受地域文化的影響，金元明清有增無減的地域文化特徵越來越明顯，到清代地域成爲劃分清詞流派的主要根據，並建議應該有一部以地域文化特徵貫穿的詞學史。在這次研討會上，專家學者們提出古今打通的研究方法和新的學術生長點。

〔註 71〕 程伊權《范仲淹在蘇杭地區行蹤初探》，《嘉興學院學報》2003 年第 5 期。
〔註 72〕 陶友珍《遺民詞人與西湖》，《河北廣播電視大學學報》2010 年第 1 期。
〔註 73〕 諸葛憶兵《范仲淹與蘇州》，(《古典文學知識》2010 年第 6 期。
〔註 74〕 杜豔《北宋詞人賀鑄吳中情事考》，《文教資料》2007 年 7 月中旬刊。

　　2008 年 11 月，由《文學評論》編輯部、《文學遺產》編輯部、《人文雜誌》編輯部、陝西省文史館以及陝西師範大學文學院聯合主辦的「長安文化與中國文學」學術研討會在陝西師範大學召開。會議的主要議題涉及到對長安文化與長安學的宏觀思考、古都長安與中國文學、長安文化與中國文學古今演變、中國古代文學及其它相關研究等四個方面，對於傳承和發展長安文化，有著十分重要的意義。

　　2009 年 11 月，由重慶師範大學文學與新聞學院、《文學評論》編輯部、重慶師範大學區域文化與文學研究中心在重慶聯合舉辦的全國第二屆「區域文化與文學」學術研討會。該研討會主要圍繞區域文化與文學研究的學科反思與理論建設 、區域文化特質與現當代文學精神、區域文化視野中的巴渝文學等幾個問題，重點探討了重慶地域特色對於文學的影響。

　　從以上綜述可以看出，自 2003 年到 2008 年，文學與地域研究逐步成為學術界的熱點，大量成果出現。需要說明的是，夏承燾先生的《西湖與宋詞》〔註75〕是研究文學與地域關係的開山之作，時隔半世紀，這一課題逐漸成為學術關注熱點，取得了豐碩成果。2006 年周曉琳的《古代文學地域性研究的回顧與前瞻》〔註76〕指出了當前文學與地域性研究存在的三個不足，這也正是廣大文學與地域研究者應該注意的問題。其一，對於自然地理系統如何影響文學創作問題的探討，還不夠深入和細緻。一些關鍵問題，例如作為人類生存環境的外部條件如何轉化為文學創作的內在機制，地理因素在哪些環節、以怎樣的方式對作家創作以及文學發展發揮作用等，尚缺乏步步深入、環環相扣的具體分析，探幽察微的工作就更顯不夠。部分既有成果甚至存在著地理加文學的簡單化傾向，把古代文獻的相關材料作為「標籤」使用的現象也不少見。其二，對於區域作家群體的研究，往往停留在

〔註75〕夏承燾《西湖與宋詞》，《浙江大學學報（理學版）》，1959 年 03 期。
〔註76〕周曉琳《古代文學地域性研究的回顧與前瞻》，《文學遺產》，2006 年第 1 期。

靜止的單一的層面上，缺乏流動性與整合性。其三，在闡釋地理文化與文學的關係方面還存在諸多空白點，尤其是在人地互動關係上，忽略了人的文化活動對外在地理條件的利用和改造。對古代作家通過文學創作對於人文地理建設所發揮的重要作用，以及古代作家的審美活動將外在的自然地理系統內化爲自己創作的心靈空間等問題，也缺乏深入的探索。這幾個不足之處的確是當前文學與地域研究中存在的問題，是本領域亟需突破的困境。

第四節　概念界定和主要思路

一、概念界定

　　蘇杭。本文所研究之「蘇杭」即宋代的「蘇州」和「杭州」。宋詞中的蘇杭有虛實兩個含義，一是實體城市，即客觀地理上的蘇州和杭州；一是虛化的符號，即表徵「人間天堂」的蘇州和杭州。

　　關於地理位置上的蘇州和杭州。本文所提到的蘇杭在宋代同屬兩浙路，地理位置和地緣接近；其次，兩郡在宋代以「人間天堂」的符號成爲江南的典型城市。需要說明的是，因文章時間跨度上會牽扯到宋代的蘇杭和現代蘇杭城市建設的問題，所以題目中以現代稱謂蘇杭概稱，這兩個階段的蘇杭具體指稱和範圍以宋代蘇杭地圖和現代蘇杭兩市地圖爲標準參照（文後有附）。蘇州的疆域兩宋時期變化不大。北宋時期，吳越國納圖稱臣後，宋太宗改原來蘇州所在中吳軍節度使爲平江軍節度使，屬兩浙路。宋徽宗政和三年，升爲府，從此蘇州又有平江之稱。紹興初，節制許浦軍。因爲杭州的版圖在兩宋有一些變動，在考證詞人籍貫和遊蹤時會涉及地理位置，所以對宋代的杭州疆域變遷加以敘列，並用地圖加以指證（附後）。北宋太平興國三年（978），吳越王錢弘俶納土歸宋，杭州由原來的吳越國降爲州。同年，從杭州劃武康縣還屬湖州，劃桐廬縣還屬睦州。太平興國四年（979）改錢江縣爲仁和縣。太宗淳化四年（993），分全國爲 10 道，杭州屬

兩浙道，次年罷道，並改杭州鎮海軍節度爲寧海軍節度。太宗至道三年（997），設路、州、縣三級，分全國爲 15 路，杭州屬兩浙路，爲路治所在。州轄錢塘、仁和、餘杭、富陽（富春縣復名）、於潛、新城（新登縣復名）、鹽官、臨安（安國縣復名）、昌化（吳昌縣改名）9 縣。南宋高宗建炎三年（1129），高宗避金兵自揚州南渡至杭州，以州治爲行宮，升杭州爲臨安府，亦稱行在所。高宗紹興二年（1132），分兩浙路爲東、西兩路，浙西路治臨安府。紹興八年（1138），南宋正式定都臨安。臨安府治所錢塘、仁和兩縣升赤縣（京都），轄餘杭、富陽、臨安、於潛、新城、鹽官、昌化 7 縣爲京畿縣。本文所談到的杭州疆域以北宋和南宋分爲二，北宋時以宋太宗至道三年（997）所劃疆域爲考察範圍即作爲兩浙路路治所在的杭州，包括錢塘、仁和、餘杭、富陽（富春縣復名）、於潛、新城（新登縣復名）、鹽官、臨安（安國縣復名）、昌化（吳昌縣改名）9 縣。南宋時期則以紹興八年所定疆域爲主，即包括南宋都城臨安府在內以及所轄餘杭、富陽、臨安、於潛、新城、鹽官、昌化京畿 7 縣。

　　作爲「天堂」符號和「江南」代表的蘇州和杭州。蘇杭兩地在文化淵源同屬吳文化。宋代，蘇杭兩市因爲地理位置的接近，行政區劃的一致，更重要的是自然環境的類似，又同時是政局不穩的宋代社會裏少數幾個經濟發達的城市，蘇杭的相近性更加被重視，而成爲「上有天堂，下有蘇杭」的「地上天堂」，是美麗富庶的江南名郡。反映到宋詞中，《全宋詞》中很多作品，儘管作者創作也許不在蘇州杭州，但是詞中的意象、對江南區別於中原和塞北景象的描寫以及所表達的對江南的獨特感情，甚至宋人的「江南情結」都和蘇杭的名城效應有關。

二、主要思路

　　文章首先對宋代蘇杭現實狀況和宋詞中的蘇杭描寫進行分別陳述論證，通過對客觀形象與文學作品中的鏡像加以對比來突出詞人對

蘇杭的文學選擇。在此基礎上，考察和匯總詞人蘇杭行跡，並對 115 位宋代詞人的蘇杭行跡加以深入探索，用詞人的客觀活動來證明宋詞與蘇杭的相互影響和作用。文章共分四部分：

第一章歷史上的蘇杭形象。文章從文獻記載和歷史發展兩個維度論證了蘇杭兩市同宗同源，是江南兩朵並蒂花，在宋代作爲「地上天堂」一起步入了輝煌時期。接下來，從江南佳麗之地、東南繁華都會、文人雅集之所、風月溫柔之鄉、世俗宜居之地等五個方面全面再現了宋代蘇杭的天堂盛況，爲廣爲流傳的諺語「上有天堂，下有蘇杭」作了充分的注解。

第二章由現實中的蘇杭形象轉到了宋詞文本中所呈現出的蘇杭風情，以白居易《憶江南》的寫作順序爲導引，從景和情兩大角度對蘇杭的詞學形象進行探討。首先，分析了蘇州和杭州在宋詞中展現的共同的江南風貌，然後分別對宋詞中的杭州和蘇州的景觀風致進行歸納挖掘，並考察了宋詞對於蘇杭兩市的選擇性書寫。在蘇杭情感方面，著重從閒情、柔情以及悲情三角度來分析宋詞中蘇杭的多情一面。

通過前面兩章對蘇杭現實形象和詞學形象的對比，後兩章集中解決現實蘇杭和詞學中的蘇杭產生交匯的媒介和途徑，而詞人行走蘇杭無疑就是蘇杭和詞學發生關聯的主要途徑。文章對詞人蘇杭行跡進行了實證和理論兩方面的考察。第三章以考證爲主，匯總了宋代 115 名詞人在蘇杭的行跡遊蹤，並把詞人的遊蹤概括爲祖籍、遊歷、仕宦和流寓四類，以表格的方式做了統計。數據表明，兩宋時期除晏殊、李之儀、黃庭堅無明確的文獻證明其有蘇杭之行以外，宋代主要詞人均在蘇杭留下了遊蹤。

第四章在第三章考證的基礎上，從理論角度解讀了詞人、詞作與蘇杭的關係。首先，文章分析了宋代詞人追慕蘇杭的原因，並指明文人交遊是詞人融入城市的主要途徑，也是大量蘇杭詞創作的動機。把交遊作爲詞人、詞作和城市關係的切入點，探討了詞人在蘇杭交遊的詞學意義。對詞人而言，蘇杭爲他們提供了「療傷」的樂土和安享人

生的福地，同時也一度是他們施展抱負的舞臺。而詞人對於蘇杭，一方面，以范仲淹、蘇軾爲代表的官員詞人爲當時的蘇杭城市建設、民生改善做出了貢獻；另一方面，作爲文人，詞人所創作的作品提升了蘇杭名氣，他們自身的人格魅力和人文修養也爲蘇杭增添了深厚的人文氣息，推動了城市的形象建設。對於杭州而言，宋詞更是記錄了杭城在兩宋時期變遷的整個過程。

　　本文的主要貢獻是第三章對宋代主要詞人蘇杭行蹤的考證和匯總，既從時空角度再現了各位詞人在蘇杭的行蹤、典故和遺跡，又用客觀事實證明了詞人和蘇杭，詞作和蘇杭的相互作用，以此來論證宋詞和蘇杭之間千絲萬縷的聯繫是客觀存在的。文章對詞人蘇杭行跡進行考證時，不拘泥於詞人的籍貫，而用流動的視角跟蹤詞人的行跡，將具體的作家作品和蘇杭真實景觀緊密相聯，讓詞人作導遊來牽引一次蘇杭之旅。宋代各個詞人的行跡疊加在一起，就是整個宋詞在蘇杭的發展軌跡。希望這些詞人行蹤資料可爲後來研究宋詞和地域的學者，起到拋磚引玉的作用。

第一章　歷史視野中的蘇杭形象

第一節　江南盛開並蒂花

一、蘇杭自古同源

　　作爲江南城市典型代表的蘇杭，自古至今就有著深厚的緣分，宛如江南諸郡中相得益彰的並蒂花，同宗同源。唐宋之前是蘇杭韜光養晦期，蘇杭城市不僅在經濟、政治與文化風俗方面逐步相合、共同發展，更重要的是爲後世輝煌打好了基礎。唐宋時期，蘇杭崛起，兩個城市開始了在中國歷史上的輝煌時代。

　　《禹貢》記載蘇州和杭州均爲「古揚州之域也」，因此在地理起源上，兩郡即是同源。正是這種地理位置的毗鄰，使得蘇杭兩個行政區劃在氣候、物產等地理特性和風物民俗等人文氣象上一直表現出諸多的相同點和相通性，蘇杭在中國歷史上一向是聯繫緊密的，接連以統一體、相似體甚至一個組合的整體形象出現。查閱兩地的地方志，文獻中的記載足以證明蘇杭自古至今的歷史緣分：

　　《（同治）重修蘇州府志序》綜述蘇州之特點：「（吳）自秦迄今由國而郡而州而軍而路而府遂爲東南一大都會。其風土之清嘉，田賦

之蕃溢，衣冠文物之殷阜，人才藝文之閎偉，甲天下。考古者每樂志之。」〔註1〕

《史記・貨殖列傳》評價吳地：「夫吳自闔閭、春申、王濞三人招致天下之喜遊子弟，東有海鹽之饒，章山之銅，三江、五湖之利，亦江東一都會也。」〔註2〕

《吳郡志》轉引《避暑錄話》對蘇州風俗的描述：「吳下全盛時，衣冠所聚，士風篤厚，尊事耆老。來爲守者，多前輩名人，亦能因其習俗以成美德。」〔註3〕

《(同治)重修蘇州府志》對於蘇州的風俗記錄甚詳：「泰伯遜天下，季札辭一國，德治所化遠矣。更歷兩漢習俗清美。昔吳太守糜豹問功曹唐景風俗所尚。景曰處家無不孝之子，立朝無不忠之臣。文爲儒宗，武爲將帥。蓋朱買臣陸機顧野王之徒顯名於天下，而人尚文。支遁道生慧鄉之儔，倡法於群山，而人尚佛矣。吳人多儒學，喜施捨，蓋有所由來也。然而誇豪好侈自昔有之。《吳都賦》云競其宇區則疆兼蒼矜共，宴居則珠服玉饌亦非虛語也。」〔註4〕

《萬曆杭州府志》則對杭州之風土人文作如下概括：「(杭州)其地湖山秀麗，而岡阜川原之所襟帶」，「杭爲天下名郡，浙茲建治，實雲會城。吳越開鎮，南宋啓都，山川形勝，物產才賢視他郡特異宜，有文獻以彰盛美。」〔註5〕

《夢粱錄》對於臨安風俗，評價爲：「四時奢侈，賞玩殆無虛日」。說到杭城人物，則謂：「杭城湖光山色之秀，鍾爲人物，所以清奇傑

〔註1〕 【清】馮桂芬纂，李銘皖、譚均培修《(同治)重修蘇州府志序》，中國地方志集成江蘇府縣志輯蘇州府志，江蘇古籍出版社，1991年，第1頁。

〔註2〕 【漢】司馬遷《史記》卷一二九，中華書局，1959年，第3267頁。

〔註3〕 【宋】范成大《吳郡志》，江蘇古籍出版社，1999年，第13頁。

〔註4〕 【宋】馮桂芬纂，李銘皖、譚均培修《(同治)重修蘇州府志》卷第三，中國地方志集成江蘇府縣志輯蘇州府志，江蘇古籍出版社，1991年，第130頁。

〔註5〕 【明】陳善等修《萬曆杭州府志》，《中國地方志叢書・杭州府志》，影印明萬曆七年刊本，成文出版社，1983年，第1頁。

特，爲天下冠。自陶唐至於秦、漢、晉、隋、唐之人物，彬彬最盛；至宋則人物尤盛於唐矣。」〔註6〕

《雞肋編》記載浙西路諺語：「浙西諺曰：『蘇杭兩浙，春寒秋熱。對面廝啜，背地廝說』」。〔註7〕

《乾道臨安志》曰：「吳郡餘杭，川澤沃衍，有海陸之饒，珍異所聚，商賈並湊。其人君子尚禮，庸庶敦龐，故風俗澄清，而道教隆洽，亦其風氣所尚也。」〔註8〕

因爲蘇杭太多的共同性使得更多的地方志偏於把兩地作爲一個整體來評價，如《乾道臨安志》：「吳地，古揚州之境也。其俗躁勁輕揚，故曰揚州。或云：州界多水，水波揚也。《隋志》曰：『江南之俗，火耕水耨，魚稻富饒，不憂饑餒，信鬼神，喜淫祀。』……《國史地理志》總敘兩浙路，以爲人性敏柔而慧，尚浮屠氏之教，厚於滋味，急於進取，善於圖利。」〔註9〕

以上所列文獻儘管措辭有所差別，但著者所刻畫的蘇杭無一不是列舉了幾大極其相似的特性：水鄉澤國，山川秀麗，自古名郡，衣冠所聚，富饒發達，民風豪奢。這正是蘇杭自古至今所深爲自豪的，也是兩者區別於其餘城市的獨特之處。兩個城市擁有諸多的共同點，單從文獻上實難分彼此。這許多的相似性是蘇杭兩市在長期的歷史發展中所形成的。

二、蘇杭歷史溯源

相對而言，蘇州歷史更爲悠久。《（乾隆）蘇州府志》中關於蘇州的歷史沿革有詳細記載：「禹貢揚州之域，春秋時吳國都也。初，

〔註6〕　【宋】吳自牧《夢粱錄》，古典文學出版社，1957年，第162頁、272頁。

〔註7〕　【宋】莊綽著，蕭魯陽點校《雞肋編》，中華書局，1983年，第10頁。

〔註8〕　【宋】周淙、施諤《南宋臨安兩志》之《乾道臨安志》浙江人民出版社，1983年，第18頁。

〔註9〕　【宋】周淙、施諤《南宋臨安兩志》之《乾道臨安志》浙江人民出版社，1983年，第18頁。

周太王之子泰伯、仲雍避少弟季歷奔荊蠻，自號句吳。五世至周章，是時周武王克殷，因而封之。自泰伯至壽夢十九世，吳始大稱。王壽夢長子諸樊南徙吳，又四世為闔閭，始築城都，之今府城是也。周元王三年（吳夫差二十二年）越滅吳，其地入越。後一百三十九年（周顯王三十五年、楚威王六年），楚滅越，盡取故吳地。考烈王徙封國相春申君歇於吳，遂城故吳墟以為都邑。秦始皇二十六年，置會稽，郡治吳。二世元年，楚人項梁與兄子籍起兵於吳，殺假守殷通，遂有其地。漢高祖五年滅項，籍將軍灌嬰定會稽，以其地屬。楚王韓信六年立從兄賈為荊王，更會稽為荊國都。吳十一年賈為英布所殺，國除復為會稽郡。十二年封兄子濞為吳王，都廣陵，會稽屬焉。景帝三年濞誅，復為會稽郡。元封五年，屬揚州刺史，領縣二十六。後漢順帝永建四年分浙江以西置吳郡領縣十三三國，吳亦曰吳郡，領縣十五。晉太康元年，平吳，屬揚州刺史，領縣十一，與吳興、丹楊號三吳。東晉為吳國。劉宋永初二年，仍為吳郡，領縣十二。元嘉中，屬司隸校尉。大明七年，割屬南徐州。八年，仍屬揚州。齊因之。梁亦曰吳郡，又分婁縣地置信義郡。陳禎明元年於吳郡置吳州。」〔註10〕可見，蘇州有文獻可考的歷史始於商代末年泰伯建立「句吳」。自春秋戰國時期闔閭建城一直到隋代，蘇州始終在前進發展，其中經歷了春秋吳國時期、漢代劉濞時期、三國東吳時期三個高潮。《史記·貨殖列傳》：「夫吳自闔閭、春申、王濞三人招致天下之喜遊子弟，東有海鹽之饒，章山之銅，三江、五湖之利，亦江東一都會也。〔註11〕可見漢代的蘇州實力已不容小覷。儘管與當時的北方城市相比，政治地位上尚無優勢可言，但是蘇州經濟繁榮，民生安樂的特點已經基本形成。

溯源杭州的歷史，經濟起步比蘇州要遲緩一些，隋代之前的杭州

〔註10〕【清】王槭《乾隆蘇州府志》，中國地方志集成江蘇府縣志輯蘇州府志，江蘇古籍出版社，1991 年，第 10 頁。

〔註11〕【漢】司馬遷《史記》卷一二九，中華書局，1975 年，第 3267 頁。

沒有像蘇州一樣有特別突出的時期，但是也一直在持續發展，爲唐宋經濟起飛奠定了基礎。春秋時，吳越兩國爭霸，杭州先屬越，後屬吳，越滅吳後，復屬越。戰國時，楚滅越國，杭州和蘇州同歸入楚國的版圖。明代陳善等修《萬曆杭州府志》關於秦代之前杭州的歷史沿革所記甚詳：「……少康封庶子無餘於會稽，以主禹祀，國號於越，因名餘杭或曰本爲禹杭，禹餘音近，俗訛爲餘杭，遂爲越地。殷因於夏，及太伯逃之荊蠻，周武王封其五世孫句章於吳，遂爲吳地。敬王二十四年，吳王闔閭伐越句踐，御於李，闔閭傷將指，還卒於涇。其子夫差立誓復仇。當是時，句踐之地南至於勾無（即今諸暨），北至於御兒（即今嘉興），東至於鄞（即今寧波），西至於太末（即今衢州）。杭復屬越。四十六年，句踐稱王於越，吳大王大差擊而敗之。句踐保棲於會稽。杭復屬吳。句踐臣吳，歸越夫差，封以□，西至□□，杭復屬越。元土三年，越王句踐滅吳，兼有吳地，傳六世，至王無疆當顯王之。二十六年伐楚，大敗，楚威王殺無疆，盡取故吳地至浙江，杭乃屬楚。」〔註12〕秦統一六國後，在靈隱山麓設縣治，稱錢唐，和當時的吳縣同屬會稽郡。《史記‧秦始皇本紀》：「三十七年十月癸丑，始皇出遊……過丹陽，至錢唐，臨浙江，水波惡……。」〔註13〕這是史籍最早記載「錢唐」之名，爲歷代杭州地方志所採納。西漢承秦制，杭州仍稱錢唐。王莽時一度改錢唐爲泉亭縣，東漢時，復置錢唐縣，屬吳郡，蘇杭第三次併入一個區劃。三國時期，杭州隸屬吳國的吳興郡，屬揚州。兩晉時期，杭州和蘇州屬於天下十九州的揚州。梁太清三年，以吳郡置吳州，杭屬吳州。大寶元年，吳州復爲吳郡，杭州仍屬吳郡。南朝陳時期，貞明元年，以吳郡錢唐縣置錢唐郡。這是杭州正式定名之前的建制沿革。地理給予蘇杭相鄰的位置，歷史的機遇則爲蘇杭帶來共同的發展契機。

〔註12〕　【明】陳善等修《萬曆杭州府志》，《中國地方志叢書‧杭州府志》，影印明萬曆七年刊本，成文出版社，1983年，第165頁。

〔註13〕　【漢】司馬遷《史記》，中華書局，1975年，第260頁。

三、蘇杭唐宋爭豔

　　從唐宋以前的蘇杭建制與沿革可以看出，蘇杭在行政區劃上或者相互歸屬，或者隸屬於同一個上級區劃，始終相伴左右，一起改革發展。隋代之前，蘇杭一直屬於同一個行政區劃，而蘇州在秦漢兩晉南北朝時期，一直是兩者所共屬上一級區劃的郡治所在地，在政治地位和經濟實力上均在杭州之上。自春秋時期的越國開始至隋代，蘇州的疆域基本上保持穩定；這一階段，杭州所統治的地域還處於一種鬆散的狀態，無論是疆域、經濟、政治，均都不能與作為州郡的蘇州相提並論。自五代吳越國之後，杭州境域得到擴張，宋代臨安府的大體模式基本形成，經濟實力逐步強大，開始代替蘇州擔當起治所的地位。但是，無論其實力更迭變化，蘇杭在江南諸郡中始終比其餘越州、潤州等州郡關係更加緊密，聯繫也更為密切。

　　蘇州揭開城市面貌的新一頁，杭州開始走上歷史舞臺，蘇杭逐步讓世人矚目都開始於隋代更名，並分別於唐宋時期達到極盛。首先，從建置上來看：「隋開皇九年平陳廢吳郡改州曰蘇州。十一年，移州治橫山東。大業初，復曰吳州。三年，仍為吳郡。隋末，陷賊。唐武德四年，平李子通，復置蘇州六年，又陷輔公祏。七年，公祏平，置都督，督蘇、湖、杭、暨四州，移州還舊治。九年，罷都督，屬潤州。貞觀元年，屬江南道。開元二十一年，分置江南東道，採訪使治於此。天寶元年，改吳郡。乾元元年，復曰蘇州，領縣七。唐武德四年，平李子通，復置蘇州六年，又陷輔公祏。七年，公祏平，置都督，督蘇、湖、杭、暨四州，移州還舊治。九年，罷都督，屬潤州。貞觀元年，屬江南道。開元二十一年，分置江南東道，採訪使治於此。天寶元年，改吳郡。乾元元年，復曰蘇州，領縣七（吳、長、洲、嘉、興、昆）。」〔註14〕唐亡之後的五代十國時期，蘇州隸屬吳越國，改蘇州中吳府，後又置中吳軍節度使。吳越國投降北宋

〔註14〕《乾隆蘇州府志》，中國地方志集成江蘇府縣志輯蘇州府志，江蘇古籍出版社，1991年，第5頁。

後，宋太宗改中吳軍節度使爲平江軍節度使，屬兩浙路。蘇州一度成爲兩浙路轉運司、提點刑獄使司、安撫使司和提舉常平司治所。北宋時期，蘇州的區劃比較穩定，沒有大的改動，下轄吳縣、常熟、長洲、崑山、吳江五縣。

　　杭州在唐宋時期的地理變革大致爲：「隋開皇九年，平陳，廢錢唐郡，置杭州，治餘杭，領縣六。仁壽二年，置總管府於杭州。大業初，廢杭，吳總管府。三年，改杭州爲餘杭郡，移治錢唐，領縣六。後又置新城縣，並前所領縣凡七。唐武德四年，罷餘杭郡，復爲杭州，領縣四。貞觀元年，分天下爲十道，以其地置江南道，領州五十一，縣三百四十七，杭所領縣凡四。開元二十一年，分天下爲十五道，以其地爲江南東道。天寶元年，改杭州爲餘杭郡，領縣九。至德二年，改餘杭郡爲杭州，領縣如故。又分江南爲浙東西道，杭屬西道。大曆十四年，合浙東西道爲兩浙道。建中初，復分，置浙東西道。二年，號鎭海軍，復合爲兩浙道。眞元三年，復分浙東西道，杭隸西道。景福元年，改杭州鎭海軍爲武勝軍。光化初，移鎭海節度使，治錢唐，置大都督府，杭地屬焉。梁開不初，封錢繆爲吳越王，杭爲吳越國，治錢唐。宋太平興國三年，錢俶納土，國除，復爲杭州，號順化軍，治臨安縣，領縣如故。淳化初，改武勝軍爲保寧軍。五年，號寧海軍。至道三年，分天下爲十五路，杭屬兩浙路。西寧五年，徙兩浙路治於杭州。七年，分浙東西爲兩路。九月復合爲一。九年。復分爲兩路。十年復合爲一。分時，杭俱屬西路。大觀元年。杭州置都督府。檢驗三年，高宗自建康如杭州，陞爲臨安府，仍領九縣。紹興二年，分浙爲東西二路，西路治臨安府。」〔註15〕

　　從以上所列《乾隆蘇州府志》和《萬曆杭州志》所記隋代到宋的蘇杭建置可以看出蘇杭之名正式在隋代同步出現，各自的疆域儘管多有變化，但和宋代已經相差不多。

〔註15〕 【明】陳善等修《萬曆杭州府志》，《中國地方志叢書・杭州府志》，
　　　　影印明萬曆七年刊本，成文出版社，1983 年，第 165～172 頁。

　　封建王朝初期，統治階級多注重城市的政治和軍事地位，北方城市往往更佔優勢。六朝以來，隨著封建經濟的發展和封建制度的成熟，城市的經濟功能對一個城市的重要性開始佔據越來越大的比重，尤其是江南城市經濟功能的增強漸漸明顯，至唐五代時期，城市經濟色彩更加濃重。唐前期，蘇杭的地位並不突出，當時江南的中心城市有三個，即潤州（今鎮江）、宣州和越州。中唐以後，經濟性能顯著的城市開始興起，蘇杭作為江南城市中的兩顆新星，憑藉其無可比擬的地理優勢和經濟實力逐步超越其餘江南城市而奠定江南雙璧的地位。隋代大運河的開通，為蘇州和杭州地位的上陞和最終確立注入了一針強心劑，蘇杭兩市正式確立拋開「吳縣」和「錢唐」的歷史影像，揭開了城市發展的新篇章，進入了中國歷史上的「蘇州」與「杭州」時期。

　　自唐代開始，蘇杭的經濟也齊頭並進，共同邁向繁榮時代。大曆年間，蘇州因人口眾多、實力雄厚，被擢升為江南唯一的雄州。儘管在隋代之前的三次經濟高潮時期，蘇州的經濟都有不同程度的發展，但其作為「江東都會」，經濟實力的飛躍還屬唐代。隋代大運河的開鑿，改善了江南地區的水陸交通，刺激了運河之畔的蘇州經濟實力的騰飛。唐朝中葉後，安史之亂使得北方一片狼藉，江南逐漸成為國家的財政支柱，蘇州的領先地位也開始突起。白居易《蘇州刺史謝上表》有記載：「況當今國用，多出江南；江南諸州，蘇最為大。兵數不少，歲額至多。」〔註16〕蘇州每年向朝廷交納的賦稅，《吳郡志·戶口稅租》引《大唐國要圖》云：「唐朝應管諸院，每年兩浙場收錢六（五）百六（五）十五萬貫，蘇州場一百五萬貫」〔註17〕。唐朝兩浙路共13州，共納錢665萬貫，而蘇州一地稅額達105萬貫，占兩浙路納

〔註16〕【唐】白居易著，顧頡剛點校《白居易集》第4冊，中華書局，1979年，第1433～1434頁。

〔註17〕【宋】范成大《吳郡志·戶口稅租》，江蘇古籍出版社，1999年，第5頁。

稅總額的六分之一，見微知著，僅從這一點可知蘇州在唐代經濟地位居於兩浙之首位。元和八年（813），元稹在《蘇州刺史謝上表》中已說：「東吳繁劇，首冠江淮。」白居易詩「人稠過揚府，坊鬧半長安」（《齊雲樓晚望偶題十韻兼呈馮侍御周殷二協律》）點明在唐代蘇州城人口儼然已經超過當時號稱「揚一益二」的揚州，地繁民眾，成為唐代屈指可數的大城市之一。宋代龔明之《中吳紀聞》卷十五「蘇民三百年不識兵」條也謂：「姑蘇自劉、白、韋為太守時，風物雄麗，為東南之冠。」〔註18〕五代時期的蘇州在經歷唐代鼎盛之後，遭受到戰爭的創傷，經濟受到很大摧毀。唐末五代的混戰使得當時雄富一時的揚州光彩頓失，從此一撅而不振。蘇州也同樣未能幸免於難，蘇州屬於淮南楊行密與吳越錢鏐兩大武裝割據勢力爭奪的焦點。乾寧三年（896），楊行密的淮南兵攻佔蘇州。光化元年（898年），錢鏐部將顧全武又圍攻蘇州，「城中及援兵食皆盡」〔註19〕。後梁開平二年（908）九月，楊行密淮南兵再次圍攻蘇州至次年四月以淮南兵敗結束，為時長達八個月。殘酷的戰爭不僅造成了作戰雙方人員的大量傷亡，而且更為嚴重的是摧殘了該地區的經濟。戰爭之後，蘇州歸屬吳越國，在錢氏統治期間經濟逐步回轉，到宋代儼然仍舊是東南都會，北宋末年更是升為平江府。

　　杭州自隋朝確立「杭州」之名後，一改以前遲緩的腳步，迅速積聚力量，為宋代成為「東南第一州」，並於南宋時期一躍而為陪都奠定了堅實的根基。開皇九年（589），杭州下轄錢唐、餘杭、富陽、鹽官、於潛、武康六縣，州治初在餘杭，次年遷錢唐。開皇十一年（592），在鳳凰山依山築城，「周三十六里九十步」，這是最早的杭州城。大業三年（607），改置為餘杭郡。運河開鑿以後，杭州位處江南運河和錢

〔註18〕【宋】龔明之著，孫菊園校點《中吳紀聞》卷十五，上海古籍出版社，1986年，第143頁。

〔註19〕【後晉】劉煦《舊唐書》卷一八二《秦彥傳》，中華書局，1973年，第4715～4716頁。

塘江、浙東運河的交匯處，憑藉自己得天獨厚的地理優勢，杭州揭開了迅猛發展的新篇章。唐代，置杭州郡，旋改餘杭郡，治所在錢唐。因避國號諱，於武德四年（621）改「錢唐」爲「錢塘」。宋太宗時屬江南道，天寶元年（742）復名餘杭郡，屬江南東道。乾元元年（758）又改爲杭州，歸浙江西道節度，州治在錢塘，轄錢塘、鹽官、富陽城、餘杭、臨安、於潛、唐山八縣，州城的範圍也隨之擴大。杭州逐步後來居上，經濟實力超越蘇州應從五代十國時期開始。吳越國偏安東南，建都杭州。當時的杭州稱西府或西都，州治在錢塘，轄錢塘、錢江、餘杭、安國、於潛、唐山、富陽、新城八縣。吳越國時期，是蘇杭第四次歸於同一疆域，作爲吳越國都城的杭州在這一時期第一次比受到戰亂的蘇州發展迅速。宋代王明清的《玉照新志》中提出，「杭州在唐，雖不及會稽、姑蘇二郡，因錢氏建國始盛。」〔註20〕歐陽修在《有美堂記》裏也有類似的描述：「錢塘自五代時，不被干戈，其人民幸福富庶安樂。十餘萬家，環以湖山，左右映帶，而閩海商賈，風帆浪泊，出入於煙濤杳靄之間，可謂盛矣！」〔註21〕在吳越三代五帝共八十五年統治期間，經過勞動人民的辛勤建設，杭州發展成爲全國經濟繁榮和文化薈萃之地。

入宋以來，蘇杭聯繫更見緊密。首先表現在行政區劃方面，蘇杭繼唐代同屬於浙江西道，仍然在同一區劃之內。《宋史》記載：「熙寧七年，（江南道）分爲兩路，尋合爲一；九年，復分；十年，復合。府二：平江、鎮江。州十二：杭、越、湖、婺、明、常、臺、處、衢、嚴、秀。縣七十九。」〔註22〕北宋時，杭州爲兩浙路的路治；大觀元年（1107）升爲帥府，轄錢塘、仁和、餘杭、臨安、於潛、昌化、富陽、新登、鹽官九縣。當時人口已達二十餘萬戶，爲江南人口最多的州郡。此時的杭州，經過唐朝尤其是五代的積累醞釀，已經開始慢慢

〔註20〕 【宋】王明清《玉照新志》卷五，中華書局，1985年，第76頁。
〔註21〕 【宋】歐陽修著，王水照等主編《歐陽修散文選集》，百花文藝出版社，2005年版，第170頁。
〔註22〕 【元】脫脫《宋史》卷八十八，中華書局，1975年，第2174頁。

趕超蘇州。南宋，趙宋王朝定杭州為行在，實為都城，杭州的發展達到頂峰。《吳郡志・序》中談到南宋的蘇州：「吳郡自闔閭以霸，更千數百年，號稱雖數易，常為東南大都會。當中興，其地視汙扶、馮，人物番溢，談者至與杭等，蓋益盛矣」〔註23〕，其時作為平江府的蘇州仍然是東南大市，但已難與作為都城的杭州所比擬。

　　以上，我們大體回顧了蘇杭兩市的發展歷程，重點分析了兩市在唐宋時期經濟實力和地位的更迭變化。大體可以得出這樣的結論：唐宋時期是蘇杭兩市成長歷史上的重要時期，大運河的開鑿是兩市發展的一個推動力，兩個城市都在中唐時期開始加速發展。唐代，蘇州不論在行政級別還是在經濟實力、名聲地位各方面都強於杭州，但杭州也一路追趕。五代吳越國時期，是蘇杭實力對比變化的關鍵時期。蘇州在唐末五代的戰爭中，經濟遭受到沉重打擊，而作為吳越國治所在地的杭州則得以休養生息，直接為北宋仁宗時期成為「東南第一州」打下了經濟基礎。宋朝統一中原大部，社會安定，江南逐步恢復，杭州此時已顯示出明顯的發展優勢。北宋仁宗時，梅摯知杭州，仁宗皇帝贈詩，首句就是「地有湖山美，東南第一州」（宋仁宗《賜梅摯知杭州》）。南宋時期，朝廷定都杭州，使得杭州脫胎換骨，出現質的飛躍，儘管南宋時期的蘇州仍然是經濟繁榮的江南大府，但已不能與杭州相提並論。《宋會要輯稿》記載，北宋熙寧十年（1077）杭州城的商稅額已高達 82173 貫 228 文，再從整個東南地區來看，曾經在杭州城之上的揚州城商稅為 41849 貫 403 文，蘇州城為 51034 貫 929 文〔註24〕，均已遠不如杭州城之繁盛。至此，杭州已不僅僅是「東南第一州」了，而應該是「東南第一都會」。從人口和疆域來看，北宋末期，杭州已明顯超越蘇州，《宋史》記載杭州崇寧間戶口「二十萬三千五百七十四，口二十九萬六千六百一十五。縣九」而，此時的蘇

〔註23〕　【宋】范成大《吳郡志》，江蘇古籍出版，1999 年，第 1 頁。
〔註24〕　【清】徐松《宋會要輯稿》食貨一六之七至九，揚州城商稅額見同
　　　　　書食貨一六之三，中華書局，1957 年。

州「崇寧戶一十五萬二千八百二十一，口四十四萬八千三百一十二。縣六」〔註25〕，從行政級別來比較，北宋末期宋徽宗大觀元年，杭州由州而升爲帥府，而北宋政和三年（1113）蘇州升爲平江府，從升爲府的時間來看，蘇州也落後於杭州。一直到南宋，奔逃不迭的宋高宗最終確定杭州爲「行在」爲止，杭州終於完全超越蘇州，地位發生實質性改變，成爲全國最大的都會。但是必須指出的是，蘇州儘管在五代時期曾受到戰亂的摧殘，但是雄厚的經濟基礎還是使得入宋之後的蘇州恢復了良好的發展勢頭。

我們必須強調一點，在這一個雙方實力交接轉換的過程中，不是兩個城市的此消彼長，而是雙方的共同進步。自晚唐白居易開始將蘇杭相提並論，蘇杭在聲名和地位上都越走越近，姐妹城市的歷史機緣嶄露頭角。杭州在五代之前都被籠罩於蘇州的光環之下，自五代開始才逐步走入世人的視野，被大家所矚目，開始和蘇州一起被世人相提並論。雙方的差距在中唐時期差距比較大，此後慢慢縮小，越來越接近，當時的文士們開始有意無意地將蘇杭兩者加以比較。如果說唐代之前，蘇杭的緣分還只是處於客觀無意識的狀態之中，唐代白居易無疑是第一個將蘇杭之關係明朗化的關鍵人物。白居易曾吟詠道：「雪溪殊冷僻，茂苑太繁雄。唯此錢唐郡，閒忙恰得中」（《初到郡齋寄錢湖州李蘇州》）；元和八年，元稹在《蘇州刺史謝上表》中評價蘇州：「東吳繁劇，首冠江淮。」〔註26〕到了會昌年間，杜牧的《杭州新造南亭子記》讚歎杭州已經「雅亞吳郡」〔註27〕了；大中年間，杜牧在《上宰相求杭州啓》中更說「杭州戶十萬，稅錢五十萬」〔註28〕，蘇

〔註25〕【元】脫脫《宋史》卷八五，中華書局，1977 年，第 1784 頁。

〔註26〕【清】董誥《全唐文》卷六九三，元稹《蘇州刺史謝上表》，中華書局，1983 年，第 7110 頁。

〔註27〕【唐】杜牧（《樊川文集》卷一《杭州新造南亭子記》，上海古籍出版社，1978 年，第 153 頁。

〔註28〕【唐】杜牧（《樊川文集》卷一六，上海古籍出版社，1978 年，第 248 頁。

杭在江南諸郡中的突出成了文人們樂於吟道的話題，這也充分表明蘇杭受到世人越來越多的關注。

　　中外史學界公認中國社會的「唐宋變革期」，唐宋時期的中國社會發生了很多重要的變化，政治、經濟、軍事、文化等諸多領域都呈現出與以前不同的面貌。其中，表現之一就是作為社會重要載體的城市，在商業和農業的持續爭鋒中逐漸佔了上風。根據相關學者的研究，熙寧十年（1077），政府總收入 7,070 萬貫，農業收入約 2,162 萬貫，約占 30%。〔註 29〕儘管數據不是非常精確，但是可以看出宋代國家收入中農業收入的比例已經大大減少，那麼分析宋代的產業結構可以肯定這餘下的大部分就是商業收入，商業在宋代的地位逐步上陞，社會的商品化也逐步加深。時代呼喚城市的性質轉變，作為商業主要載體的城市，無疑要首當其衝，最先成為商品經濟的代表。順應社會趨勢，江南沿海城市因其獨有的海路、運河和湖泊三樓的網狀運輸優勢，逐步成為以經濟取勝的重點城市，其地位得到史無前例的加強。這其中突出的便是蘇州和杭州。唐五代時期，蘇杭在江南城市中逐步顯示出卓而不凡的實力，這一狀態到宋代隨著江南格局的變化，揚州和越州的隕落，得到加強，終於在宋代迎來了「上有天堂，下有蘇杭」的「地上天堂」時期。

第二節　地上天堂是蘇杭

　　民間諺語道「上有天堂，下有蘇杭」，這其中的涵義，一方面讚美了蘇杭兩市的繁華與美麗，倍受世人推崇；另一方面則反映了蘇杭兩市之間的共通性。蘇杭共通性不論是在歷史淵源，還是在城市精神的內涵與外延上，都要遠遠豐富於其差異性。宋代蘇州和杭州同屬於兩浙路，中國的行政區劃與自然地理環境、經濟發展、歷史變遷以及文化觀念都有著密切聯繫，往往出於政治治理便利的考慮，盡可能把

〔註 29〕賈大泉《宋代賦稅結構初探》，《社會科學研究》1981 年第 3 期。

各方面都相近和相似的地域歸於同一行政區劃。蘇杭無疑就是一個很好的證明。唐宋時代的蘇杭兩市無論在自然景色，還是政治沿革以及經濟狀況、文化觀念等各方面都表現出共同的特點，帶有明顯的江南特色，是時人所嚮往的「人間天堂」。

一、東南繁華之都

　　做過蘇杭兩市太守的白居易曾寫詩稱頌：「杭土麗且康，蘇民富而庶。」（《和微之詩二十三首·和三月三十日四十韻》）江南憑藉自身優越的自然條件，歷來是天下財富之區，都市密集之所，而唐宋時期的蘇杭無疑是財賦區中的都市，東南都市中的翹楚。蘇杭兩市地處平原，經過前期的開墾，到唐宋時期已經是全國重要的糧食產地。關於蘇杭的富庶，地理志裏多有記載：「宣城、毗陵、吳郡、會稽、餘杭、東陽，其俗皆同。然數郡川澤沃衍，有海陸之饒。珍異所聚，故商賈並湊。」〔註30〕蘇州自然環境優渥，「山澤多藏育」〔註31〕宋代朱長文《吳郡圖經續記·物產》：「吳中地沃而物夥，其原隰之所育，湖海之所出，不可得而殫名也」〔註32〕；「其地湖山秀麗，而岡阜川原之所襟帶」，「杭為天下名郡，浙茲建治實雲會城吳越開鎮，南宋啓都，山川形勝，物產才賢視他郡特異宜，有文獻以彰盛美。」〔註33〕其次，蘇杭水陸交通發達，境內水網交織，大運河溝通境外運輸，海運相對也很便利，所謂「三吳襟帶之幫，百越舟車之會」〔註34〕，得天獨厚的交通條件為兩市的商業發展提供了便利條件。平原的肥沃和易於耕種保證了產出的極大豐富，而交通的極為發達又促使了商業的

〔註30〕　【宋】范成大《吳郡志》卷二，江蘇古籍出版社，1999年，第8頁。
〔註31〕　【晉】陸機《吳趨行》，《昭明文選》卷二十八，第399頁。
〔註32〕　【宋】朱長文《吳郡圖經續記·物產》，江蘇古籍出版社，1999年，第9頁。
〔註33〕　【明】陳善等修《萬曆杭州府志》，《中國地方志叢書·杭州府志》，影印萬曆七年刊本，成文出版社，1983年，第1頁。
〔註34〕　【清】董誥《全唐文》卷二百七姚崇《兗州都督於知微碑》，中華書局，1983年，第2086頁。

興盛，自身條件已經爲經濟的繁榮奠定了基礎；當時的整個封建王朝
經濟重心的逐步轉移，經濟功能在城市發展中所佔比例的不斷提升，
無疑再次爲蘇杭的騰飛做了恰到好處的激勵。內外因萬事俱備，蘇杭
經濟在南北朝時期良好的基礎上，終於一展雄風，躍而成爲江南城市
中的傑出者，成爲唐宋時期江南的典型代表。

「東吳繁劇，首冠江淮」。〔註 35〕唐代的蘇州商業經營十分繁盛，
「復疊江山壯，平鋪井邑寬。人稠過揚州，坊鬧半長安」（白居易《齊
雲樓晚望偶題十韻》），「處處樓前飄管吹，家家門外泊舟航」（白居易
《登閶門閒望》）。蘇州市內，各類商人雲集，「合沓臻水陸，驕闐會
四方。俗繁節又暄，雨順物也康」（韋應物《登重元寺閣》）。到宋代，
蘇州在保持其繁榮的勢頭的基礎上，又有提高。《吳郡志》序中談道：
「吳郡自闔閭以霸，更千數百年，號稱雖數易，常爲東南大都會。當
中興，其地視漢扶、馮，人物魁倬，井賦蕃溢，蓋益盛矣。談者至餘
杭等」〔註 36〕。即使經過南宋末年的戰事摧毀，元代馬可・波羅到蘇
州後仍感歎於蘇州的繁盛：「蘇州是一頗名貴之大城，居民是偶像教
（指佛教）徒，臣屬大汗，恃商工爲活。產絲甚饒，以織金錦及其
它織物。其城甚大，周圍有六十哩，人煙稠密，至不知其數。……
此城有橋六千，皆用石建，橋甚高，其下可行船，甚至兩船可並行」
〔註 37〕。杭州在唐時與蘇州相比，依然是「錢塘於江南繁大，雅亞吳
郡」〔註 38〕，不及蘇州發達，但已然是「東南形勝，三吳都會」。杭
州的商業已經相當繁榮，所謂「杭州東南名郡，……咽喉吳越，勢雄
江海，國家阜成兆人，戶口日益增，……水牽卉服，陸控山夷，駢檣

〔註 35〕【清】董誥《全唐文》卷六九三元稹《蘇州刺史謝上表》，中華書局，
　　　　 1983 年，第 7110 頁。
〔註 36〕【宋】范成大《吳郡志・序》，浙江古籍出版社 1990 年，第 1 頁。
〔註 37〕【意大利】馬可・波羅著，馮承鈞譯《馬可波羅行紀》，中華書局，
　　　　 1954 年，第 566 頁。
〔註 38〕【唐】杜牧《樊川文集》卷十《杭州新造南亭子記》，上海古籍出版
　　　　 社，1978 年，第 135 頁。

二十里，開肆三萬室」〔註39〕。經過五代十國時期的物質積累，在《清異錄》中已經被描繪為「輕清秀麗，東南為甲，富兼華夷，餘杭又為甲，百事繁庶，地上天宮也」。到北宋時，杭州就已經躍而為東南第一大城市，歐陽修在《有美堂記》中盛讚杭州：「四方之所聚，百貨之所交，物盛人眾，為一都會，而又能兼有山水之美，以資富貴之娛者，惟金陵錢塘。……又其俗習工巧，邑屋華麗，蓋十餘萬家，環以湖山，左右映帶，而閩商海賈，風帆浪舶，出入於江濤浩渺、煙雲杳靄之間，可謂盛矣。」〔註40〕正所謂「邑屋繁華，貨殖塡委，象犀珠玉之珍，粳魚鹽之利，常溢於廬市」〔註41〕。南宋定都臨安後，北方人民大量南下，隨之帶來經濟的繁榮發展，杭州「戶口蕃盛，商賈買賣者十倍於昔，往來輻輳，非他郡比也」〔註42〕，在原本富庶的基礎上，獲得空前繁榮。《夢粱錄》寫道：「杭城是行都之處，萬物所聚，諸行百市，自和寧門杈子外至觀橋下，無一家不買賣者」，「自大街及諸坊巷，大小鋪席，連門俱是，即無虛空之屋，每日清晨兩街巷門浮鋪上行百市熱鬧，至飯前市罷而收。蓋杭城乃四方輻輳之地，即與外地不同，所以客販往來旁午於道，曾無虛日……處處各有茶坊、酒肆、麵店、果子、綵帛、絨線、香燭、油醬、食米、下飯魚肉鮝臘等鋪。蓋經紀市井之家，往往多於店舍」〔註43〕。作為南宋行都的杭州，達到繁華頂峰。耐得翁《都城紀勝·坊院》記載：「柳永詠錢塘詞云，參差十萬人家，此元豐以前語也。今中興行都已百餘年，其戶口蕃息，

〔註39〕 【清】董誥《全唐文》卷三一六《杭州刺史廳壁記》，中華書局，1983年，第 715～766 頁。

〔註40〕 曾棗莊、劉琳編《全宋文》卷三七零，四川大學古籍研究所，1990年，第 454 頁。

〔註41〕 李修生主編，《全元文》之《杭州新城碑》），鳳凰出版社，2004 年，第 303 頁。

〔註42〕 【宋】吳自牧《夢粱錄》卷一三，古典文學出版社，1957 年，第 238頁。

〔註43〕 【宋】吳自牧《夢粱錄》卷一三，古典文學出版社，1957 年，第 240頁。

僅百萬餘家者。城之南西北三處，各數十里，人煙生計生聚，市井坊陌，數日經行不盡，各可比外路一小小州郡，足見行都繁盛。自高宗皇帝駐蹕於杭，而杭山明水秀，民物康阜，視京師其過十倍矣。雖市肆與京師相侔，然中興已百餘年，列聖相承，太平日久，前後經營至矣，輻輳集矣，其與中興時又過十數倍也。」〔註44〕由此可見，南宋時期的杭州，完全取代了北宋的汴京，成為當之無愧的全國第一大都會。

　　人們的生產行為和活動都受到思想觀念的直接影響，是生活觀念、思想信仰、文化傳統、審美情趣等多種因素綜合作用的結果。如果說物產的豐富、交通的便利是蘇杭成為東南繁華之都的客觀條件，那麼兩地民風的「多奢少儉，競節物，好遊激」〔註45〕則為兩市成為繁華之都奠定了群眾基礎。兩浙路人性敏柔而慧，尚浮屠氏之教，厚於滋味，急於進取，善於圖利。所以，同當時同規模的城市相比，蘇杭兩市不是簡單的商品產區和商品流通區，它的繁華不僅僅在於物質的極大豐富，當地自古所提倡的奢華風氣促使人們敢於消費、樂於消費。積極地消費觀念使得蘇杭的商業發展進入一個良性循環，物質的豐富滿足了消費的需要，而消費的需要又再次拉動物質的更加豐富，主客觀條件的完美結合推動了蘇杭東南繁華都會的歷史地位的確立。

二、江南佳麗之景

　　汪辟疆曾評價江浙地形曰：「江浙皆《禹貢》揚州之域，所謂天下財富奧區也。其地形，蘇則有南北之殊，而皆瀕海貫江，山水平遠，湖沼縈回；浙則山水清幽，鄰贛閩者，亦復深秀。」〔註46〕可見，江浙之自然景色得天獨厚。蘇杭作為江浙發展最為迅速的城市，在繁華

〔註44〕　【宋】耐得翁《都城紀勝》，古典文學出版社，1957年，第100頁。
〔註45〕　【宋】范成大《吳郡志》，江蘇古籍出版社，1999年，第13頁。
〔註46〕　汪辟疆《汪辟疆文集》，上海古籍出版社，1988年，第309頁。

的同時還具有賞心悅目的生態環境。所謂「江南佳麗地」，江南的風
景一向以輕清秀麗而著稱，而蘇杭的秀氣和精美又超越了同為江南城
市的鎮江和越州。蘇杭人民自古就生活在桃花源般的美景之中，《南
史‧循吏傳》記載，吳地當劉宋太平之時，「凡百戶之鄉，有市有邑，
歌謠舞蹈，觸處成群」，齊永明之時，「都邑之盛，士女富逸，歌聲舞
節，袨服華裝。桃花綠水之間，秋月春風之下，無往非適」〔註47〕。
以上所描述的江南風景，無疑也正是是「地上天堂」蘇杭的景色。淺
瀲波光雲影，小橋流水人家。蘇杭風景既有同為江南水鄉的小橋流水
的詩韻，又各有千秋。

「春秋代序，陰陽慘舒，物色之動，心亦搖焉」。〔註48〕蘇州風
物之美，文人騷客多有賦詠。《吳郡志》卷四九單列「雜詠」一條，
分「紀詠、遊覽、書事、懷古、題贈、寄贈、留別、贈別」八類列舉
了唐宋之際詩人對蘇州的歌詠讚美，其作者范成大也作有《蘇州十
詠》，歌詠蘇州十處著名的山川風景。唐代歌詠蘇州美景的詩句不勝
枚舉。李商隱「茂苑城如畫，閶門瓦欲流」（《陳後宮》）寫出了蘇州
儷人的光彩；白居易眷戀蘇州，即使是一簇紫薇花，都會引起他對於
吳門的回憶：「何似蘇州安置處，花堂欄下月明中」（《紫薇花》）。「霞
光曙後殷於火，水色晴來嫩似煙」（《早春憶蘇州寄夢得》），蘇州的美
好光影時刻縈繞在詩人心頭。除詩歌之外，作為和蘇杭關係最為親密
的宋代流行文體曲子詞，更是對蘇州不吝讚美。「近香徑處，聚蓮娃
釣叟簇汀洲。晴景吳波練靜，萬家綠水朱樓」柳永《木蘭花慢‧古繁
華茂苑》簡單幾組意象的組合便勾勒出一副閒適祥和的吳中風情圖
畫。「繞郭煙花連茂苑，滿船絲竹載涼州」，賀鑄《錦纏頭》展示了蘇
州修禊時節的盛況。「柳暝河橋，鶯晴臺苑，短策頻惹春香。」吳文
英的《夜合花‧黃鐘商自鶴江入京泊門外有感》則描摹了蘇州泊門的
春天美景。

〔註47〕 【唐】李延壽《南史》，中華書局，1976 年，第 1697 頁。
〔註48〕 【梁】劉勰《文心雕龍》，上海古籍出版社，1984 年，第 191 頁。

　　吳門千載更風流。作爲中國的後花園，蘇州一向是以園林而出名，精緻的城市特色和文人化的氣質在春秋吳國時期即已顯露。宋詞中歌詠比較頻繁的姑蘇臺、館娃宮、虎丘，都是春秋吳國的遺跡，景色之外增添濃重的歷史滄桑感。唐代的齊雲樓與垂虹橋作爲當時建築，於小橋流水、細雨輕煙裏陡然而出，或者是皇帝的手筆，或者是享民一方的官吏爲民而造，氣象宏大，外觀宏偉，在蘇州柔美細膩的吳門景色裏造成強烈的震撼，衝擊詩人視覺之後被無限放大。這些建築在內裏又恰恰揉進了吳郡的輕柔，經文人賦詠之後，更是千秋流芳，成爲蘇州的地標性建築。初期之外，太湖的湖光山色和煙波浩淼的氣勢也頗受文人青睞。關於私家園林，《吳郡志·園亭》記載當時的蘇州園林有昌辟疆園、滄浪亭、吳越廣陵王元璙之南園，朱長文之樂圃，樞密直學士蔣堂之隱圃，在唐宋詞中出現頻率並不多，其中可以看出唐宋時期的蘇州在文學作品中除卻作爲江南都市的江南統一色彩，更多地突出其人文性和個別性。

　　相對而言，杭州的湖山景色比蘇州的建築與風景更多江南清新自然的情韻。杭州「倚山林，抱江湖，多有溪潭澗浦，繚繞郡境，實難描其佳處。」〔註49〕「一勺西湖水」，更是讓世人「百年歌舞，百年酕醉」（文及翁《賀新郎·西湖》）。西湖自東漢元和年間，郡吏華信修築第一條防海大塘，才正式與海隔絕成爲內湖。此時，多稱爲金牛湖或明聖湖。西湖之名始於唐代。代宗朝，杭州刺史李泌第一次對西湖進行整治疏通，引湖水入城，從物質生活方面開啓西湖和杭州市民生活息息相關的濫觴。繼他之後的白居易，除了在李泌修整西湖的基礎上重新疏通六井，更重要的是作爲詩人的白樂天開啓了西湖在中國歷史上的文學時代，使得西湖價值發生質的飛躍，由一個現實中汲水之處成爲中國文學史上一處爭相賦詠的明麗之地。白居易疏濬西湖，並廣爲賦詠，開文人題詠西湖之濫觴。白居易居杭州二年，寫下了多

〔註49〕【宋】吳自牧《夢粱錄》卷十一，古典文學出版社，1957年，第221頁。

篇以西湖和杭州風物爲題詠對象的詩作，提升了杭州城的文化名氣，爲杭州成爲「地上天堂」做足了文化引子。宋代葛立方《韻語陽秋》：「錢塘風物，城中之景，唯白樂天所賦最多。」〔註50〕白居易一邊歎息「未能拋得杭州去，一半勾留是此湖」，又不得不依依不捨離任。北宋時期，西湖迎來第二個發展契機，宋代大詞人蘇軾守杭。蘇軾一首「總把西湖比西子，淡妝濃抹弄總相宜」，第一次把西湖和美女西施相提並論，原本是「以其負郭而西也，故又稱西湖云」〔註51〕的西湖，因爲大詩人的妙筆，突然增添了更多蘊藉與風情。蘇軾是西湖的美容師，對西湖的影響不僅僅是修築蘇堤，使西湖更多一處明麗風景，更重要的是在蘇軾的筆下西湖的內在氣質得到提升。蘇軾之前，西湖彷彿一個二八少女，美的自然卻缺少內涵，在全國三十六處西湖中並不脫俗，經蘇軾的妙筆點撥，西湖平添文化氣息，內蘊深厚起來，氣息也滋潤，明麗的景色襯上文雅脫俗的氣質，西湖終於突起於杭州城，顯名於江南，聞名於中國，燦爛於中國的文學史中。

　　紅花還需綠色襯。西湖之美除了本身的風景秀麗，氣質風雅之外，周邊的群山環繞無疑也爲西湖增色不少。孤山、武林山以其高聳青翠挺立於西湖周邊，更顯出西湖之柔婉與秀麗，而西湖也爲群山多增一份靈動。自五代錢氏當國時期，西湖邊多建廟宇佛廬，人文氣息更加濃厚。群山包圍著西湖，西湖滋潤著群山，廟宇點綴於山水之間，北宋時期的西湖風景區已經成其規模。唐宋時期的西湖風景區或許達不到《西湖遊覽志》裏所描述的「……生齒日富，湖山表裏，點飾浸繁，離宮別墅，梵宇仙居，舞榭歌樓，彤碧輝列，豐豔極矣」〔註52〕，但已是「澄波浮山，自相映發；清華盛麗，不可模寫；朝暮四時，疑

〔註50〕【宋】葛立方《韻語陽秋》卷十三，上海古籍出版社，1984 年，第 166 頁。

〔註51〕【明】田汝成輯《西湖遊覽志》第一卷，上海古籍出版社，1958 年出版，第 1 頁。

〔註52〕【明】田汝成輯《西湖遊覽志》第一卷，上海古籍出版社，1958 年出版，第 5 頁。

若天下景物，於此獨聚。而飛欄橋柳，畫船出沒，層樓傑觀，林梢隱露，都人邀俟，歌鼓不絕」〔註53〕，所謂「吳越美景，山川如繡」，令世人嚮往。

白居易在回歸洛陽後，憶及蘇杭的美景，寫下歷來傳誦的小令名篇《憶江南》。短短幾十字，在蘇杭城市發展史上意義重大。「地以文生輝，文以地益秀」。這首詞第一次為蘇杭在江南諸市中的特殊地位突出出來，確立了江南典型城市的形象。其次，它讓蘇杭美景從以前文人墨客筆下模糊的江南景色中獨獨點出，第一次作為一個獨立的城市展現只屬於自己的特有美景，不再是千篇一律的小橋流水，不再是煙雨迷蒙的水墨江南，而是蘇杭各自特有的景物和風情。再次，白居易也第一把蘇杭兩市放在一個平臺上做了對比，儘管只牽扯到兩地的景色，但精確到位，從中可以看出杭州風景多自然，湖山景色和錢塘潮水都是大自然的秉性賦予，所謂鬼斧神工。相比而言，蘇州的美多了一份人文色彩，不論是吳酒的甘醇，還是吳宮的奢華，吳地美女的飄飄舞姿，都有人的因素活躍於其中。這也要得益於蘇州比杭州更加久遠的歷史積澱。白白居易題詠之後，宋詞中的蘇杭越發釋放出卓然的特質而超越其餘的江南城市，最終成為「地上天堂」的代名詞。

三、文人雅會之所

文人士大夫向來是樂於享受和擅長享受的。他們嚮往心曠神怡的美景之地頤養天性，他們也奔赴繁華熱鬧的都市去獲取更多的晉升機會和人生機遇，他們也神往於文人淵藪之所邂逅三五知己，賦詠閒談，快意人生，他們也希冀在辛苦嚴肅的官宦生活之餘有風流韻事來放鬆身心，發泄壓抑的情趣，他們甚至也需要在「琴棋書畫詩酒花」之外享受「柴米油鹽醬醋茶」的世俗之樂。這麼多的要求都在呼喚一個美景、繁華、文化、風流，世俗五者兼具的理想之地。是造物主偏

〔註53〕【宋】周淙、施諤《南宋臨安兩志》之《淳祐臨安志》卷十，浙江人民出版社，1983年，第185頁。

愛蘇杭，還是感動於歷代文人的一片誠心？幸運的唐宋文人們欣喜地發現蘇杭無疑是文人們心嚮往之的理想之所。首先，蘇杭是繁華之都，也是佳麗之地，悠久的歷史使得「江南文勝，書香盈邑」，自然不缺乏文化氣息。《夢粱錄》「茶肆」條描寫杭州茶肆的風雅氣氛：「汴京熟食店，張掛名畫，所以勾引觀者，留連食客。今杭城茶肆亦如之，插四時花，掛名人畫，裝點店面」。當時杭州茶肆繁多，另有專門為富家子弟設置的會所：「大凡茶樓多有富室子弟、諸司下直等人會聚，習學樂器、上教曲賺之類，謂之『掛牌兒』。」酒肆則更別出心裁：「向紹興年間，賣梅花酒之肆，以鼓樂吹《梅花引》曲破賣之」，用音樂來吸引客人無疑也是深受風雅文人的歡迎——可見在杭州最基本的休閒場所都做足了文章附庸風雅，來吸引文人詞客。其次，蘇杭風氣的侈靡奢華也使得兩地民風好邀遊，尤其是節日的狂歡，世俗氣息十分強烈。平日裏，名曰「花茶坊」的茶肆樓上專安著妓女，如市西坊南潘節幹、俞七郎茶坊、保祐坊北朱骷髏茶坊、太平坊郭四郎茶坊、太平坊北首張七相干茶坊，但「蓋此五處多有炒鬧，非君子駐足之地也」，「更有張賣面店隔壁黃尖嘴蹴球茶坊，又中瓦內王媽媽家茶肆名一窟鬼茶坊，大街車兒茶肆、蔣檢閱茶肆，皆士大夫期朋約友會聚之處。」〔註54〕除此之外，更有級別更高的文人雅會專所，如《夢粱錄》所記：「文士，有西湖詩社，此乃行都紳之士及四方流寓儒人，寄興適情賦詠，膾炙人口，流傳四方，非其它社集之比」〔註55〕。

　　可見，宋代士大夫地位的提高，是一個普遍的社會現象，就連杭州的休閒場所經營者們都給予士大夫特別尊重和優待，這特別的關照無疑會反過來鼓勵士大夫看到自身身份的特殊。正是杭州城對士大夫的這種特別關注助長了杭州的文雅之風，也勢必吸引更多的士大夫來此尋找心靈的安慰和寄託。

〔註54〕【宋】吳自牧《夢粱錄》卷十六，古典文學出版社，1957 年版，第262 頁。
〔註55〕【宋】吳自牧《夢粱錄》卷十九，古典文學出版社，1957 年版，第299 頁。

　　有茶，有酒，有文，又有整個社會氛圍的支持，如此的神仙之地，文人雅士豈有不來之理。自白居易歌詠蘇杭之後直至宋代，蘇杭成爲士大夫文人傾慕的理想之所。楊柳春風裏，翠徑花臺、紅袖滿樓、軟語巧笑、蝶舞鶯啼、絲竹管絃，處處迷人心眼，富人子弟、文人士子三五一群遊玩山水、飲酒作樂，坐擁麗娃，抵不過蘇杭風情萬種的美麗，終究沉醉在這纏綿旖旎的溫柔鄉里。本地人「近水樓臺先得月」，而外地人也豔羨於這神仙般的生活，一批又一批的異地投奔而來。寶曆中，「前崑山尉楊氏子僑居吳郡，常一日里中三數輩相與泛舟，俱遊虎丘寺」〔註56〕。楊氏本不是蘇州人，現在搬進城內主要是爲了領略城市優越生活，天天遊玩享樂。杭州刺史李播也爲杭州而欣慰讚歎：「吳越古今多文士，來吾郡遊，登樓倚軒，莫不飄然。」〔註57〕富貴子弟來蘇杭多是貪戀於蘇杭的美景與繁華，縱意歡樂，而士大夫文人更關注的當是蘇杭的文化氣韻。

　　經歷過悠久的發展歷程，蘇杭城市積澱了深厚的文化意韻。尤其是蘇州，自魏晉以來，蘇州素稱衣冠人物之邦。《吳郡志》的作者范成大對自己家鄉蘇州爲人文名郡頗引爲自豪，書中多處有相關記載：「《吳郡志》卷四學校縣學記條中記載：吳郡自古爲衣冠之藪。中興以來，應舉之士，倍承平時」〔註58〕，《吳郡圖經續記・人物》「吳中人物尚矣。」〔註59〕《吳郡志》卷六官宇引范成大《瞻儀堂》：「吳自置守以來，仍古大國，世爲名郡」〔註60〕。明代姜漸《修學說》對吳文化曾作過這樣的評價：「昔三代之有天下，文莫備於周，而泰伯實啓之；教莫盛於孔子，而言偃實師之。自泰伯以天下讓，而吳爲禮儀

〔註56〕 【宋】李昉等編《太平廣記》卷三四七引《宣室志》「吳任生」條，團結出版社，1994 年，第 1630 頁。

〔註57〕 【唐】杜牧《樊川文集》卷十《杭州新造南亭子記》，上海古籍出版社，1978 年，第 153 頁。

〔註58〕 【宋】范成大《吳郡志》，江蘇古籍出版社，1999 年，第 15 頁。

〔註59〕 【宋】朱長文《吳郡圖經續記》江蘇古籍出版社，1999 年，第 20 頁。

〔註60〕 【宋】范成大《吳郡志》江蘇古籍出版社，1999 年，第 62 頁。

之邦；自言偃北學於聖人，而吳知有聖賢之教。由周二降，太難下未嘗無亂也，惟吳無悖義之民；由漢以來，天下未嘗無才也，惟吳多名世之士。雖閱千載而泰伯、言偃之風，至於今不泯」〔註61〕。柳永《木蘭花慢·古繁華茂苑》也指出蘇州多名士郡守：「凝旒。乃眷東南，思共理、命賢侯。繼夢得文章，樂天惠愛，布政憂憂。」所謂「良禽擇木而棲」，正是蘇州自古以來的聖賢之教，濃厚的文化氛圍，賢才良守的引領倡導，才招致文人名士的趨之若鶩。其次，蘇州作為名郡，其民風中包含的閒雅之風也吸引了愛好風雅的文人。鄭學檬在《五代十國史研究》中提到江南風氣時認為，五代十國時期，江南地區士子普遍是「才華橫溢，多才多藝，醉心有較高文化價值的藝術天地和精神生活；追求物質享受，標新立異，對所謂『玩物喪志』、『玩人喪德』的聖賢之言，並不尊奉；正是思想上不蹈繩墨，有點兒越軌，為當權衛道士所不悅；固有某種創造力雅俗兼容並包的特質」〔註62〕這種自由、尊崇性情、充滿藝術氣息的氛圍也在宋代延續，使得蘇杭的文化氣息越來越濃重。《吳郡志》中有關於「九老會」的詳細文獻：「慶曆九老會，都官員外郎徐祐與少卿葉參，俱以耆德告老而歸，約為九老會。晏元獻公、杜正獻公，皆寄詩贊之。九老會後更名耆英，又名真率。元豐間，章岵守郡，與郡之長老遊從，各飲酒賦詩，所謂『十老會』」〔註63〕。宋代因為是士大夫治天下，官員多集官吏、文人、學者多個身份於一身，與魏晉時代的名士相比，更多一種和平時期心安理得的舒緩；與唐代相比，儘管缺少雄壯豪氣，卻多一份淡泊的雅興。唐代閒適詩人白居易倡導的「耆英會」在宋代得到推崇，「吳郡地重，舊矣，守郡者非名人不敢當」〔註64〕。「耆英會」的風雅被蘇州士大

〔註61〕《吳縣志·文廟》卷二十六引，中國地方志集成江蘇府縣志輯蘇州府志，江蘇古籍出版社，1991年，第370頁。

〔註62〕鄭學檬《五代十國史研究》，上海人民出版社，1991年版，第226頁。

〔註63〕【宋】范成大《吳郡志》，江蘇古籍出版社，1999年，第393頁。

〔註64〕【宋】范成大《吳郡志》，江蘇古籍出版社，1999年，第121頁。

夫延承下來，比洛陽司馬光、文彥博等人的元豐五年洛陽耆英會早了幾十年。蘇州的人文氣息吸引著眾多士大夫。「東南之才美與四方之遊宦者，視此邦之為樂也，稍稍卜居、營葬，而子孫遂留不去者，不可以遽數也。今茲宗工名儒出於吳者，高則登黃扉，入禁林，次則帥方面，列臺閣，與夫里居之大老，灼灼然在人耳目，俟來者為記焉。」〔註65〕

　　杭州自北宋時期便以其秀麗的風光和輕快優游的民風吸引著文人騷客。《夢粱錄》「歷代人物」條記載：「杭城湖光山色之秀，鍾為人物，所以清奇傑特，為天下冠。自陶唐至於秦、漢、晉、隋、唐之人物，彬彬最盛；至宋則人物尤盛於唐矣。」〔註66〕北宋，蘇軾等文學核心人物的到來招致一批當時的文化名流如楊繪、張先、陳襄等一干文人雅士聚集於此，遊覽杭州山水，吟詩作詞，何等風流愜意。南宋時期，杭州貴為都城，成為權力中心，士大夫爭相趨附，一時英傑彙集於杭城，交遊唱酬、雅會賦詩是當時文人生活的一個重要方面。可以說，能進入杭州文人圈子交遊應該是南宋每一位詞人的願望。

　　除卻蘇杭的自身魅力，蘇杭成為文人雅會之所的外在原因當為北人南渡。如果說唐至北宋時期，文人對蘇杭的嚮往還是個體的行為，蘇杭還未超越洛陽等成為最大的文人聚會之所，那麼靖康之難後，南宋王朝南遷無疑使得蘇杭名氣達到巔峰。「汴京淪陷時，在京衣冠、士族、百姓、諸軍奪門南奔者數萬，多流徙於江淮之間。」〔註67〕「京都（汴梁）細民，往東南者甚眾。」〔註68〕「四方之民，雲集江浙，百倍常時」、「大駕初駐蹕臨安，故都及四方士民商賈輻輳」〔註69〕、

〔註65〕　【宋】朱長文《吳郡圖經續記》，江蘇古籍出版社，1999年，第21頁。
〔註66〕　【宋】吳自牧《夢粱錄》，古典文學出版社，1957年，第272頁。
〔註67〕　【宋】莊綽撰，蕭魯陽點校《雞肋篇》卷上，中華書局，1983年，第13頁。
〔註68〕　【宋】徐夢莘《三朝北盟會編》卷六三，上海古籍出版社，1987年，第469頁。
〔註69〕　【宋】陸游《老學庵筆記》卷八，《唐宋史料筆記叢刊》本，中華書局，1979年，第104頁。

「中朝人物，悉會於行在」〔註70〕、「西北士大夫多在錢塘」〔註71〕。昔日盛世王朝中心社會的名流人物、精英分子也大多麇集於杭州。宋凌萬頃《淳祐玉峰志》卷下云：「洛陽衣冠所聚，故多名園；夜市菱藕、春船綺羅，則足以見吳中游適之盛。」〔註72〕「衣冠之所鱗集，甲兵之所云萃，一都之會，五方之聚，上腴沃壤，占籍者眾」〔註73〕建炎年間鄭懿言：「平江、常、潤、湖、杭、明、越，號為士大夫淵藪，天下賢俊多避於此」〔註74〕隨著大批北方人的到來，他們將自己的愛好帶到了江南，江南成為文化薈萃之地，更多的文人到達蘇杭，更多的文學作品歌詠蘇杭，文因地出，地因文名，蘇杭的名氣也更在文人雅會之中更上一層樓。

四、風月溫柔之鄉

蘇杭一襲風流地，才子佳人無數。自南朝以來，關於蘇杭的文字就像蘇杭的逶迤綠水流淌地舒緩又纏綿，描寫蘇杭的作品彌漫著淒迷溫婉的煙雨，總是少不了風月佳話。多雨的氣候，富足的生活，詩情畫意的景色，細膩了人們的心思，敏感了世人的神經，是愛情和溫情的滋生之地。蘇杭在江南，氣候多雨，地域多水，人便多情。文人自古風流，即使如范仲淹的大氣慷慨，歐陽修的卓然尤為和蘇軾的淡泊灑脫，卻都免不了在心中藏著一段感情，這些感情決不像士大夫用來支撐門面的夫妻之情，而是多發生在與歌姬之間。長安洛陽也同樣有這樣的曖昧之情，然而北方城市的乾燥氣候與粗狂的山水總是讓這些士大夫變得理性、崇高，充滿道德感，只有在江南的煙雨和水汽裏，這些感情才猶如池塘春草漸漸綠了江南岸。普通的江南市鎮裏自然缺

〔註70〕 【宋】陸游《渭南文集》卷十五，四部叢刊本，1979 年，第 142 頁。
〔註71〕 【元】脫脫《宋史》卷四三七《儒林傳・程迥》，中華書局，1977 年，第 12949 頁。
〔註72〕 【清】阮元《宛委別藏》第四十五，凌萬頃《玉峰志》，江蘇古籍出版社，1988，第 172 頁。
〔註73〕 【宋】范成大《吳郡志》，江蘇古籍出版社，1999 年，第 550 頁。
〔註74〕 【宋】范成大《吳郡志》，江蘇古籍出版社，1999 年，第 548 頁。

少發生感情的契機，蘇杭作爲宋代江南的繁榮城市，除了茶肆酒肆這些日常會所，無利不忘的商人也看到了才子風流的一面，宋代蘇州杭州的歌妓業異乎尋常的發達。《夢粱錄》和《武林舊事》裏都有大篇幅的記載。如《夢粱錄》:「中瓦子前武林園，向是三元樓康、沈家在此開沽，店門首彩畫歡門，設紅綠杈子，緋綠簾幕，貼金紅紗梔子燈，裝飾廳院廊廡，花木森茂，酒座瀟灑。但此店入其門，一直主廊，約一二十步，分南北兩廊，皆濟楚閣兒，穩便坐席，向晚燈燭熒煌，上下相照，濃妝妓女數十，聚於主廊面上，以待酒客呼喚，望之宛如神仙。次有南瓦子熙春樓王廚開沽，新街巷口花月樓施廚開沽，融和坊嘉慶樓、聚景樓，俱康、沈腳店，金波橋風月樓嚴廚開沽，靈椒巷口賞新樓沈廚開沽，壩頭西巾坊雙鳳樓施廚開沽，下瓦子前日新樓鄭廚開沽，俱有妓女，以待風流才子買笑追歡耳。」〔註75〕商業的繁榮是促使歌妓業發達的關鍵因素，但是蘇杭相比於其餘城市，其婉約溫靡的氣質使得蘇杭的風月故事別有一番纏綿迷人之處。文人們樂於「冶遊」，在蘇杭溫山軟水的環境裏，攜著自己喜歡的歌姬，看山賞水，神仙一樣的生活。在這頻繁的來往裏，詩詞互唱，彼此欣賞，往往是要發生一點故事，產生一些朦朧情感。江南多水，水像一面鏡子，你站在橋邊俯首沉思，你憑欄臨水而望，你的船飄在水上，明淨的水面總是比山更容易折射人的心靈深處，更能讓人想起心底隱藏的最柔軟的情感，也容易挑逗人最敏感的神經，因而江南多情。蘇杭的煙雨是輕飄飄的，就像文人心頭常常縈繞的感情，在蘇杭滋潤的水汽裏發酵了，於是催生了宋詞中那許多對江南情感的懷想與感傷，如吳文英的《鶯啼序·春晚感懷》:

> 殘寒正欺病酒，掩沉香繡戶。燕來晚、飛入西城，似說春事遲暮。畫船載、清明過卻，晴煙冉冉吳宮樹。念羈情，遊蕩隨風，化爲輕絮。

〔註75〕 【宋】吳自牧《夢粱錄》卷一六，古典文學出版社，1957年，第263頁。

　　十載西湖，傍柳繫馬，趁嬌塵軟霧。溯紅漸、招入仙溪，錦兒偷寄幽素。倚銀屏，春寬夢窄，斷紅濕、歌紈金縷。暝堤空，輕把斜陽，總還鷗鷺。

　　幽蘭漸老，杜若還生，水鄉尚寄旅。別後訪、六橋無信，事往花委，瘞玉埋香，幾番風雨？長波妒盼，遙山羞黛，漁燈分影春江宿。記當時、短楫桃根渡。青樓彷彿，臨分敗壁題詩，淚墨慘淡塵土。

　　危亭望極，草色天涯，歎鬢侵半苧。暗點檢、離痕歡唾，尚染鮫綃；躲鳳迷歸，破鸞慵舞。殷勤待寫，書中長恨，藍霞遼海沉過雁，漫相思、彈入哀箏柱。傷心千里江南，怨曲重招，斷魂在否？

根據夏承燾《吳夢窗繫年》：「夢窗在蘇州曾納一妾，後遭遣去。在杭州亦納一妾，後則亡歿」，「集中懷人諸作，其時夏秋，其地蘇州者，殆皆憶蘇州遣妾；其時春，其地杭州者，則悼杭州亡妾。」〔註76〕這首詞穿越了蘇州和杭州兩地，感傷的是兩段感情，意象中的「畫船」、「晴煙」、「吳樹」、「嬌塵軟霧」、「水鄉」，都帶著濃濃的蘇杭特有的氣息，這些物象含著江南的水汽，傳達出一種分外傷感淒迷的基調。

　　蘇杭是有多種色彩的，底色依然還是江南幽靜透明的水墨，緩緩地流，流出的是平常百姓溫潤的日子，平凡世人溫婉的情意。就像《採蓮曲》裏的愛情，二八少女清純的愛情，蕩漾在清澈的水間，像皓齒紅唇裏發出的清冷冷的聲音，澄明而動人。這樣的愛情在最初的樂府詩歌裏很多，宋詞中卻已經難尋蹤影。江南的水從南朝一直流到唐宋，越發地纏綿黏稠，不再是叮咚的小溪，而是凝聚成了平江水、西湖水。凝聚下來的水顏色愈來愈深，就像蘇杭一樣已經由一個江南的市鎮發展為繁華喧鬧的城市，由幽靜偏遠的色調突然加深，又摻雜了更多鮮明的色彩，最終七彩斑斕起來。蘇杭的水已經不僅僅用來蕩舟

〔註76〕夏承燾《唐宋詞人年譜》，中華書局，1979年，第457頁。

採蓮，愛情的發生也漸漸缺失了荷花蓮葉的自然清美，伴隨著水上交通的發展，已經成爲城市的蘇杭，其中發生的愛情漸漸曖昧，多了很多人爲的因素。主角由採蓮女變成了歌姬舞女，男主角也由原來的隱藏於採蓮女心中而燦然以士大夫的面貌登場，他們譜寫的風月之情泛濫起來，愛情的內容也由南朝的單一吟唱增添了許多內容。劉士林在《西洲在何處——江南文化的詩性敘事》中談到江南的美：「江南的美，是一種煙霧繚繞的雌性的光輝，一種可以吸附所有衝動與力量的山谷，一種可以溶解所有鬱積與頑固的清溪，一陣可以表達所有疑問與痛苦地風聲，一縷可以照亮所有深度與黑暗餓光線……這就是古人講的那種玄之又玄的萬物之母與眾妙之門」，「可以說江南的全部的美麗與精神氣質，都在這種如泣如訴的淺斟低唱中玉體橫陳。」〔註77〕劉先生用優美的語言爲我們展現了江南「玄之又玄」只能意會而不能言傳的美妙，其中重點提到了江南的雌性即母性以及特有的煙霧繚繞的如泣如訴的傷感。宋代的蘇杭，讓後人想起的不僅僅是筆記小說裏記載的繁華和狂歡，更津津樂道的是發生在蘇杭煙雨裏、湖水邊的那些風月佳話。蘇杭兩地各有眞娘墓和蘇小小墓記載著歷代文人對這兩位名妓的追思與紀念。宋代文人在這詩情畫意的溫柔鄉里，不僅僅是題詞紀念，也願意親身去譜寫一段佳話，如蘇軾和王朝雲。王朝雲，錢塘人，家境清寒，自幼淪落爲錢塘歌女，能歌善舞。神宗熙寧七年蘇軾貶任杭州通判，一日宴飲時看到了輕盈曼舞的王朝雲，收爲侍女。朝雲十三成名，便隨蘇軾入蘇府，到黃州後被蘇軾納爲妾室，與蘇家同甘共苦，備受磨難。難能可貴的是王朝雲一直沒有蘇軾夫人或妻子的名號，與蘇軾共同生活了二十多年，特別是陪伴蘇軾度過了貶謫黃州和貶謫惠州兩段艱難歲月而不離不棄。在惠州染病而逝，蘇軾親自爲其寫墓誌銘及悼亡詩。再如秦觀和琴操。名妓琴操，隸杭州樂籍，和蘇東坡、秦觀等著名詞人時有酬唱。《能改齋漫錄》卷十六記

〔註77〕劉士林《西洲在何處——江南文化的詩性敘事》，東方出版社，2005年，第54頁。

載，有一人在西湖閒唱秦觀的《滿庭芳》，錯吟其中之句爲「畫角聲斷斜陽」。琴操在旁糾正說：「畫角聲斷譙門，非斜陽也。」那人便將她一軍，戲問能否將全首詞改爲「陽」字韻。琴操當即吟道：

> 山抹微雲，天連衰草，畫角聲斷斜陽。暫停征轡，聊共飲離觴。多少蓬萊舊侶，頻回首，煙靄茫茫。孤村裏，寒鴉萬點，流水繞紅牆。魂傷當此際，輕分羅帶，暗解香囊。謾贏得，青樓薄幸名狂。此去何時見也，襟袖上空有餘香。傷心處，長城望斷，燈火已昏黃。〔註78〕

琴操鍾情秦少游，爲之獻身。但秦觀調任京都後，因王安石變法，被貶郴州，與琴操斷隔三年，無力爲其贖身，但琴操仍對他一忘情深，後據《事文類聚》引《泊宅編》記載，當時知杭州府的詞人蘇軾點撥，出家爲尼，後葬於玲瓏山。周邦彥在蘇州也曾和營妓岳楚雲有過一段戀情。張炎《碧雞漫志》記載大觀三年，歸自京師，過吳，飲與太守蔡岳子高坐中，見營妓岳楚雲之妹，作《點絳唇》寄之〔註79〕。岳楚雲見詞，感於周邦彥之情，累日感泣。〔註80〕

正如以上所舉的詞人歌妓佳話，宋代文人在蘇杭這溫柔之鄉中，都有著或覬覦著一場知己豔遇，再如白石道人姜夔，一直不能忘懷合肥雙豔，留下無數纏綿詞作。客遊蘇州范成大石湖寓所時，詩人范成大把妓女陶小紅贈他做妾，也成就文學史上 「自喜新詞韻最嬌，小紅低唱我吹簫」的才子佳人旖旎和諧的畫面。

作爲詞樂結合的中介，曲子詞傳播的主力軍，歌妓們活躍於曲子詞的繁盛地蘇杭，也用自己美妙的聲音、靈動的才情、妖嬈的身姿活躍豐富了宋代的詞壇，爲宋代的蘇杭營造了另一份熱鬧與色彩。水墨蘇杭，百媚種種寫不完；喧鬧的都市，千色斑斑畫不盡。宋代的蘇杭，是保留在文人心中的風月溫柔之鄉。

〔註78〕 【宋】吳曾《能改齋漫錄》中華書局，1985 年，第 420 頁。
〔註79〕 【宋】王灼《碧雞漫志》卷二，古典文學出版社，1957 年，第 66 頁。
〔註80〕 【宋】洪邁《夷堅三志》壬集卷七，轉引自吳熊和《唐宋詞彙評》，浙江教育出版社，2005 年，第 1019 頁。

五、世俗宜居之地

研究「境界美學」的學者陳望衡先生曾經指出，最能滿足人的情感需求的兩類型城市：一是山水園林城市，一是歷史文化名城。對於居住來講，理想的居住環境是山水園林城市，但最富有魅力的城市是歷史文化名城。歷史文化名城，大概有這樣幾種情況：一類是現在過去曾經是國家的首都；第二類是這裏發生過影響國家民族命運的重大事件；第三類是在經濟文化宗教教育等方面曾經擁有重要地位。輕煙淡水的蘇杭既有太湖、西湖的淩波水韻，亦有姑蘇山、孤山矗立起來的山石精氣。在溫山碧水的懷抱裏，是優雅別致、飄逸玲瓏的園林建築，任人間的所有雅性和夢想在這裏詩意棲居。蘇杭是江南這幅畫卷上最滋潤浪漫、最自然輕靈的那抹色彩，古樸安靜裏流淌著人世永遠的希冀和安靜；蘇杭也是江南這部作品裏內涵最深厚、意味最悠長的那一章節，從最初的吳越爭霸到隋唐的崛起，最終以「地上天堂」在宋代達到頂點，「江南名郡屬蘇杭，寫在殷家三十章」。石橋磨損的雕欄上印著歲月的痕跡，湖水幽深的碧波裏流淌著悠久的文化。不論是蘇州悠久的文化氛圍，還是杭州作為南宋首都的繁華熱鬧，蘇杭的文化氛圍在宋代就鑄就了文化名城的名片。自古到底，多少世人騷客留過留戀的足跡，題下不捨的詞章，蘇杭本身就是一部中華文化成長錄。

城市居住有三個層次：第一個層次是宜居；第二個層次是利居；第三個層次是樂居。樂居作為城市功能的最高標準，主要有三個要求，一是景觀很優美，這個既包括自然山水，又包括人為建築；二是歷史文化底蘊非常深厚，文化是一個城市的靈魂和命脈；三是個性特色鮮明。一個城市要給人留下一些情感性的回憶，山水讓人愉悅，文化讓人迷醉，而情感讓人留戀忘返。一個城市要有親和力，歸屬感和依戀感，成為人們感情的依賴。宋代蘇杭無疑滿足了這三個看似很苛刻的要求，一方面作為風景佳麗地，自然的山水美景和獨有的園林建築為人們心中的「天堂」搭建了外殼；蘇杭悠久的歷史和文化氛圍則

讓文人騷客在自然風景之外體會到更多來自心靈深處的認同感和歸屬感；最後，作爲風月溫柔之鄉的蘇杭，數不盡的「斜橋紅袖」上演了悲歡離合的風流佳話，每一處山水都印上了依依相偎的足跡，每一處的流水都曾映照過情意綿綿的佳偶身影，每一季的煙雨也都飽含著愛恨情仇的惆悵——尤其是這樣的佳話總是發生在青春年少得意之時，多愁善感的騷客詞人在內心豈能掙脫一個個美好回憶的誘惑？來到蘇杭、想起蘇杭、甚至談到蘇杭都足以讓心靈激蕩。蘇杭和太多美好在一起，永遠充滿了誘惑，又不是海市蜃樓般的虛幻，而是一直在江南道，在兩浙路，似乎時時得以重溫所有美妙的心理圖景，此處不是天堂，何處敢稱天宮？蘇杭的美是世俗的美，帶著濃濃的人情味，溫馨而不疏離。蘇杭作爲江南水鄉的都市，是騰躍於水墨江南畫卷上的鮮豔色彩，因爲底子依然是小橋流水人家的淡泊和恬靜，即使在成爲都市之後，氣息仍然是溫潤而悠閒的。同爲歷史文化名城，蘇杭和北方的長安洛陽不同，後者浸染了儒家太多的入世精神，性格是剛硬正直，是屬於政治和朝廷的。蘇杭因爲前期和政治中心的原因，得以保持了道家飄逸輕靈的精髓，一直婉約柔和，官紳階層在這裏可以享受極大地物質滿足，普通的市民階層也同樣可以滿足底層的快樂。江南吸引著北方的士人，「於時宦遊之士，率意東南爲善地，每刺一郡，殿一郡，必留其宗屬子孫，占籍於治所」〔註81〕《吳郡圖經續記·風俗》「自本朝承平，民被德澤，垂髫之兒皆知翰墨，戴白之老不識戈矛。所利必興，所害必去。原田腴沃，常獲豐穰；澤地沮洳，浸以耕稼。境無劇盜，里無奸凶，可謂天下之樂土也。」〔註82〕蘇杭將都市繁榮和山水巧妙銜接，將士大夫內心的風流閒雅和世俗的感官享受完美融合，如此心靈舒散之所必將是唐宋士大夫人人嚮往的極樂之地，也不負「上有天堂，下有蘇杭」的美稱。難怪來自歐洲的傳教士

〔註81〕【宋】王禹偁《小畜集》卷三十《建谿處士增大理事柳府君墓碣銘》，文淵閣四庫全書本，商務印書館，1937年，第300頁。

〔註82〕【宋】朱長文《吳郡圖經續記·風俗》，江蘇古籍出版社，1999年，第11頁。

馬可波羅也在其行紀中明確描繪和表達了宋代杭州的美景盛況「京師城廣一百邁當，有石橋萬二千座，有浴室三千所，皆溫泉。婦人多嬌麗，望之若仙。國君侍從的男女數以千計，皆盛裝豔服，窮極奢侈。城中有湖，周圍皆崇臺別館，貴族所居。臨岸多佛寺，湖心有二小渚，崇殿巍然，臨水望之如帝居，爲士大夫飲宴之所，杯盤几筵，極奢麗，有時容集多至百餘輩。青樓盛多，皆靚妝豔飾，蘭麝薰人，貯以華屋，侍女如雲，尤善諸藝，嫻習應對，見者傾倒，甚至醉生夢死，沉溺其中。故凡遊京師者，謂之登天堂，歸後尤夢京師。」〔註83〕

　　一個城市除了文人之外，大部分的居民都是世俗凡人即市民，蘇杭作爲天堂不僅僅是文人的樂居之所，更是世俗宜居之城。所謂「生在蘇州，住在杭州」，蘇杭也是普通市民世俗生活的美滿之地。宋代還有一個諺語曰：「不到長安辜負眼，不到兩者辜負口」。《宋史》在講到兩浙路風俗時候有言：「兩浙路……人性柔慧，尚浮屠之教。俗奢靡而無積聚，厚於滋味。善進取，急圖利，而奇技之巧出焉。」〔註84〕可見宋代的蘇杭既有吸引文人士大夫的高雅精神文化，也有著滿足口舌這一人類基本欲望的美食，並以此享譽當時。《武林舊事》「市食」條分「果子」、「菜蔬」、「粥」、「涼水」、「糕」、「蒸作從食」等幾項，詳細列舉了八大類共二百三十五種食品，尤其是休閒食品「果子」更可謂琳琅滿目，宋代杭州的休閒生活可見一斑。尋常百姓的日常生活都可以做到如此精細，更可以想像蘇杭的上層社會何等講究。宋代的蘇杭無論是底層的物質需求，還是精神欲求都豐足深厚、花樣百出，無論是尋常百姓還是士大夫文人盡可以在此尋找到滿足自己需要的樂園，是名副其實的「地上天堂」。歐陽修在《有美堂記》裏層提到天下至美與其樂：「夫舉天下之至美與其樂，有不得兼焉者多矣。故窮山水登臨之美者，必之乎寬閑之野、寂寞之鄉，而後得焉。覽人

〔註83〕 【意大利】馬可‧波羅《馬可波羅行紀》，中華書局，1954 年，第
　　　　567 頁。

〔註84〕 【元】脫脫等《宋史》，中華書局，1977 年，第 2177 頁。

物之盛麗，跨都邑之雄富者，必據乎四達之衝、舟車之會，而後足焉。
蓋彼放心於物外，而此娛意於繁華，二者各有適焉」〔註85〕，這其中
的「至美」與「其樂」同樣作爲人世間難得的愉樂境界，前者對主體
的要求更高一些，只有那些有了豐富人生經歷、看透人生的通達之士
方能體會到此等境界的高妙，普通世人於「寬閒之野」，最初或許有
新鮮的歡喜，然而久了難免會產生寂寞與單調甚至淒清之感。然而，
雄富都邑的「其樂」卻雅俗通行，繁花似錦的世俗之樂使得世人甘之
如飴地享受紅塵之歡樂，這種屬於世俗大眾的熱鬧比「寬閒之野」更
容易體會，有更深厚的群眾基礎，更多一種吸引力，因此繁華熱鬧的
都邑之鄉才是世人之愛，蘇杭作爲繁雄都邑之中的翹楚，上到皇族親
王，下到平民百姓，雅至士大夫文人，俗稱街頭商販都能在此中找到
自己的歡樂，在當時的宋代，眞得無愧於「地上天堂」的稱號。

　　宋代的蘇杭不僅是江南佳麗地，更是東南繁華之都、文人雅會之
所和風月溫柔之鄉，是世人信心嚮往的宜居之城。如此集天地美好於
一身的蘇杭，不僅僅存在當時當地的世人生活中，更是宋詞繁衍的肥
沃土壤，鮮活地存儲於宋詞的字裏行間，爲宋詞增添了豐富的題材，
賦予了宋詞江南特有的婉約風情，也鑄就了宋詞永遠抹不去的江南情
調。

〔註85〕劉揚忠編選《歐陽修集》，鳳凰出版社，2006 年，第 171 頁。

第二章　宋詞文本中的蘇杭鏡像

　　劉熙載在談到張先遊垂虹亭之作《定風波》時，認爲「詞貴得本地風光」。〔註1〕一個地域的文學之所以能區別出來，最淺層的標誌就是內容中頻頻出現的此地域特有的景物、地名和民情習俗。這是地域文學的特色，只有先在物質層面上容納摹寫本地風情，才能達到更深層次對於地域精神的傳達和深化。宋代詞人在梅雨藕風的江南氣候中走過姑蘇的石橋，穿過春水垂楊、桃紅柳綠的西湖蘇堤，攜著玲瓏嬌柔的吳娃，聽著吳地的吳儂軟語和咿呀作響的絲竹管絃，仰望吳江垂虹，蕩舟太湖，攀登闔閭的姑蘇臺，弔古懷今，抒懷感慨。四時景色更有不同，春日遊湖，夏日觀荷，中秋看月，冬日孤山賞梅；笙歌士女，串月吹簫，斜橋紅袖，這些典型的蘇杭景象在宋代蘇杭詞中是永恒的背景和主角。

　　作爲蘇杭詞開山之作，白居易的《憶江南》打響了蘇杭的名氣，引領了一代詞人對於江南、對於天堂蘇杭的追慕、遊賞與書寫。「日出江花紅勝火，春來江水綠如藍」，色彩鮮豔明媚的江南由白公的盛世大唐走到了內斂斯文的趙宋王朝，水鄉的旖旎風光充溢在宋詞的字裏行間。城市有四時變換的風景，也有古今流動的文化，而文化正是寓於景物之中。正如白居易詞中所吟，作爲江南並蒂花的蘇州

〔註 1〕 【清】劉熙載《藝概・詞曲概》，上海古籍出版社，1978 年，第 122 頁。

和杭州，在宋詞中的形象，一方面以江南水鄉的普遍面貌出現；另一方面，作為獨立個體的兩個城市，彼此的景物在宋詞中各有展現。杭州西湖的詞中形象自北宋初到南宋末，隨著城市的變化，顯示出由淡而濃再轉悲的趨勢，宋詞中的蘇州則充滿了滄桑之感。西湖萬象、太湖滄桑、錢唐觀潮、姑蘇思古，「煙柳畫橋，風簾翠幕」的相同底色上，活躍著同樣嬌美多姿的吳姬，卻又有各自歷史與現世交織積澱的別樣情趣。

第一節　江南最宜是蘇杭——蘇杭共有的江南風貌

　　作為中國文化體系中最具魅力和令人神往的區域之一，「江南」這一文化地理稱謂，總是令人產生「杏花春雨江南」的美好聯想。人們從「江南」名詞中所感受到的是美麗的山水，是集美麗和繁華於一身的被高度詩化的都市形象和概念。到了宋代，伴隨著蘇杭在江南都市中地位的提升，在鎮江、金陵、吳興等同時代的江南都市中，蘇杭逐漸成為江南最具代表性的典型形象。「蘇杭」不論在地域特色還是在詩意形象的體現程度上都更好地闡釋了「江南」，帶給人們的感受更鮮明更具象，更突出了「江南」特有的婉約情韻。蘇杭詞中，尤其是北宋的蘇杭詞中，「江南」的出現頻率要明顯高於「姑蘇」、「餘杭」、「吳門」、「錢唐」或者任何具體的類似「齊雲樓」或者「孤山」等蘇杭名物，很多詞人身在蘇杭，也習慣用「江南」來代指具體的所在。如蘇軾《瑞鷓鴣　觀潮》：

> 碧山影裏小紅旗。儂是江南踏浪兒。
> 拍手欲嘲山簡醉，齊聲爭唱浪婆詞。
> 西興渡口帆初落、漁浦山頭日未欹。
> 儂欲送潮歌底曲，尊前還唱使君詩。

眾所週知，觀潮是杭州特有的風俗活動，「踏浪兒」也肯定是在杭州錢塘江踏浪競渡，但詞人依然用「江南踏浪兒」，讀者也很輕易接受這裏的「江南」所泛指的杭州。再如：吳潛《漢宮春 吳中齊雲樓》：

> 　　樓觀齊雲，正霜明天淨，一雁高飛。江南倦客徒倚，
> 目斷雙溪。憑闌自語，算從來、總是兒癡。青鏡裏，數絲
> 點鬢，問渠何事忘歸。

這是此詞上闋，其序已經指明詞作所寫是吳中齊雲樓，也就是蘇州的齊雲樓，可見作者此時身在蘇州齊雲樓上，但他在感慨自己作爲一個遊子的漂泊惆悵時用了「江南倦客」，此處的「江南」當指蘇州。

　　當然，我們也必須承認其餘江南都市詞如湖州詞中也有類似現象，然而綜合考慮宋詞中蘇杭詞的數量，蘇杭在當時的城市地位以及江南所有都市的城市狀態，宋代蘇杭無疑是最合適的江南「代言人」。在一定程度上，宋代的「蘇杭」首先是濃縮版的「江南」，然後才是各有特色的蘇州和杭州。因此在考察宋詞中所描繪的蘇杭，有必要首先考察作爲江南代言人的蘇杭所共有的江南特色——水橋人家、花團錦簇和都市繁華。

一、「煙柳畫橋，風簾翠幕」——江南水鄉風光

　　「水國多臺榭，吳風尚管絃」。作爲蘇杭的忠實擁躉，白居易在《和夢得夏至憶蘇州呈盧賓客》裏已經指出吳地的特色，即多水、多臺榭、民風尚樂。按譜度曲，本用於吟唱的宋詞在這樣的氛圍里正是如魚得水。帶有明顯南國風味的宋詞帶著濕淋淋的水汽，給後人展現了一幅幅帶有江南特質的水鄉風情圖。首先，我們來看看可以稱爲杭州詞開山鼻祖的潘閬所描繪的杭州圖像：

> 　　長憶錢塘，不是人寰是天上。萬家掩映翠微間。處處
> 水潺潺。
> 　　異花四季當窗放。出入分明在屏障。別來隋柳幾經秋。
> 何日得重遊。

潘閬的《酒泉子》一共十首，第一首「長憶錢塘」是總起，概括了錢唐即杭州的大致面貌，這其中的「萬家掩映翠微間。處處水潺潺」，其實正是江南都市最有代表性最常見的景象。蔥蘢的樹木花草宛如一層層自然的簾幕，民居點綴其中，遮遮掩掩，隱隱約約。民居相對於

觀察者來說本來是大而笨重的靜物，而詞人別出心裁，將視野放大到更廣闊，在郁郁蔥蔥的大背景襯托下，民居婉約而靈動起來，更妙的是因爲多了一層層簾幕看的不真實，更增添了神秘感和朦朧感，這和江南迷離的城市氣質以及宋詞含蓄的風格無疑是相統一的。在這遠距離的安靜的世界裏，處處有水聲，潺潺的水聲爲杭州靜默的民居增添了靈動之氣。這動靜結合的杭州，這綠意蔓延、水聲瀰漫的杭州是如此的細婉而又輕靈。如果只有這無邊的綠色是否太顯單調？而江南最不缺的就是顏色，「異花四季當窗放，出入分明在屏障」──四季鮮花盛開在窗前眼前，花團錦簇，行人來來往往，好似走在鮮花做成的屏障裏。無邊蔓延的綠色做簾幕，四季七彩繽紛的鮮花做屏障，美得如此自然，如此理所當然，這樣的江南真的是「不是人寰是天上」，也只有天堂才能大肆渲染地接受大自然的厚愛。這裏的江南安靜輕靈又美得非凡：

> 湖山照影，正日長嬌困，不煩勻掃。絮滿長洲春淡沲，開遍吳宮花草。嫩綠蔥蔥，輕紅蔌蔌，漸覺枝頭少。餘芳難並，破愁惟有馨醲票。

沈端節的《念奴嬌》，寫的仍然是杭州。暮春時節，柳絮飄飛，處處可見紅紅綠綠點綴的花草，枝上的花兒已經開始凋謝。如果沒有前面的「湖山照影」，不去考證這首詞作於杭州，詞中所描繪的畫面是暮春的江南隨處可見的。這又是杭州所擁有的江南暮春景象，依然是處處花草，卻因爲這漫天飛舞的柳絮兒沾上了慵懶的意味，讓人覺得江南的生活也是這般富足而慵懶。

我們再來看一看宋詞中的蘇州又有怎樣的水鄉景致：

> 危臺枕城堞，今昔幾人遊。繞城碧水一帶，茂苑與長淵。寂寂彈琴風外，苒苒採香徑畔，橫截古溪頭。極目暮雲合，宋玉正悲秋。

> 峴山碑，帝子閣，庾公樓。當時風物，如今煙水只供愁。處處山明水秀，歲歲春花秋月，何必美南州。故國未歸去，萍梗歎漂流。

趙善括《水調歌頭・和黃舜舉吳門二詠》之一。「繞城碧水一帶，茂苑與長淵。寂寂彈琴風外，苒苒採香徑畔，橫截古溪頭。」詞人筆下的蘇州被一帶碧水環繞，風中傳來琴聲，悠遠而顯得有點寂寞，採香徑畔綠意苒苒。如果不知道「茂苑與長淵」是蘇州的代稱，不注意詞的序言，讀者很難分辨詞所具體指稱的城市，但是我們可以毫無疑義地得出一個模糊的結論，即詞人所寫的是一座江南城市。繼續看下闋，「處處山明水秀，歲歲春花秋月，何必羨南州。」這裏更清楚印證了我們的結論，即這是一個處處山明水秀、景色美麗的南方城市。這個城市可以是金陵，可以是湖州、鎮江，也可以是蘇州和杭州，詞人在這首詞中給予讀者的正是蘇州作爲江南都市一員所共有的山水景色，與前面的潘閬《酒泉子》和沈端節的《念奴嬌》放在一起來看，除了多出的一絲寂寞的琴聲，完全是類似的景物和畫面。再如黃載《洞仙歌　姑蘇舊臺在三十里外，今臺在胥門上，次潘紫岩韻》「吳宮故墅，是天開圖畫。縹緲層雲出飛榭。隱隱樓空翠巘，水繞蕪城，平疇迴，點染霜林凋謝。」詞中的「飛榭」，隱藏在翠色中的小樓，被綠水環繞的城市，無一不是江南所特有的水鄉畫面。

> 柳暝河橋，鶯晴臺苑，短策頻惹春香。當時夜泊，溫
> 柔便入深鄉。詞韻窄，酒杯長。翦蠟花、壺箭催忙。共追
> 遊處，凌波翠陌，連棹橫塘。

吳文英《夜合花　黃鐘商自鶴江入京封門外有感》也是如此，「柳暝河橋，鶯晴臺苑，短策頻惹春香」，起兩句用秀麗工巧的對偶句描寫蘇州美麗的春景，一「暝」字寫盡河邊橋畔楊柳如美人般眉眼輕暝，濃密嬌柔之態盡顯。臺苑中的黃鶯盡情啼囀，「短策頻惹春香」，攜帶出遊的「短策」（馬鞭）不時沾染花香，不正面寫花開，而短策在路上頻頻沾惹春香，自能表明沿途春花盛開之狀。這樣溫馨如許的景象，正是江南的春天。

　　「蘇杭」本身是「江南」。宋詞中的蘇杭有著「煙柳畫橋，風簾翠幕」的江南都市共同的背景底色，正是在這底色之上，蘇杭的垂虹、太湖、西湖和孤山才顯示出特別的味道。

二、眾芳搖落獨暄妍——宋詞中的蘇杭歌妓

　　詞自產生之日起，就離不開女性的參與。首先，它的產生環境是
「……綺筵公子，繡幌佳人，遞葉葉之花箋，文抽麗錦；舉纖纖之玉
指，拍按香檀。不無清絕之詞，用助妖嬈之態」，而傳播環境則需要
有「二八佳人持象牙板唱『楊柳岸，曉風殘月』」〔註2〕，這些女性因
素使得詞發展伊始就顯露出柔美的特點。到宋代，由於城市經濟的高
度繁榮，統治者鼓勵臣僚「多積金、市田宅以遺子孫，歌兒舞女以終
天年」〔註3〕，拉動了娼妓業的興盛，冶遊之風盛行。宋詞中的女性
形象基本上被歌妓所壟斷，歌妓作為宋詞不可或缺的一分子，在宋詞
創作和傳播各個環節都有活躍的身影。宋詞中的歌妓形象除了少數有
具體姓名的如柳永筆下的「蟲娘」、「酥娘」，晏幾道詞中的「蓮、鴻、
蘋、雲」之外，一般都是一個蒼白的剪影，或用「真娘」、「謝娘」、「小
小」等名妓名字統稱，或僅僅是一個模糊的女性形象。在這些個性特
徵不突出的歌妓形象中，有一個帶有鮮明地域色彩的統稱「吳姬」(「吳
娃」) 頻頻出現。宋詞中的吳娃和吳姬或者只是籠統的歌妓代名詞，
如「少年百萬呼盧，擁越女、吳姬共擲。被底香濃，尊前燭滅，如今
消得。」(張元幹《柳梢青》)「催喚吳姬迎小艇。妝花燭焰明相映。」
(朱敦儒《漁家傲》)，「此後吳姬難見、且徘徊。」(張先《定西番》)，
「是處小街斜巷，爛遊花館，連醉瑤卮，選得芳容端麗，冠絕吳姬。」
(柳永《玉蝴蝶》其三)；或者活躍於明確的都市，如杭州歌妓「亭
亭不語，多應嗔賦玉井。西湖遊子，慣識雨愁煙恨。只恐吳娃暗折贈。
耿耿。柔絲容易縈損」(史達祖《隔浦蓮　荷花》)，「雌堂玉暖吳娃。
向燕寢香中早放衙。」(陳世豪《沁園春壽胡守》)，「南國收寒，東郊
放暖，條風初回臺榭。小燕橫釵，鬧蛾低鬢，根底吳娃妖冶。」(趙

<hr>

〔註2〕【五代】趙崇祚輯，李一氓校《花間集注》人民文學出版社，1958
　　　　年，第1頁。
〔註3〕【元】脫脫《宋史》卷二五十《石守信傳》，中華書局，1977年，第
　　　　8810頁。

以夫《探春慢》)這些詞中均點明此吳娃是詞人在杭州所遇。「風月吳娃。柳陰中認得，第二香車」(張炎《意難忘》)，該詞詞序言「中吳車氏，號秀卿，樂部中之翹楚者，歌美成曲得其音旨。余每聽，輒愛歎不能已，因賦此以贈。余謂有善歌而無善聽，雖抑揚高下，聲字相宜，傾耳者指不多屈。曾不若春蚓秋蚤，爭聲響於月籬煙砌間，絕無僅有。余深感於斯，爲之賞音，豈亦善聽者耶」，可知此處「吳娃」是蘇州人。

另外，現代學者李劍亮在其著作《唐宋詞與唐宋歌妓制度》中列舉了宋代有文獻資料可證的的 15 名歌妓〔註4〕，除李師師和聶勝瓊在汴京外，其餘的 13 位如琴操、王朝雲、龍靚、薛希濤、周韶、九尾野狐六位在杭州，李當當、岳楚雲、小紅三位在蘇州，胡楚、鄭容、島瑩三位在潤州，嚴蕊在浙江天台，這 13 人均活躍於江南，除嚴蕊之外，大可都籠統成爲「吳姬」。

宋代筆記中記載了許多兩宋時期江南地區詞人和歌妓的交往情況。《詞苑叢談》卷七記有周邦彥的《點絳唇》詞話：「周美成在姑蘇，與營妓岳楚雲相戀，後從京師過吳，岳已從人矣。因飲於太守蔡岳席上，見其妹，乃賦《點絳唇》」〔註5〕。蘇軾蘇杭詞中也多有提及歌妓，如《菩薩蠻‧杭妓往蘇迓新守》，由當時的官妓出面去迎接新任太守楊繪；《祝英臺近‧掛輕帆》則是爲陳襄放營妓周韶落籍而賦，同座的張先也有《憶江南‧贈胡楚》、《雨中花令‧贈龍靚》。《本事詞》對此記錄甚多，今略舉如下〔註6〕：柳永與杭妓楚楚、陳襲善與杭州妓周子才、施酒監與杭妓樂婉氣、張炎與蘇州陸輔之家姬卿卿、蔡元長與姑蘇妓蘇瓊。可見，蘇杭地區的歌妓與詞人交往頗爲緊密，她們就是宋詞中統稱的「吳姬」和「吳娃」的代表。

「吳國豔，楚宮娃。」吳越自古多美女。「吳」即「吳地」，「吳地」

〔註4〕 李劍亮《唐宋詞與唐宋歌妓制度》，浙江大學出版社，2006 年，第55～60 頁。

〔註5〕 【清】徐釚《詞苑叢談》卷七記事二，筆記小說大觀本第 39 編第 7 冊，第 477 頁。

〔註6〕 【唐】孟棨、葉申薌《本事詩 本事詞》，古典文學出版社，1957 年。

的概念源於春秋後期五霸之一的吳國，當時吳國的疆域大致今天太湖流域一帶，蘇杭都在吳文化涵蓋範圍之內。而「娃」，《說文·女部》釋義爲：「娃，圜深目貌。或曰，吳楚之間謂好爲娃。」〔註7〕朱長文《吳郡圖經續記》有兩次談到吳地稱呼美女爲「娃」：「《越絕書》云：『吳人於硯石置館娃宮。』楊雄《方言》謂『吳人呼美女爲娃』，蓋以西子得名耳。《吳都賦》云：『幸乎館娃之宮，張女樂而娛群臣。』即謂此也。」〔註8〕又「吳縣有利娃鄉，吳人以美女爲娃，蓋宜爲麗娃」〔註9〕。文獻證明，「娃」是吳楚之地對美女的代稱，那麼「吳娃」自然可以解釋爲吳地的美女。「姬」除了作爲黃帝的姓和國君之妾，多用於美女的代稱，如「莊王棄其秦姬越女，罷鐘鼓之樂」〔註10〕，也指從事歌舞的女性，如「胡姬」。「吳娃」和「吳姬」在宋詞中均指吳地歌妓。對於美女的稱謂，帶有明顯地域色彩的當屬「越女」、「胡姬」、「吳姬」、「湘妃」，而爲何宋詞獨獨鍾情「吳姬」、「吳娃」？

第一、標杆作用的影響

「吳娃」是唐宋詞中最先出現的歌妓名稱，這個最先包括兩層含義。首先是唐宋文人詞開筆之作白居易《憶江南》之三「江南憶，其次是吳宮。吳酒一杯春竹葉，吳娃雙舞醉芙蓉」，蘇州讓詞人留戀的除了美酒，就是舞姿優美的「吳娃」，這應該算是「吳娃」在唐宋詞中的第一次亮相。其次，作爲最先描寫杭州山水的詞作，潘閬《酒泉子》其四「長憶西湖，湖上春來無限景。吳姬個個是神仙，競泛木蘭船」，西湖之上依然是「吳姬」曼妙的身姿，這也是點綴在杭州各處美景中的唯一女性形象。白潘二詞在唐宋詞史上舉足輕重，他們選取的意象是後來詞作者遵從的旗幟和標杆，這也是「吳娃」成爲宋詞中最有影響力的歌妓團體稱謂的重要原因。

〔註7〕 侯贊福主編《漢語辭書大系·古漢語字典》，南方出版社，2002年，第315頁。
〔註8〕 【宋】朱長文《吳郡圖經續記》，江蘇古籍出版社，1999年，第43頁。
〔註9〕 【宋】朱長文《吳郡圖經續記》，江蘇古籍出版社，1999年，第85頁。
〔註10〕 【漢】趙曄《吳越春秋》，江蘇古籍出版社，1986年，第10頁。

第二、吳娃自身的優勢

詞在最初，本是歌席酒宴之上，歌妓傳唱以娛客的工具，用於歌唱是詞人賦詞的主要動機，歌妓唱詞也是詞最初的傳播方式。詞的吟唱對歌唱對象有著特殊要求，宋人對此多有提及，如「但唱令曲小詞，須是聲音軟美。」〔註11〕「今人獨重女音，不復問能否。而士大夫所作歌詞，亦尙婉媚。」〔註12〕「非朱唇皓齒，無以發其要妙之聲。」〔註13〕詞適宜妙齡女子歌唱，而如果這女子歌喉輕柔婉麗，那自然是錦上添花了。吳儂軟語的吳音無疑是唱詞的首選。《夢溪筆談》卷五載：高郵人桑景舒，性知音，聽百物之聲，悉能占其災福，尤善樂律。舊傳有虞美人草，聞人作《虞美人曲》，則枝葉皆動，他曲不然。景舒試之，誠如所傳。乃詳其曲聲，曰：「皆吳音也。」他日取琴，試用吳音製一曲，對草鼓之，枝葉亦動。其聲調與《虞美人曲》全不相近，始末無一聲相似者，而草輒應之，與《虞美人曲》無異者，律法同管也。其知者臻妙如此。」〔註14〕可知，「吳音」臻妙如此，草木都能相合而舞，那文人墨客更聞此豈有不喜歡之理？「吳音，清樂也，乃古之遺音。唐初古曲漸缺，管絃之曲多訛失，與吳音轉運。議者請求吳人使之傳習。貞觀中，有趙師者，善琴獨步。嘗云：「吳聲清婉，若長江廣流，綿綿徐遊，國士之風。」〔註15〕今樂府有吳音子，世俗之樂耳。」可見，吳音綿長，又是世俗之樂，適合世俗唱和應用，而宋代更是世俗化濃重的社會，而宋詞也是世俗文化，用吳音來吟唱宋詞，眞是相得益彰。辛棄疾云「醉裏吳音相媚好，白髮誰家翁媼？」白髮翁媼的吳音都是「媚好」，那妙齡吳

〔註11〕 【宋】吳自牧《夢粱錄》卷二十，古典文學出版社，1957 年版，第178 頁。

〔註12〕 【宋】王灼《碧雞漫志》卷一，古典文學出版社，1957 年，第 57 頁。

〔註13〕 【宋】王炎《雙溪詩餘·自序》上海古籍出版社 1989 年影印《四印齋所刻辭諍本》，第 793 頁。

〔註14〕 【宋】沈括著，侯眞平校點《夢溪筆談》卷五，嶽麓書社，1998 年，第 46 頁。

〔註15〕 【宋】范成大《吳郡志》卷二，江蘇古籍出版社，1999 年，第 9 頁。

娃的吳音必將是輕巧優美，和溫柔纏綿的曲子詞相和，對詞人眞是樂於醉入江南旖旎紅塵。此外，吳中自古歌舞盛行，吳姬們有習歌學舞的社會氛圍。在唐代，「隋唐正雅樂，詔取吳人充弟子習之」〔註16〕。晚唐詩人薛能所作《吳姬十首》之八寫到：樓臺重疊滿天雲，殷殷鳴鼉世上聞。此日楊花初似雪，女兒絃管弄參軍。可見，蘇州女子已經頻頻參與唐代盛行的參軍戲。而南宋詞人張炎《山中白雲詞》卷五《滿江紅》也對於吳地女子的歌唱技巧有過專門讚揚：「贈韞玉，傳奇惟吳中子弟爲第一流。所謂識拍、道字、正聲、清韻、不狂，俱得之矣。作平聲《滿江紅》贈之。」〔註17〕吳語本已適合唱詞，吳地又「尙管絃」，有良好的音樂氛圍，身材曼妙的吳姬自然成爲宋詞的花魁而受詞人追捧。

第三、宋詞濃重的南方地域特色

在緒論中我們已經提及，最初流行於邊陲出鄉的曲子詞產地在唐末之後發生了兩大轉移，一是從農村轉向了城市，二是從北方轉向了南方。唐宋時期是中國社會變革的重要階段，最突出的代表就是國家經濟重心的南移，南方興起了蘇杭等一大批商業繁華，經濟發達的都市，詞自唐末之後便表現出明顯的南方地域特色。首先，宋詞的意象與意境帶有明顯的南方特色，宋詞中頻頻出現的 「橋」、「水」、「垂柳」、「南浦」、「橫塘」等等意象，絕大部分詞所營造迷離纏綿的意境都有南方水鄉的特色。從詞人的籍貫和經歷來看，宋代詞人大多是南人或有南方寓居經歷的人。作爲在南方流行的文學，詞人又有南方經歷，在選擇意象方面自然會有南方話傾向。蘇杭是宋代的「地上天堂」，蘇杭所在的吳地或者江南地區經濟發達，歌妓事業興盛，這些南方的美麗女子妖嬈多姿，又有吳儂軟語的相得益彰，吳娃自然就是

〔註16〕 【明】徐渭著，李復波、熊澄宇注釋《南詞敘錄》，中國戲劇出版社，1989年，第34頁。

〔註17〕 【宋】張炎撰，吳則虞箋《山中白雲詞》中華書局，1983年，第90頁。

接觸詞人們最多的底層女性，她們進入詞人的生活，進入宋詞作品，自然比別的地域的女性是「近水樓臺先得月」，這才和宋詞意象意境明顯的南方化特色相一致。

此外，與唐代文學相比，宋詞中「吳娃」所代表的江南歌妓形象取代「胡姬」而一統宋詞的天下，也和宋代文人審美之內傾化有關。唐代詩歌中歌妓形象「胡姬」獨佔頭籌是無可爭議的事實，唐代文人喜歡豪邁氣勢，就連歌妓也是帶有野性的番外女子「胡姬」，這本身就是一種對佔有的宣揚。而宋代軍事弱，邊疆的征戰中長期處於弱勢，國家外事的積弱影響到文人的氣勢。宋人對女性的欣賞普遍傾向於柔弱玲瓏的江南女性。宋詞中僅有的五首有胡姬出現的詞作，如「解春衣，貰酒城南陌。頻醉臥、胡姬側」（周邦彥《迎春樂》）「見說胡姬，酒壚寂靜」（周邦彥《側犯》），「青樓更有癡兒女，謾憶胡姬捧勸詞」（周孚先《鷓鴣天》）等，其中的胡姬形象或者是寄託自我聯想，或者是回憶前代，缺少具體的生活背景和故事原型，是唐代「胡姬時代」的一個影子，完全失去了依存的社會背景。而宋詞中所出現的「吳娃」形象卻身形妖嬈、打扮動人、鮮活可觀：

她們的出場合往往伴隨著「木蘭舟」、「小艇」、「艤舟」等水上工具。

　　吳姬個個是神仙。競泛木蘭舟。

　　——潘閬《酒泉子》其三

　　催喚吳姬迎小艇。妝花燭焰明相映。

　　——朱敦儒《漁家傲》

　　更有吳姬撥小橈。來往自妖嬈。

　　——盧炳《武陵春·賡何顯夫小舟有景》

　　酒面灩金魚。吳娃唱。吳潮上。

　　——張先《醉垂鞭·錢塘送祖擇之》

她們的容貌猶如江南美景清麗中又自有嫵媚妖嬈，身姿嬌小纖弱，行動優雅輕柔真是楚楚可憐，令詞人墨客留戀不捨，尤其是對她們的纖纖素手，詞人尤其欣賞。

紅綃輕試，綠裙微翹，吳姬嬌小。

——高觀國《留春令》

嫩橙初截鵝肪，肌膚香透。又還記、吳姬纖手。

——無名氏《祝英臺近》

吳姬三日手猶香。

——蘇軾《浣溪沙》

一杯正要吳姬捧。想見那、柔酥弄白，暗香偷送。

——高觀國《賀新郎賦梅》

　　吳姬面容嬌媚，詞人多以花來比擬，她們和江南特有的梅花往往被放在一起吟詠。

天然標格。不問青枝和綠葉。彷彿吳姬。酒暈無端上玉肌。——胡平仲《減字木蘭花‧詠梅》

參差向曉森如削。似吳姬、妝殘粉指，向人垂著。

——黃子行《賀新郎 冰箸》

江梅初試兩三花。人意競年華。春工未敢輕放，深院擁吳娃。——趙彥端《訴衷情》）

　　吳姬不僅有曼妙的身姿，在「吳風尚管絃」的傳統民風下，吳姬擅長歌舞。

喚吳姬學舞，風流輕轉，弄嬌無力。

——辛棄疾《蘇武慢　雪》）

吳姬十五語如弦，能唱當時樓下水。

——晏幾道《玉樓春》

一曲豔歌留別，翠蟬搖釵。此後吳姬難見、且徘徊。

——張先《定西番》吳姬唱，燕姬舞。持玉斝，溫瓊釂。——黃機《滿江紅》

　　美麗優雅的「吳姬」取代唐詩中的「胡姬」，躍然於在宋詞之中，她們外貌嫵媚妖嬈，身姿嬌小纖弱，歌舞婉轉柔媚，性格體貼溫柔，是公私宴席上的重要份子，是詞人平時生活中的解語花，對於詞的產生與傳播起了重要作用。

　　吳姬和吳娃又是江南美景的一部分，是水鄉風情中最悅動最明麗的風景。在詞人眼中，吳姬和自然風光一樣是被欣賞和被消遣的客體。因此，對於宋詞而言，她們和其它自然意象一起營造了宋詞的南方情味和纏綿綺麗的意境，靜的景物和動的人物動靜結合，景映人，人襯景，豐富了宋詞的意境。因此，宋詞中隨處可見的吳姬和吳娃形象是宋詞作為南方文學的一個標誌，也是宋代文人審美觀轉變的證明。

第二節　江南憶，最憶是杭州——宋詞中的杭州風情

一、西湖萬象

　　「未能拋得杭州去，一半勾留是此湖」，白居易一言道盡西湖之於杭州的重要。西湖依杭州而名，杭州因西湖而盛。西湖，原稱金牛湖、錢唐湖，宋代才改稱「西湖」。宋代對於西湖具有里程碑意義，宋前的西湖還只是一位自然鄉野的小家碧玉，正是宋代大詞人蘇軾一句「欲把西湖比西子」，賦予了西湖無法言說的韻味，西湖從此才真正完成了風情多姿的蛻變。宋詞中的杭州，西湖是永遠的名片。西湖對於杭州的重要性，斑斑可考。《夢粱錄》「八日祠山聖誕」條〔註18〕：

> 初八日，西湖畫舫盡開，蘇堤遊人，來往如蟻。其日，龍舟六支，戲於湖中……湖山遊人，至暮不絕。大抵杭州勝景，全在西湖，他郡無此，更兼仲春景色明媚，花事方殷，正是公子王孫，五陵年少，賞心樂事之時，詎宜虛度？至如貧者，亦解質借兒，帶妻挾子，竟日嬉遊，不醉不歸。
> 此邦風俗，從古而然，至今亦不改也

　　杭州民風好邀遊，而西湖更是杭州民眾聚居遊賞的公共大廣場。詞本里巷之曲，產生於歌席酒宴之上，西湖是杭州最閒雅優美的所

〔註18〕　【宋】吳自牧《夢粱錄》，古典文學出版社，1957年，第144頁。

在，最爲熱鬧歡樂的場所，也自然是杭州詞中被書寫最多的景色。西
湖，本身就是一幅天然圖畫，其本身更是一首情韻雋永的曲子詞，融
自然與人文、歷史、藝術爲一體。西湖是人間美景的最婉約呈現，宋
詞是文學風情的最風流境界，用宋詞抒寫西湖，詞人的藝術心靈與自
然的鬼斧神工各得益彰，相映成輝。

（一）坡柳風情，逋梅月色——湖山佳麗

《武林舊事》記載「西湖天下景，朝昏晴雨，四序總宜，杭人亦
無時而不遊，而春遊特盛焉。」〔註19〕西湖和周圍群山是杭州的精髓，
湖山景色是杭州詞中出現頻率最多的景色。早在北宋之初，詞人潘閬
便以十首《酒泉子》率先把杭州和西湖納入了宋詞的領域，開啓了後
世杭州詞和西湖詞之源頭。這十首《酒泉子》中，西湖獨佔兩首，其
中第三首寫西湖泛遊之樂，第四首寫西湖清麗閒雅之景。

> 長憶西湖，盡日憑闌樓上望。
> 三三兩兩釣魚舟。島嶼正清秋。
> 笛聲依約蘆花裏。白鳥成行忽驚起。
> 別來閒整釣魚竿。思入水雲寒。

潘閬筆下是西湖清秋時節的風光，西湖的景色也是清麗而閒雅舒
緩，和初秋的格調相吻合。詞人選擇的角度是湖畔樓上俯瞰，湖面上
停著三三兩兩的釣魚舟，島嶼默然屹立，周圍實在是太安靜了，偶而
幾聲微微的笛聲隱隱約約從蘆花深處傳來，驚飛了湖邊棲息的白鳥，
鳥兒成群飛起。這還是北宋時期的西湖，蘇軾還不曾到來，西湖也還
沒有被南宋都市紙醉金迷的歡樂浸染，依然保持著最自然鄉野的味
道。此時的西湖，清麗甚至有一點清空，讓人臨湖不免產生隱遁之念。
潘閬自己很中意這十首詞，曾經在寫給朋友的信裏說：「若或水樹高
歌，松軒靜聽，盤泊之意，飄渺之情，亦盡見於茲矣。」〔註20〕從潘

〔註19〕【宋】周密《武林舊事》，西湖書社，1981年，第37頁。
〔註20〕夏承燾《夏承燾集》第8冊《西湖與宋詞》，浙江教育出版社，第135
　　　頁。

閬的自我評價中，也可以看出北宋初期的杭州和西湖是閒適的、清雅的，這和南宋之後的景象前後對比明顯。

潘閬之後的柳永是第二個傾情杭州和西湖的詞人，一首《望海潮》，爲杭州做了一次最成功的推廣，甚至金國的完顏亮也因此欲染指杭州。「重湖疊巘清嘉。有三秋桂子，十里荷花。羌管弄晴，菱歌泛夜，嬉嬉釣叟蓮娃。」詞人過多地把焦點集中於更能刺激人器官的音像，即樂聲、歌聲、嬉鬧聲，此時的釣叟和蓮娃相併論，也充滿了活躍熱鬧的因素。眼中所見皆喜樂之景，但在詞人看來，有桂子和荷花的西湖仍然「清嘉」。我們考察這首詞的本事可以知道柳永寫此詞本是爲了拜謁和討好已經發達的布衣之交知州孫何，無奈對方爲官門禁森嚴，柳永於是作這首詞託名妓楚楚來求見。〔註21〕詞的末句便是詞的中心，即奉承和祝福孫何，因此爲了討好孫何，詞的內容也必定會圍繞孫何的政績來抒發，西湖之景色再美，也不是孫何的功勞，出於這樣的目的，詞人自然會把筆觸著重於歌舞昇平的描寫。這是柳永的主觀出發點，其客觀的結果直接使得宋詞中的西湖清麗之景開始熱鬧起來。

北宋的詞人中，寫有杭州詞的並不多，最大的遺憾，夏承燾先生在《西湖與宋詞》中已提到，即作爲西湖的命名人蘇軾兩次任職杭州，在詩歌中對西湖大肆書寫描摹，卻並沒有幾首正面描寫西湖的詞作。考其原因，當時詞多用於酒席宴會上唱和，文人普遍不重視「小詞」，蘇軾在杭州的詞作也多爲唱酬，而西湖在蘇軾心目中的地位是很高的，或許在當時的詞人心中詞還不足以描寫心中的這片聖地。所幸，詞人遺留給西湖的千古蘇堤和蘇堤垂柳卻成爲後來詞人廣爲吟詠的素材，成爲西湖之景永恒的背景。而同樣遺憾的是雅詞大家，本籍杭州的大詞人周邦彥晚年居住於西湖之畔，詞中多寫太湖隱逸，卻沒有關於西湖的詞作，不能不說是杭州詞的缺憾。

〔註21〕【宋】楊湜《古今詞話》，《詞話叢編》，中華書局，1986 年，第 26 頁。

　　靖康之難後，兩宋異代，杭州成爲南宋都城，而西湖之景開始沾染人氣，並愈來愈濃。這人氣，不僅表現在遊湖的人越來越多，西湖的地位越來越重要，對於西湖的景色而言，還包括西湖四周亭臺樓閣的修建，西湖景色中人爲痕跡濃重起來。據周輝《清波雜志》有言「嘗見故老言，杭州昔歲風物，與今不同。四隅皆空迴，人跡不到……自六蜚駐蹕，日益繁盛。湖上屋宇連接，不減城中」〔註22〕。周密《齊東野語》卷十九「賈氏園池」條記載：

　　　　景定三年正月，詔以魏國公賈似道有再造功，命有司建第宅家廟，賈固辭，遂以集芳園及緡錢百萬賜之。園故思陵舊物，古木壽藤，多南渡以前所植者。積翠回抱，仰不見日，架廊疊磴，幽眇逶迤，極其營度之巧。猶以爲未也，則隧地通道，抗以石梁。旁透湖濱，架百餘楹。飛樓層臺，涼亭燠館，華邃精妙。前揖孤山，後據葛嶺，兩橋映帶，一水橫穿，各隨地勢以構築焉。堂榭有名者曰蟠翠（古松）、雪香（古梅）、翠岩（奇石）、倚繡（雜花）、挹露（海棠）、玉蕊（瓊花茶コ）、清勝（假山），已上集芳舊物。高宗御扁「西湖一曲」、「奇勳」。理宗御書「秋壑」、「遂初容堂」。度宗御書「初陽精舍」、「熙然臺」、「砌臺」。山之椒曰「無邊風月」、「見天地心」。水之濱曰：「琳琅步」、「歸舟」、「早船」。通名之曰後樂園。四世家廟，則居第之左焉。廟有記，一時名士擬作者數十，獨取平舟楊公棟者刊之石。又以爲未足，則於第之左數百步瞰湖作別墅，曰光漾閣、春雨觀、養樂堂、嘉生堂。千頭木奴，生意瀟然，生物之府，通名之曰養樂園。其旁則廖群玉之香月鄰在焉。又於西陵之外，樹竹千挺，架樓臨之，曰秋水觀、第一春、梅塢、刿船亭，側通謂之水竹院落焉。後復葺南山水樂洞，賜園有聲在堂、介堂、愛此、留照、獨喜、玉淵、漱石、宜晚，上下四方之宇諸亭，據勝專奇，殆無遺策矣。」〔註23〕

〔註22〕【宋】周輝撰，劉永翔校注《清波雜志》卷三，中華書局，1994，第 117 頁。

〔註23〕【宋】周密《齊東野語》，中華書局，1983 年，第 355 頁。

　　此外，周密《瑞鶴仙》序言中提到張炎的父親張樞在西湖邊上建有結吟臺。「寄閒結吟臺出花柳半空間，遠迎雙塔，下瞰六橋，標之曰：湖山繪幅，霞翁領客落成之。初筵，翁俾余賦詞，主賓皆賞音。酒方行，寄閒出家姬侑尊，所歌則余所賦也。調閒婉而辭甚習，若素能之者。坐客驚詫敏妙，為之盡醉。越日過之，則已大書刻之危棟間矣。」其實不僅僅是賈似道和張俊家族，另外如秦檜、史彌遠等王侯將相無不在西湖附近興造宅墅，建築園囿。可見，當時的達官和文人增加或者改變了西湖原本清嘉的風貌。作為南渡詞人，張元幹的《八聲甘州　西湖有感寄劉晞顏》在西湖詞史上也是過渡之作：

> 　　記當年共飲，醉畫船、搖碧胃花釵。問蒼顏華髮，煙蓑雨笠，何事重來。看盡人情物態，冷眼只堪咍。賴有西湖在，洗我塵埃。
>
> 　　夜久波光山色，間淡妝濃抹，冰鑒雪開。更潮頭千丈，江海兩崔嵬。曉涼生、荷香撲面，灑天邊、風露逼襟懷。誰同賞，通宵無寐，斜月低回。

此時的西湖已經開始顯露畫船與美人，酒宴笙歌之歡，但尚且可以「洗我塵埃」，尚有荷香可以沁人心扉，南宋西湖上的脂粉之香逐漸把荷香遮掩。南宋的西湖之景，除卻一勺湖水和環湖群山，又在不斷增添別墅園囿、亭臺樓閣等建築，當然增加更多的是喧鬧之聲。如太學生俞國寶詞《風入松》：

> 　　一春長費買花錢。日日醉花邊。玉驄慣識西湖路，驕嘶過、沽酒壚前。紅杏香中簫鼓，綠楊影裏鞦韆。
>
> 　　暖風十里麗人天。花厭髻雲偏。畫船載取春歸去，餘情寄、湖水湖煙。明日重扶殘醉，來尋陌上花鈿。

詞中的西湖畫境中有嘶鳴奔跑的駿馬，生意興隆的酒壚，日日買醉的遊客，簫鼓之聲，裝扮精緻的麗人，滿載遊客的畫船，西湖的煙水被這沸騰的熱鬧驅散了，往日的湖山景色逐步成為人間樂處。

　　關於西湖之景色，除了一泓碧水，我們還不得不提孤山。《夢梁錄》「諸山巖」條謂：「西湖堤上名孤山，乃林和靖先生隱居處，

其山聳立，傍無聯附，爲湖山之絕勝也。」〔註24〕《四朝聞見錄》卷三 「蕭照畫」條也說：「孤山涼堂，西湖奇絕處也。」〔註25〕孤山本是西湖景色的一部分，而且是最有文人氣，終兩宋都始終保持了高雅脫俗的一部分。孤山因林逋的「梅妻鶴子」而聞名，舞鶴不歸，梅林依舊，孤山自古多梅，最對中國士大夫風骨。孤山之梅是宋詞吟詠的熱點之一，詞人對於孤山梅的崇仰絲毫不亞於對於湖水的熱情。依然是潘閬捷足先登，《酒泉子》其五描摹的是沒有林逋之前的孤山：

> 長憶孤山，山在湖心如黛簇。
>
> 僧房四面向湖開。輕棹去還來。
>
> 芰荷香噴連雲閣。閣上清聲簷下鐸。
>
> 別來塵土污人衣。空役夢魂飛。

可以看出，此時的孤山和西湖格調是同樣的高雅脫俗，令人有飄渺之思。這種清新高雅本是自然天成，等孤山遇到了「梅妻鶴子」的林逋，此後的孤山梅花有了靈魂，其高雅眞正達到了登峰造極。林逋終生布衣，不沾仕宦污濁，本人有詠梅名作《瑞鷓鴣》，「孤山之梅」於是變成爲「孤高恬淡」的林逋精神的寫照，後來的詞人也紛紛奉爲心靈楷模，多有吟詠之作。如辛棄疾《念奴嬌·贈妓善作墨梅》：

> 江南盡處，墮玉京仙子，絕塵英秀。彩筆風流，偏解寫、姑射冰姿清瘦。笑殺春工，細窺天巧，妙絕應難有。丹青圖畫，一時都愧凡陋。
>
> 還似籬落孤山，嫩寒清曉，祇欠香沾袖。淡佇輕盈，誰付與、弄粉調朱纖手。疑是花神，竭來人世，占得佳名久。松篁佳韻，倩君添做三友。

〔註24〕【宋】吳自牧《夢粱錄》卷十一，古典文學出版社，1957 年，第 218 頁。

〔註25〕【宋】葉紹翁撰，沈錫麟、馮惠民點校《四朝聞見錄》丙集卷三「薛照畫」，中華書局，1989 年，第 109 頁。

向子諲《卜算子》：

> 臨鏡笑春風，生怕梅花妒。
> 疑是西湖處士家，疏影橫斜處。
> 江靜竹娟娟，綠繞青無數。
> 獨許幽人子細看，全勝牆東路

「孤山之梅」正如林和靖在宋代士大夫中的孤高淡雅，於西湖之中心淡然孤芳，見證了西湖由「清嘉山水」而變為人間樂處。

（二）「畫鼓紅船，滿湖春水斷橋客」──人間樂處

南宋之後的詞作中，西湖一改以前「清嘉」之貌，隨著南宋君臣市民四時不止的遊賞，開始「濃妝豔抹」起來。北宋初期的西湖，也有人的痕跡，如潘閬《酒泉子》其三：

> 長憶西湖，湖上春來無限景。
> 吳姬個個是神仙。競泛木蘭船。
>
> 樓臺簇簇疑蓬島。野人只合其中老。
> 別來已是二十年。東望眼將穿。

這首詞中的西湖有佳人蘭舟之嬉鬧，卻仍是靜謐而純潔的。佳人競泛木蘭舟，於安靜的湖面上增添一份絢麗和聲音，卻使得西湖更加淡雅，更加靜謐，令人有如到仙界之感。而南宋後，西湖的熱鬧和歡樂，樂歸樂，卻已經是屬於人家和世俗的極樂。

《湘山野錄》卷上記載狀元呂溱在西湖取樂：「治平中，御史有抨呂狀元溱杭州日事者，其語有『歡遊疊巘之間，家家失業；樂飲西湖之上，夜夜忘歸。』執政笑謂言者曰：『軍巡所由，不收犯夜，亦宜一抨』」〔註26〕。可見在西湖遊樂是司空見慣的。《夢梁錄》「清明節」條寫清明遊湖「……宴於湖者，則彩舟畫舫，款款撐駕，隨處行樂。此日又有龍舟可觀，都人不論貧富，傾城而出，笙歌鼎沸，鼓吹喧天，雖東京金明池未必如此之佳。」〔註27〕六月酷暑之天，湖上也

〔註26〕　【宋】文瑩《湘山野錄·續錄》，中華書局，1998 年，第 12 頁。
〔註27〕　【宋】吳自牧《夢梁錄》卷三，古典文學出版社，1957 年，第 148 頁。

是遊人如織，崔眞君誕辰之日即六月六日「廷建觀在衮門外聚景園前靈芝寺側，賜觀額名曰『顯應』，其神於靖康時。高廟爲親王日出使到磁州界，神顯靈衛駕，因建此宮觀，崇奉香火，以褒其功。此日內庭差天使降香設醮，貴戚士庶，多有獻香化紙。是日湖中畫舫，俱艤堤邊，納涼避暑，恣眠柳影，飽挹荷香，散髮披襟，浮瓜沉李，或酌酒以狂歌，或圍棋而垂釣，遊情寓意，不一而足。蓋此時爍石流金，無可爲玩，姑藉此以行樂耳。」〔註28〕寒冬臘月，也是如此：「考之此月，雖無節序，而豪貴之家，如天降瑞雪，則開筵飲宴，雪獅，裝雪山，以會親朋，淺斟低唱，倚玉偎香，或乘騎出湖邊，看湖山雪景，瑤林瓊樹，翠峰似玉，畫亦不如。詩人才子，遇此景則以臘雪煎茶，吟詩詠曲，更唱疊和。」〔註29〕《清波雜志》卷十二也記載有「西湖船舫立名」：「頃年，西湖上好事者所置船舫，隨大小皆立嘉名。如「泛星槎」、「凌風舸」、「雪篷」、「煙艇」、扁額不一，夷猶閒曠，可想一時風致。」〔註30〕讀後可以想見西湖遊賞之盛。南宋的西湖時時刻刻都在上演笙簧競奏仕女混雜尋歡作樂的景象。《武林舊事》卷三「西湖遊幸」條，詳細描繪了當時西湖遊幸之盛大場面〔註31〕：

> 淳熙間，壽皇以天下養，每奉德壽三殿，遊幸湖山，御大龍舟。宰執從官，以至大璫應奉諸司，及京府彈壓等，各乘大舫，無慮數百。時承平日久，樂與民同，凡遊觀買賣，皆無所禁。畫楫輕舫，旁午如織。至於果蔬、羹酒、關撲、宜男、戲具、鬧竿、花籃、畫扇、綵旗、糖魚、粉餌、時花、泥嬰等，謂之「湖中土宜」。又有珠翠冠梳、銷金彩緞、犀鈿、髹漆、織藤、窯器、玩具等物，無不羅列。如先賢堂、三賢堂、四聖觀等處最盛。或有以輕橈趁逐求

〔註28〕【宋】吳自牧《夢梁錄》卷四，古典文學出版社，1957年，第159頁。

〔註29〕【宋】吳自牧《夢梁錄》卷六 181，古典文學出版社，1957年，第181頁。

〔註30〕【宋】葉紹翁著，劉永翔校注《清波雜志》，中華書局，1994年，第521頁。

〔註31〕【宋】周密《武林舊事》卷三，西湖書社版，1981年，第38頁。

售者。歌妓舞鬟，嚴妝自炫，以待招呼者，謂之「水仙子」。至於吹彈、舞拍、雜劇、雜扮、撮弄、勝花、泥丸、鼓板、投壺、花彈、蹴踘、分茶、弄水、踏混木、撥盆、雜藝、散耍、謳唱、息器、教水族飛禽、水傀儡、鬻道術烟火、起輪、走線、流星、水爆、風箏，不可指數，總謂之「趕趁人」，蓋耳目不暇給焉。御舟四垂珠簾錦幕，懸掛七寶珠翠，龍船、梭子、鬧竿、花籃等物。宮姬韶部，儼如神仙，天香濃郁，花柳避妍。小舟時有宣喚賜予，如宋五嫂魚羹，嘗經御賞，人所共趨，遂成富媼。朱靜佳六言詩云：「柳下白頭釣叟，不知生長何年。前度君王遊幸，賣魚收得金錢。」仕壮修舊京金明池故事，以安太上之心，豈特事遊觀之美哉。湖上御園：南有聚景、眞珠、南屏；北有集芳、延祥、玉壺，然亦多幸聚景焉。……西湖天下景，朝昏晴雨，四序總宜。杭人亦無時而不遊，而春遊特盛焉。承平時，頭船如大綠、間綠、十樣錦、百花、寶勝、明玉之類，何翅百餘。其次則不計其數，皆華麗雅靚，誇奇競好。而都人凡締姻、賽社、會親、送葬、經會、獻神、仕宦、恩賞之經營、禁省臺府之囑託，貴璫要地，大賈豪民，買笑千金，呼盧百萬，以至癡兒騃子，密約幽期，無不在焉。日糜金錢，靡有紀極。故杭諺有「銷金鍋兒」之號，此語不爲過也。都城自過收燈，貴遊巨室，皆爭先出郊，謂之「探春」，至禁烟爲最盛。龍舟十餘，綵旗疊鼓，交午曼衍，粲如織錦。內有曾經宣喚者，則錦衣花帽，以自別於眾。京尹爲立賞格，競渡爭標。內璫貴客，賞犒無算。都人士女，兩堤駢集，幾於無置足地。水面畫楫，櫛比如魚鱗，亦無行舟之路，歌歡簫鼓之聲，振動遠近，其盛可以想見。若遊之次第，則先南而後北，至午則盡入西泠橋裏湖，其外幾無一舸矣。弁陽老人有詞云：「看畫船盡入西泠，閒卻半湖春色。」蓋紀實也。既而小泊斷橋，千舫駢聚，歌管喧奏，粉黛羅列，最爲繁盛。橋上少年郎，競縱紙鳶，以相勾牽翦截，以線絕者爲負，此雖小技，亦有專門。爆仗起輪走

線之戲，多設於此，至花影暗而月華生始漸散去。絳紗籠燭，車馬爭門，日以爲常。張武子詩云：「帖帖平湖印晚天，踏歌遊女錦相牽（宋刻「遊賞」），都城半掩人爭路，猶有胡琴落後船。」最能狀此景。茂陵在御，略無遊幸之事，離宮別館，不復增修。黃洪詩云：「龍舟太半設西湖，此是先皇節儉圖。三十六年安靜裏，棹歌一曲在康衢。」理宗時亦嘗制一舟，悉用香楠木搶金爲之，亦極華侈，然終於不用。至景定間，周漢國公主得旨，偕駙馬都尉楊鎮泛湖，一時文物亦盛，彷彿承平之舊，傾城縱觀，都人爲之罷市。然是時先朝龍舫久已沉沒，獨有小舟號「小烏龍」者，以賜楊郡王之故，尚在。其舟平底，有舵，制度簡樸。或傳此舟每出必有風雨，余嘗屢乘，初無此異也。

與筆記小說相比，宋詞中寫西湖遊賞的場面和悅景既有鋪排車如流水馬如龍萬人同歡的喧鬧場面，也有獨蕩小舟飄然於湖之上，聽琴吟詩，醉心山水的清幽之境界，更有嬉遊伴侶，兩兩攜手的甜蜜情景，眞是千頃湖面，萬般情感，各種快樂。

應記往日西湖，萬家羅綺，見滿城爭出。急管繁絃嘈雜處，寶馬香車如織。——汪晫《念奴嬌·清明》

西湖避暑棹扁舟。忘機狎白鷗。荷香十里供瀛洲。山光翠欲流。

歌浩浩，思悠悠。詩成興未休。清風明月解相留。琴聲萬籟幽。——曹冠《宴桃源·遊湖》

午風清暑，過西湖隱約，曾遊堤路。雲徑煙扉人境絕，眞是珠宮玄圃。倦倚闌干，笑呼艇子，同入荷花去。一杯相屬，恍然身在何許。——黃談《念奴嬌·過西湖》

何處銷魂，初三夜月，第四橋春。——羅椅《柳梢青》

吳越東風起，江南路，芳草綠爭春。倚危樓縱目，繡簾初卷，扇邊寒減，竹外花明。看西湖、畫船輕泛水，茵幄穩臨津。嬉遊伴侶，兩兩攜手，醉回別浦，歌過南雲。
——朱敦儒《風流子》

一勺西湖水，渡江來，百年歌舞、百年酣醉。——文及
翁《賀新郎》）

諸如此類的詞作佔了西湖詞作的絕大多數，因爲西湖詞大部分作於南宋，南宋時期的西湖已經是杭人四時遊賞的主要景點。「南北戰爭，惟有西湖，長如太平。」（陳人傑《沁園春》）無論戰爭還是和平，西湖都是享樂者的天堂。即使在南宋末期家國瀕臨滅亡之時，詞人回憶故國，也習慣把杭州的精髓和都城的盛景西湖遊樂作爲故國的象徵，正如周密作《武林舊事》，李東有作《古杭雜記》，吳自牧寫《夢粱錄》，想起來的依然是西湖邊上的歡樂場面，在這些詞的上片往往是昔日盛景的再現。當然，詞的下片卻儼然已經換了天地。

（三）「千古詞人傷情處」——故國象徵

南宋宋金之戰不斷，後來蒙古又成爲新的威脅。從南宋理宗寶慶時期蒙古入侵，南渡朝廷在紙醉金迷中開始步入了苟延殘喘階段，西湖慢慢開始籠罩上愁雲慘淡的不和諧音符。及至祥興元年，南宋滅亡，西湖徹底成爲宋代遺民懷思故國的鏡子。這湖面積澱了多少昔日的繁華擾鬧，也便折射了多少現世的黍離之悲。

湧金門上船場。湖山堂。眾賢堂。到幾淒涼，城角夜
吹霜。誰識兩峰相對語，天慘慘，水茫茫。——劉辰翁《江
城子西湖感懷》

芳景。還重省。向薄曉窺簾，嫩陰欹枕。桐花漸老，
已做一番風信。又看看、綠遍西湖，早催塞北歸雁影。等
歸時、爲帶將歸，並帶江南恨。——王沂孫《瑣窗寒 春寒》

接葉巢鶯，平波卷絮，斷橋斜日歸船。能幾番遊，看
花又是明年。東風且伴薔薇住，到薔薇、春已堪憐。更淒
然。萬綠西泠，一抹荒煙。——張炎《高陽臺 西湖春感》）

詞中的西湖多暮秋之景色，處處「天慘慘，水茫茫」，往日的笙歌換做了「城角夜吹霜」和「砧聲」，即使是景色最美的春天，也已經是「一抹荒煙」，故國已亡，人也飄零。盛極一時的賈似道故居，也是

「漢魏闕身，鄱石魄，淚羅身」（劉辰翁《行香子 次草窗憶古心公韻》）。這些詞，或許不作於西湖，甚至不作於杭州，但是在回憶故國，抒發黍離之悲的時候，詞人們不約而同地選取了同一個地點西湖。作為南宋朝廷見證人，西湖不再是一處名勝，一處閒遊之地，而是歷史的一面鏡子。「舊時船子西湖柳，詞與東風塵土」（劉辰翁《摸魚兒》），西湖的柳樹葉依然飄拂湖水，詞作也遺留在世間，東風中滅亡和消逝的是南宋的江山。

南宋末期詞人，除了在悲涼的往昔對比中抒發亡國之思，他們也通過用文字再塑西湖之景來寄託對故國對西湖的感情，如張矩、陳允平、周密先後作有「西湖十詠」組詞，一一描繪西湖十景，即蘇堤春曉、麴苑風荷、平湖秋月、斷橋殘雪、柳浪聞鶯、花港觀魚、雷峰夕照、雙峰插雲、南屏晚鐘、三潭印月各個佳處。周密《木蘭花慢》序中說道：「蘇堤春曉西湖十景尚矣。張成子嘗賦應天長十闋誇余曰：『是古今詞家未能道者。』余時年少氣銳，謂此人間景，餘與子皆人間人，子能道，余顧不能道耶，冥搜六日而詞成。成子驚賞敏妙，許放出一頭地。異日霞翁見之曰：『語麗矣，如律未協何。』遂相與訂正，閱數月而後定。是知詞不難作，而難於改；語不難工，而難於協。翁往矣，賞音寂然。姑述其概，以寄余懷云。」〔註32〕這些詞作並非是在南宋滅亡之後而作，但是在描寫西湖之景時，既有自然清麗又有繁華熱鬧，和北宋初期的潘閬十首《酒泉子》前後相呼應，完成了杭州詞和西湖詞的宋詞之歷史畫卷。

二、都會繁華

「東南形勝，三吳都會，錢塘自古繁華。」（柳永《望海潮》）杭州商業發達，民風奢侈，有雄厚的物質基礎支撐休閒娛樂市場的發展。宋代，蘇州被稱為「金撲滿」，而杭州則是「銷金鍋」。杭城的雄厚經濟基礎、得天獨厚的自然優勢、自古而來的享樂民風為市

〔註32〕唐圭璋《全宋詞》，中華書局，1965年，第3264頁。

民的休閒娛樂準備了充足的設施、場地和氣氛。北宋時期，杭州城內「市列珠璣，戶盈羅綺競豪奢」；到了南宋，更是連外城都非別州郡可比：「杭城之外城，南西東北各數十里，人煙生聚，民物阜蕃，市井坊陌，鋪席駢盛，數日經行不盡，各可比外路一州郡，足見杭城繁盛矣。」〔註33〕渲染杭州作爲都市的奢靡繁華，始自柳永的《望海潮》。《望海潮》對於杭州的讚美與描畫無須廢言，是都市詞中無法規避的標杆作品。自此而後的詞人，對於杭州的詞學書寫，這種浸淫於都市繁華之中的狂歡奢靡之情由北宋的「東南第一州」開始到南宋滅亡，一直是杭州詞的一大主題，並且隨著杭州成爲南宋都城而愈演愈烈以至於達到杭州歷代文學形象的頂峰。

斂吳雲，翠奩推上紅晴。渺澄流、鱗光寒碎，遠峰螺紺低凝。杏香引、畫船影濕，柳陰趁、驕馬蹄輕。

橋限寬平，堤橫南北，去來人入繡圍行。漸際晚，梅妝遊困，十里曳歌聲。蒼煙潤，飛鴉妒春，一夢催醒。

趙時奚《多麗·西湖》極寫杭州西湖平日的熱鬧，湖上畫船喧鬧，岸上馬蹄輕快，堤南堤北到處都擠滿了遊人，即使天色已晚，充耳仍是歌聲不斷。同樣是西湖，在詞人的筆下，完全沒有上面山水遊賞的高雅清幽，都市的歡樂完全掩蓋了西湖的清麗，是一幅地道的都市遊樂圖。

節日的杭州更是一片蕃昌喧嚷的狂歡場面，且看陳允平《大酺·元夕寓京》：

漸入融和，金蓮放、人在東風樓閣。天香吹輦路，淨無雲一點，桂流霜魄。雪霽梅飄，春柔柳嫩，半卷真珠簾箔。迢迢鳴鞘過，隘車鈿轡玉，暗塵輕掠。擁瓊管吹龍，朱弦彈鳳，柳衢花陌。

鰲山侵碧落。絳綃遠，春靄浮鳷鵲。民共樂、金吾禁靜，翠蹕聲閒，遍青門、盡停魚鑰。衩襪寒初覺。方怪失、繡鴛弓窄。誤良夜、瑤臺約。漸彩霞散，雙闕星微煙薄。洞天共誰跨鶴。

〔註33〕【宋】吳自牧《夢粱錄》卷十六，古典文學出版社，1957年，第238頁。

杭州民風本來就重節物,《夢粱錄》「元宵」條寫杭城元夕之勝況:

今杭城元宵之際,州府設上元醮,諸獄修淨獄道場,官放公私僦屋錢三日,以寬民力。舞隊自去歲冬至日,便呈行放。遇夜,官府支散錢酒犒之。元夕之時,自十四爲始,對支所犒錢酒。十五夜,帥臣出街彈壓,遇舞隊照例特犒。街坊買賣之人,並行支錢散給。此歲歲州府科額支行,庶幾體朝廷與民同樂之意。姑以舞隊言之,如清音、遏雲、掉刀、鮑老、胡女、劉袞、喬三教、喬迎酒、喬親事、焦錘架兒、仕女、杵歌、諸國朝、竹馬兒、村田樂、神鬼、十齋郎各社,不下數十。更有喬宅眷、龍船、踢燈、鮑老、駝象社。官巷口、蘇家巷二十四家傀儡,衣裝鮮麗,細旦戴花朵□肩、珠翠冠兒,腰肢纖嫋,宛若婦人。府第中有家樂兒童,亦各動笙簧琴瑟,清音嘹亮,最可人聽,攔街嬉耍,竟夕不眠。更兼家家燈火,處處管絃,如清河坊蔣檢閱家,奇茶異湯,隨索隨應,點月色大泡燈,光輝滿屋,過者莫不駐足而觀。及新開門裏牛羊司前,有內侍蔣苑使家,雖曰小小宅院,然裝點亭臺,懸掛玉柵,異巧華燈,珠簾低下,笙歌並作,遊人玩賞,不忍捨去。諸酒庫亦點燈球,喧天鼓吹,設法大賞,妓女群坐喧嘩,勾引風流子弟買笑追歡。諸營班院於法不得與夜遊,各以竹竿出燈毬於半空,遠睹若飛星。又有深坊小巷,繡額珠簾,巧製新裝,競誇華麗。公子王孫,五陵年少,更以紗籠喝道,將帶佳人美女,遍地遊賞。人都道玉漏頻催,金雞屢唱,興猶未已。甚至飲酒醺醺,倩人扶著,墮翠遺簪,難以枚舉。至十六夜收燈,舞隊方散。〔註34〕

元夕是宋代最隆重的節日,是全社會自皇室到市井的狂歡,是杭城大都會最奢靡的一面。上元詞也相應成爲宋詞中,場面描寫色調最濃烈,渲染力度最強大,歡樂基調最統一的節序詞作:

〔註34〕【宋】吳自牧《夢粱錄》卷十六,古典文學出版社,1957年,第140頁。

雪銷平野，正雲開天宇，燈輝花市。明滅吞吐無盡藏，巧鬥飛橋激水。鐵馬響冰，牙旗穿夜，簫鼓聲歌沸。豐年歡笑，釀成千里和氣。——徐鹿卿《醉江月》

動地歡聲遍十龍。元宵真賞與民同。春歸蓮焰參差裏，人在蓬壺快樂中。乘皓月，逐和風。涼輿歸去莫匆匆。班春休道無千炬，也有星球數點紅。——郭應祥《鷓鴣天·丙寅元夕》

羅綺簇、歡聲一片。看五馬行春旌旆遠。擁襦袴、千里歌謠，都入太平絃管。且莫厭、瑤觴屢勸。聞鳳詔、催歸非晚。願歲歲今夜裏，端門侍宴。——揚無咎《傾杯·上梁帥上元詞》

這種全民性的狂歡和載歌載舞的快樂與北宋的汴京上元詞一脈相承，是屬於大都市的節日盛景，人們在歡娛之中徹底放鬆，感受富麗興隆的節日之歡，而杭城民風「好奢華」也促成宋詞中的杭州節日盛況比汴京場面更加盛大。

三、錢唐觀潮

蘇杭詞中的杭州除了西湖吸引兩宋詞人而吟詠不斷，在士物民風方面書寫最多的便是「觀潮」。中秋觀潮是杭州特有的民間習俗，杭州的地方志有都有專門的章節記錄。《武林舊事》「觀潮」條所記甚詳：

浙江之潮，天下之偉觀也，自既望以至十八日為最盛。方其遠出海門，僅如銀線，既而漸近，則玉城雪嶺，際天而來，大聲如雷霆，震撼激射，吞天沃日，勢極雄豪。楊誠齋詩云：「海湧銀為郭，江橫玉繫腰」者是也。每歲京尹出浙江亭教閱水軍，艨艟數百，分列兩岸，既而盡奔騰分合五陣之勢，並有乘騎弄旗標槍舞刀於水面者，如履平地。倏爾黃煙四起，人物略不相睹，水爆轟震，聲如崩山。煙消波靜，則一舸無跡，僅有敵船為火所焚，隨波而逝。吳兒善泅者數百，皆披髮文身，手持十幅大綵旗，爭先鼓勇，

潮迎而上，出沒於鯨波萬仞中，騰身百變，而旗尾略不沾濕，以此誇能。而豪民貴宦，爭賞銀彩。江干上下十餘里間，珠翠羅綺溢目，車馬塞途，飲食百物皆倍穹常時，而僦貸看幕，雖席地而不容間也。禁中例觀潮於天開圖畫，高臺下瞰，如在指掌。都民遙瞻黃傘雉扇於九霄之上，真若簫臺蓬島也。〔註35〕

《西湖老人繁勝錄》「錢塘江」條也有類似描寫：

城內外市戶造旗，與水手迎潮，白旗最多，或紅或用雜色，約有五七十面，大者五六幅，小者一兩幅，亦有掛紅者，其間亦有小兒在潮內弄水。

中秋日，使府都水軍並戰船打陣子，於江內安撫，在浙江亭上觀潮，弄潮人各有錢酒犒設，江岸幕次相連，轎馬無頓處。錢塘知縣並城南都廂彈壓，幕次官員亦有錢酒。是夜城中多賞月排會，天氣熱，宿湖飲酒，待銀蟾出海，到夜深船靜，如在廣寒宮內。秋教迎新同前。〔註36〕

《都城紀勝》則對比了平日龍舟競渡和中秋觀潮的不同：

西湖春中，浙江秋中，皆有龍舟爭標，輕捷可觀，有金明池之遺風；而東浦河亦然。惟浙江自孟秋至中秋間，則有弄潮者，持旗執竿，狎戲波濤中，甚為奇觀，天下獨此有之。〔註37〕

最早記錄這一民間奇觀的仍然是潘閬《酒泉子》之十：

長憶觀潮，滿郭人爭江上望。來疑滄海盡成空。萬面鼓聲中。弄濤兒向濤頭立。手把紅旗旗不濕。別來幾向夢中看。夢覺尚心寒。

詞以豪邁的氣勢和勁健的筆觸，描繪了錢江潮湧的壯美風光。上片描寫觀潮盛況，寫杭人傾城而出，爭看江面潮水上漲，運用比喻、誇張等手法，把錢江潮湧的排山倒海、聲容俱壯，渲染得驚險刺激，令人

〔註35〕 【宋】周密《武林舊事》，西湖書社版，1980年，第44頁。
〔註36〕 【宋】西湖老人《西湖老人繁盛錄》，古典文學出版社，1957版，第120頁。
〔註37〕 【宋】耐得翁《都城紀勝》，古典文學出版社，1957版，第99頁。

動容。下片先白描了弄潮兒搏擊風浪、履險如夷的場景，後通過自己的回憶來寫弄潮的驚心動魄，構思巧妙，讀後會有身臨其境般的眩目驚心。柳永的《望海潮》中「雲樹繞堤沙，怒濤卷霜雪，天塹無涯」，對於錢塘江潮水也有涉及，但相比要更唯美。

　　蘇軾《瑞鷓鴣　觀潮》

　　　　碧山影裏小紅旗。儂是江南蹋浪兒。拍手欲嘲山簡醉，齊聲爭唱浪婆詞。　　西興渡口帆初落，漁浦山頭日未欹。儂欲送潮歌底曲，尊前還唱使君詩。

與潘詞相比，在描繪踏浪弄潮的場面時，增加了對觀眾齊唱「浪婆詞」的記錄，這爲我們考證和完善觀潮民俗提供了資料。潮水聲加上歌聲，該是怎樣的雄偉和壯觀。

　　趙鼎《望海潮・八月十五日錢塘觀潮》

　　　　雙峰遙促，回波奔注，茫茫濺雨飛沙。霜涼劍戈，風生陣馬，如聞萬鼓齊摑。兒戲笑夫差。謾水犀強弩，一戰魚蝦。依舊群龍，怒卷銀漢下天涯。

　　　　雷驅電熾雄誇。似雲垂鵬背，雪噴鯨牙。須臾變滅，天容水色，瓊田萬頃無瑕。俗眼但驚嗟。試望中彷彿，三島煙霞。舊隱依然，幾時歸去泛靈槎。

同樣是寫觀潮，趙鼎的詞作與前面三首大寫意相比，是一副工筆畫，把潮水悠忽變換的各個時段都還原成文字。作爲一名武將，趙鼎的詞充滿了戰場上的豪氣，詞人彷彿是在指揮一場戰鬥，「怒卷銀漢下天涯」，讓詞人聯想起春秋時期的夫差和句踐之戰。下片詞人表現出了一名大將的英勇和霸氣，在俗人眼中驚歡的潮水，在久經善戰的詞人眼中，竟然看到了一切平息之後的歸隱之思。因爲特殊的身份和經歷，趙鼎這首《觀海潮》是眾多描寫「中秋觀潮」的獨特之作。

　　兩宋三百年，錢塘江潮起潮落，杭州也經歷了從「東南第一州」到「行在所」，再到遺民眼中的「古都」的身份演變。不同時期的詞人用詞記錄了當時眼中、心中的杭州，這些人生百態於細微處展現了杭州的城市變遷。從這個意義上講，杭州詞是一幅流動的歷史畫卷。

第三節　江南憶，其次憶吳宮——宋詞中的蘇州風情

　　儘管蘇杭同為江南的並蒂之花，但是兩個城市的不同的風情，蘇杭在當時世人眼中的地位和性質差異，詞人面對兩個城市的不同創作心境，這些主客觀因素都使得蘇杭詞對於蘇州的景物顯示了和杭州截然不同的風格和面貌。宋詞中對於杭州的景物描寫比較集中於西湖和民俗方面的「觀潮」，尤其是在西湖詞中表現出了明顯的時代變化，詞人的視覺也多集中於當時當地的現實景象，很少產生穿越的歷史之感。相對而言，宋詞中涉及到的蘇州景物多人文古跡，比較零散，涉及較多的有垂虹橋、齊雲樓，姑蘇臺、吳宮等，歷史滄桑感觸較濃重。不論是自然景物方面的太湖煙波，還是人文景觀如姑蘇臺遺址，士物民風方面，都充滿了對歷史興旺和人生價值的思考。與杭州詞中「觀潮」所表現出的驚險刺激的生活場面相比，蘇州詞在民風方面則把筆墨集中於「蓴鱸之思」以及相關的「三高祠」隱逸意蘊，因而，宋詞對於蘇州景物的吟詠，抒情多於描寫，也重於描寫。

一、太湖煙波與垂虹亭

　　「太湖，在吳縣西，即故具區、震澤、五湖之處。《越絕書》云：『太湖周回三萬六千頃，禹貢之震澤。』《爾雅》云：『吳越之間巨區，其湖周回五百里。襟帶吳興、毗鄰諸縣界，東南水都也。』」〔註38〕《吳郡志》對太湖的記載可知，太湖又稱五湖，臨近蘇州。作為江南區域內比較大的水域，太湖在宋詞中的出鏡率很高。宋詞中的太湖不是簡單的湖泊景色，它和西湖一樣因為歷史人物的介入而偏重於代表一種人文精神。最先為太湖賦予人文精神的，是范蠡五湖歸舟的典故。范蠡在輔助越王句踐滅吳後，認識到句踐非同富貴之君主，於是「乃乘扁舟，出三江，入五湖」，歸隱而去。范蠡功成名就而保身全退，是歷代士大夫仕宦之途的最高境界，這種仕宦的成功和當退則退的灑脫自然成為文人們吟詠的話題，見太湖而

〔註38〕【宋】范成大《吳郡志》，江蘇古籍出版社，1999年，第250頁。

懷范蠡，繼而思歸隱就成為太湖給世人的文化印象。此外，太湖水域廣闊，煙水相接處片片雲帆歸舟，目極之處，無限飄渺，也容易生人生蒼茫之慨，尤其是皓月當空之夜，蕩舟太湖，空靈之感，恍如仙境。白居易《泛太湖書事寄微之》寫道：「煙渚雲帆處處通，飄然舟似入虛空。……報君一事君應羨，五宿澄波皓月中。」宋詞中的太湖也多是這般煙波浩渺和月夜剔透的景象。對此澄澈之景，詞人無一例外抒寫的都是隱逸之思。

　　　　幸有五湖煙浪，一船風月，會須歸去老漁樵。

　　　　——柳永《鳳歸雲》

　　　　正注意，得人雄，靜掃河山，應難縱、五湖歸棹。

　　　　——黃庭堅《洞仙歌》

　　　　功成日，渺五湖煙月，堪賦歸來。

　　　　——王之道《聲聲慢》

　　　　一碧太湖三萬頃，屹然相對洞庭山。狂風浪起且須還。

　　　　——向子諲《浣溪沙》

　　宋詞中寫太湖，還多和其它景觀建築一起作為一個整體意象群，和太湖搭檔最多的便是利往橋上的垂虹亭。利往橋在松江上，「松江南與太湖接，吳江縣在江濆。垂虹跨其上，天下絕景也。」〔註39〕南方多亭臺樓閣，體現在宋詞方面，蘇州在這一點上比杭州更多入詞的亭臺，垂虹亭即是其中被宋詞吟詠最多的蘇州人文景觀之一。觀太湖之景，可蕩舟其中，然而最受當時人推崇，也最能盡享太湖壯觀的便是在垂虹亭上臨亭而觀。對於垂虹亭，歷代蘇州方志中都有提及。朱長文《吳郡圖經續記》卷中云：「吳江利往橋，慶曆八年，縣尉王廷堅所建也。東西千餘尺，用木萬計。縈以修欄，甃以淨甓，前臨具區，橫截松陵，湖光海氣，蕩漾一色，乃三吳之絕景也。橋成，而舟楫免於風波，徒行者晨暮往歸，皆為坦道矣。橋有亭，曰垂虹，蘇子美嘗有詩云：『長橋誇空古未有，大亭壓浪勢亦豪。』非

〔註39〕【宋】范成大《吳郡志》，江蘇古籍出版社，1999年，第254頁。

虛語也。」〔註40〕《吳郡志》卷十七：「利往橋，即吳江長橋也。慶曆八年，縣尉王廷堅所建。有亭曰垂虹，而（世並）以名橋。《續圖經》云：『東西千餘尺，前臨太湖、洞庭三山，橫跨松江。行者（晃蕩山水天光水色之中），海內絕景。唯遊者（自知之），不可以筆舌形容也。』垂虹亭，兵火後復創。亭前樂軒已不復立，中興駐蹕武林，往來憧憧千萬。承平（時，此橋方為大）利……紹興（三十二年，虜亮）犯淮，中外戒嚴。或獻計樞庭，乞行下平江焚長橋。時郡守洪遵持不可。而縣民已有知之者，相與聚哭與矣。」〔註41〕對於垂虹亭的記載更加詳細，在朱長文所記基礎上又增添了垂虹亭在宋代的重要意義，大有橋在城在，橋亡城亡之意。《青瑣高議》前集卷九「詩淵清格」條則點出了歷代詩人詞客對於垂虹亭的青睞：「吳江長橋千尺，跨太湖，危亭構爽，登臨者毛骨寒凜，乃二浙之絕境。能詩者過亭下，具有吟詠。」〔註42〕

　　從以上記載可以看出利往橋以垂虹亭聞名，而垂虹亭則以其景色雄壯絕妙、地理位置重要而為時人看重，常被吟詠。整個宋代，以「垂虹亭」入詞的作品有 50 餘首，涉及的作者也有數十位之多，其中包括賀鑄、張先、毛滂、葉夢得、朱敦儒、辛棄疾、劉過、劉辰翁、張孝祥、張元幹、姜夔、吳文英、王沂孫、周密、張炎等著名詞人。垂虹亭在北宋詞中出現不算太多，蘇軾《東坡志林》「記遊松江」中提到：「吾昔自杭移高密，與楊元素同舟，而陳令舉、張子野皆從余過李公擇於湖，遂與劉孝叔俱至松江。夜半月出，置酒垂虹亭上。子野年八十五，以歌詞聞於天下，作《定風波令》，其略云：「見說賢人聚吳分，試問，也應傍有老人星。」坐客懽甚，有醉倒者，此樂未嘗忘也。今七年耳，子野、孝叔、令舉皆為異物，而松江橋亭，今歲七月九日海風架潮，平地丈餘，蕩盡無復孑遺矣。追思曩時，真一夢耳。

〔註40〕 【宋】朱長文《吳郡圖經續記》，江蘇古籍出版社，1999 年，第 26 頁。

〔註41〕 【宋】范成大《吳郡志》，江蘇古籍出版社，1999 年，第 284 頁。

〔註42〕 【宋】劉斧《青瑣高議》前集卷九，古典文學出版社，1958 年，第 80 頁。

元豐四年十二月十二日，黃州臨皋亭夜坐書。」〔註43〕可知，蘇軾和張先在內的六人在垂虹亭上各有吟詠，但翻檢其詞，均沒有對垂虹亭的直接描寫，只是在垂虹亭上抒發感慨。除此之外，毛滂《夜行船 雨夜泊吳江，明日過垂虹亭》是宋詞中首次明確提出垂虹亭，但也是作爲一個地名出現，詞的內容仍未涉及到垂虹亭的具體景象和精神。垂虹亭在宋詞中隆重登場還要推遲到南宋，這也和《吳郡志》中所言「中興駐蹕武林，往來憧憧千萬」相符合，垂虹亭自宋仁宗慶曆年間建立，到南渡之後才眞正在詞中顯山漏水。

張孝祥《水調歌頭・垂虹亭》：

> 艤棹太湖岸，天與水相連。垂虹亭上，五年不到故依然。洗我征塵三斗，快揖商飆千里，鷗鷺亦翩翩。身在水晶闕，眞作馭風仙。

> 望中秋，無五日，月還圓。倚欄清嘯孤發，驚起蟄龍眠。欲酹鴟夷西子，未辦當年功業，空繫五湖船。不用知餘事，蕈繪正芳鮮。

詞人在垂虹亭上看到太湖水天相接的美景，心曠神怡，如臨仙境，想起當年范蠡攜西施太湖泛舟，張翰蓴鱸之思，嚮往古人隱逸灑脫的生活，但聯想到自己尚且沒有建功立業，無法追齊前賢。

張元幹《水調歌頭・同徐師川泛太湖舟中作》：

> 落景下青嶂，高浪卷滄洲。平生頗慣，江海掀舞木蘭舟。百二山河空壯。底事中原塵漲。喪亂幾時休。澤畔行吟處，天地一沙鷗。

> 想元龍，猶高臥，百尺樓。臨風酹酒，堪笑談話覓封侯。老去英雄不見。惟與漁樵爲伴。回首得無憂。莫道三伏熱，便是五湖秋。

張元幹此詞和張孝祥詞一樣，開筆先寫垂虹亭上所見景色，然後抒發情懷。見雄壯之景，聯繫當時的戰亂時局，不知天下何時太平，建功

〔註43〕【宋】蘇軾著，王松齡點校《東坡志林》卷一，中華書局，1981 年，
　　　　第 3 頁。

立業終究是笑談，迷茫之中覺得隱逸才是唯一可選擇的道路。

辛棄疾《水調歌頭・和王正之右司吳江觀雪見寄》：

> 造物故豪縱，千里玉鸞飛。等閒更把，萬斛瓊粉蓋玻璨。好卷垂虹千丈，只放冰壺一色，雲海路應迷。老子舊遊處，回首夢耶非。
>
> 謫僊人，鷗鳥伴，兩忘機。掀髯把酒一笑，詩在片帆西。寄語煙波舊侶，聞道蓴鱸正美，休裂芰荷衣。上界足官府，汗漫與君期。

吳潛《滿江紅・送李御帶祺》：

> 紅玉階前，問何事、翩然引去。湖海上、一汀鷗鷺，半帆煙雨。報國無門空自怨，濟時有策從誰吐。過垂虹亭下繫扁舟，鱸堪煮。
>
> 拼一醉，留君住。歌一曲，送君路。遍江南江北，欲歸何處。世事悠悠渾未了，年光冉冉今如許。試舉頭、一笑問青天，天無語。

辛棄疾、吳潛的詞和張元幹的如出一轍，只是辛棄疾其人豪邁，其詞對於垂虹亭上雄偉景色描摹更為細緻；而吳潛寫作此詞時候正是被賈似道排擠，仕途坎坷之時，詞更多的是報國無門的悲憤，格調沉鬱淒涼。兩詞最終殊途同歸，都在寫到五湖泛舟和蓴鱸之思後，再次把主題定位為歸隱。研讀 50 餘首垂虹詞和更多與太湖相關的詞作，寫作手法和主題大致如一，在描寫太湖風光後，追思「三高」范蠡與張翰、陸龜蒙故事，最終抒發歸隱的主題。

深入研讀宋詞中的蘇州形象，除垂虹詞之外，類似的還有蘇舜欽詠寫滄浪亭的《水調歌頭・滄浪亭》。此詞雖在序言中點名是為滄浪亭而寫，但是寫作思路和主題和垂虹詞甚為相似，主題依舊是歸隱。那麼為何世人眼中「自古好繁華」的蘇州在宋代詞人眼中卻能激發如此統一的歸隱意識？這還要推及蘇州城市文化中所積澱的隱逸精神，即：

二、「蓴鱸之思」與「三高」精神

　　所謂「鱸蓴之思」和「三高」精神，都來源於蘇州所推崇的名賢典故。宋龔明之《中吳紀聞》卷三「三高亭」條：「越上范將軍蠡、江東步兵張翰、增右補闕陸龜蒙各有畫像在吳江鱸鄉亭旁。東坡先生嘗有《吳江三賢畫像》詩。後易其名曰『三高』，且更爲塑像。臞庵主人王文孺獻其地雪灘，因遷之。今在長橋之北，與垂虹亭相望。石湖居士爲之記。」〔註44〕「三高」之中，范蠡功成名就而毅然歸隱；張翰本吳郡吳人，生當魏晉亂世，《世說新語・識鑒》中云：「張季鷹辟齊王東曹掾，在洛，見秋風起，因思吳中菰菜、鱸魚膾曰：『人生貴得適意爾，何能羈宦數千里以要名爵！』遂命駕便歸。」〔註45〕這即是「蓴鱸之思」的出處。思念故鄉美食只是歸隱的一個藉口，統治者無道才是其辭官的眞正原因，然而這個藉口卻盡顯文人隨性而風雅的一面，所以深爲士大夫所讚美。陸龜蒙是唐代長洲人，隱居松江甫裏，朝廷以高士召而不至，放浪江湖間，自號江湖散人。「三高」精神和「蓴鱸之思」作爲中國文化史上隱逸文化的代表，其典故當事人范蠡泛舟太湖、張翰思太湖美味、陸龜蒙歸隱蘇州故里，都和蘇州、和太湖有直接聯繫。

　　垂虹亭、滄浪亭、蓴菜、鱸魚等物質景物是地域文學的淺層特色，但其所標榜的歸隱精神卻因爲不同歷史時期各種人類活動的融入，文化意蘊不斷層積豐富，形成了地域的深層人文環境。蘇州所代表的退隱精神，概而言之，可分爲三種，即「成功之下，不可以久居；亡道之人，不可與久處；兵亂之世，不可以苟仕」。范蠡成功之下而泛湖隱遁，張翰遇「亡道之人」而告歸，陸龜蒙「兵亂之世」優遊自終，三位賢者代表了中國封建士大夫的仕宦狀態，他們的先見之明和高潔品質爲後代的士大夫提供了一個人生的模板。宋詞或單獨詠寫「蓴鱸之思」和「三高」，如張元幹《應天長自穎上縣欲還吳作》、李彭老《摸

〔註44〕【宋】龔明之《中吳紀聞》卷三，中華書局，1985年，第32頁。
〔註45〕徐震堮著《世說新語校箋》，中華書局，1984年，第317頁。

魚子　紫雲山房擬賦蕁》、趙必王象《賀新郎　和陳新淥觀競渡韻》、
唐珏《摸魚兒　紫雲山房擬賦蕁》等；而更多的則是把「蕁鱸之思」
和「三高」精神與太湖以及垂虹亭融合在一起，成為蘇州城市的象徵，
如姜夔《石湖仙　越調壽石湖居士》、文天祥《沁園春　雪霽》、張炎
《聲聲慢　重過垂虹》等。這些物質意象和人文意象結合在一起，造
就了蘇州的隱逸文化符號。

三、姑蘇臺與吳宮

　　蘇州歷史悠久，而宋之前，蘇州在歷史舞臺上最早、最隆重的登
臺應屬春秋時期的吳國。吳王闔閭勵精圖治，吳國逐步強大，其子夫
差在戰敗越國句踐之後，吳國盛極一時，姑蘇臺和館娃宮等吳國建築
正是吳國興盛的標誌之一。《吳郡志》「古跡條」引在轉引《圖經記》、
《吳地記》、《越絕書》、《吳越春秋》、《吳郡圖經續記》等關於姑蘇臺
的記載後得出結論：「姑蘇臺始基於闔閭，而成於夫差」〔註46〕。「胥
門有九曲路，闔閭造以遊姑胥之臺，以望太湖，中窺百姓」〔註47〕，
闔閭建姑蘇臺本是為了監視越兵動靜，管理國內安寧。《吳郡志》引
《吳地記》形容姑蘇臺的雄偉：「高三百丈，望見三百里」，可見姑
蘇臺在當時是吳國最高大雄偉的臺榭建築。此外，《吳郡志》引《洞
冥記》說：「（姑蘇臺）周旋詰屈，橫亙五里，崇飾土，彈耗人力。
宮技千人，臺上別立春宵宮，為長夜之飲。造千石酒鍾，又作天池。
池中造青龍舟，舟中盛致妓樂，日與西施為嬉。又於宮中作海靈館、
館娃閣，銅溝玉檻。宮之楹檐，皆珠玉飾之。」〔註48〕建好後的姑
蘇臺奢華壯觀，統治者在其上的生活也極盡奢靡享樂，這樣的窮奢
極欲自然為後來被越國滅亡而埋下隱患。因此，姑蘇臺以吳宮、姑
蘇臺、館娃宮為代表的吳國古跡既是吳國興盛的標誌，又是亡國的
見證。越國滅吳，「燒姑胥臺」，夫差也含恨而死，昔日功業俱成塵

〔註46〕 【宋】范成大《吳郡志》，江蘇古籍出版社，1999 年，第 100 頁。
〔註47〕 【漢】袁康、吳平輯錄《越絕書》，中華書局，1985 年，第 12 頁。
〔註48〕 【宋】范成大《吳郡志》，江蘇古籍出版社，1999 年，第 100 頁。

土。姑蘇臺最初的濃墨重彩與最終的淒涼毀滅，大起大落的經歷和吳國的歷史一起成為滄海桑田變化的象徵。這樣前後巨大的落差，最易讓人萌生興亡之感。和姑蘇臺相類似的吳宮、館娃宮、長洲苑等名勝古跡，都同樣積澱著沉重的吳國歷史，作為吳國的象徵被納入文學的園囿。「舊苑荒臺楊柳新，菱歌高唱不勝春。只今惟有西江月，曾照吳王宮裏人」，自李白《蘇臺覽古》開姑蘇臺追思弔古之始，後世對於姑蘇臺的感情基調都一律圍繞「古今興亡感慨」展開筆墨，宋詞亦是如此。

柳永《雙聲子》：

> 晚天蕭索，斷蓬蹤跡，乘興蘭棹東遊。三吳風景，姑蘇臺榭，牢落暮靄初收。夫差舊國，香徑沒、徒有荒丘。繁華處，悄無睹，惟聞麋鹿呦呦。

> 想當年、空運籌決戰，圖王取霸無休。江山如畫，雲濤煙浪，翻輸范蠡扁舟。驗前經舊史，嗟漫載、當日風流。斜陽暮草茫茫，盡成萬古遺愁。

袁去華《水調歌頭·次黃舜舉登姑蘇臺韻》：

> 吳門古都會，疇昔記曾遊。輕帆卸處，西風吹老白蘋洲。試覓姑蘇臺榭，尚想吳王宮闕，陸海跨鼇頭。西子竟何許，水殿漫涼秋。

> 畫圖中，煙際寺，水邊樓。叫雲橫玉、須臾三弄不勝愁。興廢都歸閒夢，俯仰已成陳跡，家在澤南州。有恨向誰說，月湧大江流。

吳文英《八聲甘州·陪庾幕諸公遊靈巖》：

> 渺空煙四遠，是何年、青天墜長星。幻蒼厓雲樹，名娃金屋，殘霸宮城。箭徑酸風射眼，膩水染花腥。時靸雙鴛響，廊葉秋聲。

> 宮裏吳王沉醉，倩五湖倦客，獨釣醒醒。問蒼波無語，華髮奈山青。水涵空、闌干高處，送亂鴉、斜日落漁汀。連呼酒，上琴臺去，秋與雲平。

黃載《洞仙歌‧姑蘇舊臺在三十里外，今臺在胥門上，次潘紫岩韻》：

　　吳宮故墅，是天開圖畫。縹緲層雲出飛榭。隱隱樓空翠巘，水繞蕪城，平疇迴，點染霜林凋謝。

　　越來溪上雁，聲切闌干，似覓胥門怨吳霸。屬鏤沈，香溪斷，夢散雲空，千年外、等是漁樵閒話。但極目荒臺鬱蒼煙，衰草裏、又還夕陽西下。

所舉四首詞作，都是選擇了秋天的蕭索蒼鬱之景作為大背景，接著或先回憶吳國的繁華一時而感歎今日「香徑沒、徒有荒丘」，或者先寫吳國古跡之難覓而聯想當日「吳王宮闕，陸海跨鼇頭」，通過時空穿越和前後繁華與蒼涼的置換，而形成興亡對比。姑蘇臺在宋詞中的面貌延續了太湖的標籤意義，依然是眾口一詞，基調都淒涼冷清，格調沉鬱，無一例外是回憶闔閭故國，抒發興亡之感。錢塘江上，潮生潮落；姑蘇臺畔，花謝花開。朝代興廢在俯仰之間，觸目之處，萬事皆休。詞人們在姑蘇臺、吳國故址前遙想當日的興盛，感受自己和歷史之間無可跨越的距離，這種隔離交織著興亡之感，包含著生命歷程不可控的蒼茫之慨。似乎「俛仰之間已陳跡」，蘇州詞中凝結著濃重的歷史蒼涼感，這種情感傾向比杭州詞沉重，蘇州詞中的景物因為歷史感而超脫眼前景物成為一種有距離的存在。蘇州水鄉柔美的景物無法消解歷史沉積的人生悲涼，歷史生命的沉重超越了江南水鄉的輕快，而成為蘇州詞的主色調。暮色蒼涼是姑蘇臺和吳宮遺址在宋詞中的永恒色彩，興亡之感成為蘇州的第二個文化符號。

　　垂虹橋和姑蘇臺同屬於蘇州，它們在宋詞中也會同時「同臺走秀」，一些詞作把太湖垂虹和吳國故事串聯起來，在感慨興亡之後，往往一時之間看破紅塵，起「歸隱之思」。如：

　　萬頃太湖上，朝暮浸寒光。吳王去後，臺榭千古鎖悲涼。誰信蓬山仙子，天與經綸才器，等閒厭名韁。斂翼下霄漢，雅意在滄浪。——尹洙《水調歌頭‧和蘇子美》）

　　草滿姑蘇，問訊夫差，今安在哉。望虎丘蒼莽，愁隨月上，蠡湖浩渺，興逐潮來。自古男兒，可人心事，惆悵要離招不回。離之後，似舞陽幾個，成甚人才。——陳人傑《沁園春‧吳門懷古》）

　　荒臺只今在否。登臨休望遠，都是愁處。暗草埋沙，明波洗月，誰念天涯羈旅。荷陰未暑。快料理歸程，再盟鷗鷺。只恐空山，近來無杜宇。——張炎《臺城路‧送周方山遊吳》）

一處景觀常常記錄著一段歷史、一個故事，象徵和代表著一種意義和價值。景觀因為附著的歷史人文價值而有意義，而富有生機和活力。山水建築、前朝遺跡作為一種媒介與載體，經過文人雅士的反覆歌吟，歷經時間的積澱，將可逝性的文化時間與文化內涵及文化精神凝定下來，在文化的傳播與繼承過程中，演變沉澱為一種文化符號與標誌，這種文化符號和標誌最終往往成為一個城市的靈魂與風格，宋代的蘇州正是如此。

　　宋詞對於蘇杭的景物摹寫，既有江南水鄉風光和吳娃歌妓的共同著眼點，又各有側重。詞人對於蘇州多吟詠歷史，對於杭州卻專注現世，宋詞中蘇州的主旋律是歷史滄桑和隱逸，而杭州則是繁華美麗和黍離之悲。景色的美麗、風月的旖旎、現世的歡樂、歷史的詠歎和隱逸之思滲透在蘇杭的景物之中，是蘇杭詞中各種感情積蓄的基礎，正是蘇杭本身的多層面，才造就了蘇杭詞中所蘊含的多樣情感。

第四節　蘇杭何處不關情

　　劉熙載主張「詞須情景相融」〔註49〕，李漁在《窺詞管見》中也談到情景交融的重要性：「作詞之料，不過情景二字，非對眼前寫景，即據心上說情，說得情出，寫得景明，即是好詞。」〔註50〕詞本

〔註49〕【清】劉熙載《藝概》卷四，上海古籍出版社，1978 年，第 114 頁。
〔註50〕【清】李漁《閒情偶寄》，浙江古籍出版社，1985 年，第 20 頁。

工於「陶寫性情」。詞人在「地上天堂」的蘇杭，見佳麗之景、湖山之勝，聽吳儂軟語、管絃新曲，會高雅賓朋、詩酒知己，攜曼妙吳姬，享都市繁華風流，感性如文人士大夫，豈能不催生眾多情愫？尤其是此等人生極樂境地，偏偏在邊境緊張，時局動盪的宋代，現世安好的背後是戰爭頻仍，尤其是兩宋末期，朝代更替的慘劇使得往日繁華俱成雲煙，這樣前後失衡的變化起伏更容易積聚於心，於詞作和詩文中得以傾吐。即使是在社會承平時期，宋代黨爭不斷，士大夫相互傾軋，仕宦之愁苦鬱積於心，借山水聊以寄養身心，這其中在不甘與歸隱之間的掙扎也體現在當時的作品中。「詞雖不出情景二字，然二字亦分主客。情爲主，景是客，說景即是說情，非借物遣懷，即將人喻物」〔註51〕，正是種種的情感交織在蘇杭詞的字裏行間，賦予蘇杭的景物民風以靈魂和精神，才使得詞作中的意象鮮活豐富起來。

一、人間閒情

宋代世俗文化發達，休閒娛樂漸成社會風尚。作爲國家的統治階層，優渥的生活條件使得文人們比以往任何朝代，比當時的任何階層都更多閒情逸致，更會休閒娛樂。宋代文人或清遊山水，或狎妓冶遊，或酒宴唱酬，玩得高雅，玩得歡暢。如果從地域角度來觀察宋代文人的這份閒情逸致，無疑蘇杭詞人的休閒活動是最爲頻繁和興盛的。他們有遊賞的社會氛圍，有寄託閒情的佳麗山水，有佐助娛樂的歡樂場所，有詩酒雅會的地域風尚。蘇杭兩郡在兩宋時期，其休閒生活又在當時走在全國的前沿，非普通郡縣可比。休閒詞的興盛是一種必然的社會文化現象。概而言之，蘇杭詞中的閒情又可細分爲三類，即山水遊賞、都會狂歡、詩酒唱酬。

（一）山水遊賞

「傾城。盡尋勝去，驟雕鞍紺巾出郊坰」——蘇杭民風自古好

〔註51〕 【清】李漁《窺詞管見》，《詞話叢編本》，中華書局，1986 年，第554 頁。

邀遊。《吳郡志》說「吳中自古好繁盛，四郊無曠土，隨高下悉爲田，人無貴賤，往往皆有常產，以故俗多奢少儉，競節物，好遊邀。」〔註52〕而杭州遊邀之風更甚於蘇州，以至於宋代滅亡之後，元人鄭元祐還感慨道：「見杭士女出遊，仍故都（南宋首都）遺風，前後雜沓。」〔註53〕元朝的時候，杭州居民還保留著宋時喜歡遊玩的傳統，可以想見漢族統治時期的杭城邀遊之風是何等興盛。南宋吳自牧在《夢梁錄》中寫道：「杭州勝景，全在西湖，他郡無此，更兼仲春景色明媚，花事方殷，正是公子王孫、五陵少年，賞心樂事之時，詎宜虛度？至如貧者，亦解質借兌，帶妻挾子，竟日嬉遊，不醉不歸。此邦風俗，從古而然，至今亦不改也。」〔註54〕自古民風既已如此，再加上宋代時蘇杭經濟和社會地位飛速發展的高峰時期，居於蘇杭的市民以及文人豈能不享受這天時之樂？

　　「愛吳中山色好，抹日批風，蓑共笠，縱有金章不換」（張成可《洞仙歌》）——蘇杭佳麗地，有山水之勝，可資遊賞。蘇杭佳麗地。蘇杭的山水在前章節中已經盡數，蘇州的「觸處青蛾畫舸，紅粉朱樓。」（柳永《瑞鷓鴣·吳會風流》）杭州則「東南第一名州，西湖自古多佳麗。臨堤臺榭，畫船樓閣，遊人歌吹。十里荷花，三秋桂子，四山晴翠」，「使百年南渡，一時豪傑，都忘卻、平生志」（陳德武《水龍吟·西湖懷古》），如此山容水意，山水佳境，如何能辜負？蘇杭天時地利的遊賞環境，自然會助長文人的閒情雅致。難怪蘇軾在仕宦杭州時候就連公務都要在西湖辦理。《梁谿漫志》卷四「東坡西湖了官事」條 ：「東坡鎮餘杭，遇遊西湖，多令旌旗導從出錢塘門，坡則自湧金門從一二老兵，泛舟絕湖而來。飯於普安院，徜徉靈隱、天竺間。以吏牘自隨，至冷泉亭則據案剖決，落筆如風雨，分爭辯訟，談笑而辦。」

〔註52〕　【宋】范成大《吳郡志》卷二，江蘇古籍出版社，1999 年，第 13 頁。
〔註53〕　【元】鄭元祐《遂昌山人雜錄》，讀書齋叢書本，1799 年刻本，第 6 頁。
〔註54〕　【宋】吳自牧《夢梁錄》卷十二，古典文學出版社，1957 年，第 227頁。

〔註55〕本是枯燥嚴肅的公務，卻偏偏在風景如畫的西湖之上「談笑而辦」，風雅到如此境地，也只有蘇軾能做到，也只有杭州能提供這樣的山水。不僅文人如此，宋代武將也盡情地享受杭州山水之美，「紹興間，韓蘄王自樞密使就第，放浪湖山，匹馬數童，飄然意行」，並作詞。〔註56〕登臨山水可以慰閒情，於山水中盡情舒暢心胸，實在是一種享受：

> 西湖避暑棹扁舟。忘都狎白鷗。重香十里供瀛戲。山光翠欲流。重浩浩，思悠悠。詩成興未休。清風明月解相留。琴聲萬籟幽。——曹冠的《宴桃源·遊湖》

閑暇時候重新去尋找曾經的遊蹤實在是閒人之樂，於自然山水走走停停中，感受時光和心境的變化，則是情調深婉的閒情。

> 去年曾醉杏花坊。柳色間輕黃。重覓舊時行跡，春風滿路梅香。平沙岸草，夫差故國，知是吾鄉，夢斷數聲柔艣，只應已過橫塘。——陳三聘《朝中措》

塵世複雜，好景多在閒時間，讓世俗之樂和山水美景相融相輔，更是世上眾人之樂。「計江南、許多風景，繁華只在晴晝」（李裕翁《摸魚兒·春光》），大多數人關注的是白天和晴天時候的景色，然而風雅如詞人，則找到了晚間杭州夜景的別有趣味。白天的湖山自有白天的清麗明豔，而晚上的山水景色和城市景色於暮色中交融，燈光映於水面，星光簇簇交織著燈燭，是另一番市井風味；而月光澄澈之時，酒宴之後走在逐漸安靜的城市，若隱若現的歌聲，則有超然之感。

> 四堂互映，雙門並麗，龍閣開府。郡美東南第一，望故苑、樓臺霧霧。垂柳池塘，流泉巷陌，吳歌處處。近黃昏，漸更宜良夜，簇簇繁星燈燭，長衢如畫，瞑色韶光，幾許粉面，飛甍朱戶。——張先《破陣樂·錢塘》

> 沙河塘裏燈初上。水調誰家唱。夜闌風靜欲歸時。惟有一江明月、碧琉璃。——蘇軾《攤破虞美人》

〔註55〕【宋】費袞《梁谿漫志》，上海古籍出版社，1985年版，第36頁。
〔註56〕【宋】費袞《梁谿漫志》，上海古籍出版社，1985年版，第124頁。

南宋的詞人追逐閒雅之風更盛。都郡的山水屬於大眾，人人盡可以遊賞觀玩，美則美矣，視野中總是過於熙熙攘攘，如若有一方自己的風景，那該是何等的愜意。徐似道還只能「百錢買支下湖船。就他絃管裏，醉過杏花天」(《瑞鶴仙令・西子湖邊春正好》)，南宋詞人張鎡則成功建造了完全屬於自己的小天地——「受用南湖風光，何須更到西湖」《朝中措・重葺南湖堂館，小詞落成》，這樣的閒雅之情，並非等閒之人可得。

　　「雖美景良辰，固多於高會。而清風明月，幸屬於閒人。並遊或結於良朋，乘興有時而獨往。」〔註 57〕蘇杭的山水給各色詞人提供了一個寄情遊玩的平臺，而詞人在蘇杭詞中所抒發的山水遊賞之閒，或明麗或淡雅或熱鬧或清幽，既有文人的高雅，也不失市井的繁麗，二者相得益彰，這正是蘇杭山水詞的特別之處。

（二）酒席雅情

　　楊億《諸公於石氏東齋宴鄭工部，分韻得愁秋浮（並序）》中談到：「古者會友以文，賦詩言志。良辰美景，胥遇幾稀；銜杯漱醪，其樂無量。」〔註 58〕詩酒會友，酒席唱酬自古就是士大夫消遣方式，尤其為嗜好閒雅的文人所推崇。

　　「吳中多詩人，亦不少酒酤；高聲詠篇什，大笑飛杯盂。五十未全老，尚可且歡娛；用茲送日月，君以為何如？」白居易（《馬上作》）寫盡蘇州的文人風雅。柳永也感慨詠蘇州「土風細膩，曾美詩流。尋幽。近香徑處，聚蓮娃釣叟簇汀洲。」而杭州更是對文人高看一眼，不僅如前所列酒館茶社有專門的文人雅會處區別市民閒雜，更有許多詩社和雅集組織。《夢粱錄》：「文士，有西湖詩社，此乃行都縉紳之士及四方流寓儒人，寄興適情賦詠，膾炙人口，流傳四方，非其它社集之比。」〔註 59〕，「自古士之閒居野外者，必有同道同志之士相與

〔註 57〕唐圭璋《全宋詞》，中華書局，1965 年，第 121 頁。

〔註 58〕傅璇宗等主編《全宋詩》卷一一六，北京大學出版社，1998，第 1348 頁。

〔註 59〕【宋】吳自牧《夢粱錄》，古典文學出版社，1957 年，第 299 頁。

往還，故有以自樂」〔註60〕。蘇杭文人雅士多，則交遊必盛，自然酒宴繁多。「諸路酒稅，唯兩浙所入最多。熙寧末年，本路稅收六十萬五千九百八十四貫七百十五文，酒收一百六十萬八千八百三十四貫一百九十八文。」〔註61〕從這些數據，大可以看出當時兩浙酒水消費之盛。「閒情最宜酒伴」（李彌遜《十月桃·同富季申賦梅花》），「光陰無暫住，歡醉有閒情」（晏殊《拂霓裳·喜秋成》），喝酒賦詞是文人最常見的休閒方式。蘇軾第一次判杭州期間所作四十餘首詞中多是酒席上唱酬之作，其中尤以侑酒贈妓送行的題材最多，如《昭君怨·金山送柳子玉》、《江神子·湖上與張先同賦時聞彈箏》、《菩薩蠻·西湖席上代諸妓送述古》等。這些詞既是蘇軾個人在杭州的生活的記錄，也反映了當時士大夫之間宴席唱酬的情況。第二次知杭州時，也多此類作品，如《木蘭花慢·次馬中玉韻》：

> 知君仙骨無寒暑。千載相逢猶旦暮。
> 故將別語惱佳人，要看梨花枝上雨。
> 落花已逐回風去。花本無心鶯自訴。
> 明朝歸路下塘西，不見鶯啼花落處。

據王明清《玉照新志》卷二記載此詞本事：「東坡先生知杭州，馬中玉成為浙漕。東坡被召赴闕，中玉席間作詞，云『時吳會猶殘暑。去日武林春已暮。欲知遺愛感人深，灑淚多於江上雨。歡情未舉眉先聚。別酒多斟君莫訴。從今寧忍看西湖，抬眼盡成腸斷處』東坡和之，所謂「明朝歸路下塘西，不見鶯啼花落處」。〔註62〕

　　宋代士大夫由於不像前代士族一樣有著顯赫的家世背景，為了在仕宦生涯中順利平穩，特別重視師友僚佐的交往，交際應酬非常頻繁。此外，在宋代崇文政策和優厚俸祿的支持下，他們又佔有著豐裕

〔註60〕【宋】羅大經《鶴林玉露》乙編卷一，中華書局，1983年，第134頁。

〔註61〕【宋】方勺《泊宅編》，《唐宋史料筆記叢刊》，中華書局，1983年，第57頁。

〔註62〕【宋】王明清《玉照新志》卷二，中華書局，1985年，第21頁。

的消費資源，紛紛追求身口之奉、聲色之享，形成一股奢靡享樂之風。
而蘇杭民風本好奢華，蘇杭詞中的詩酒唱酬就顯得尤其頻繁。這些歌
席上的唱酬之作或者是眾人分韻賦詞，或者是歌妓乞詞，或者即興相
互賦詞贈答，大多是應景之作，邊喝酒聽曲邊賦詞，心情閒適，詞作
一般先點明聚會情況，抒情部分或渲染當時的熱鬧場面，或抒發彼此
情誼，特定節日的詞作比如壽詞等等都會依照慣例表達對朋友的祝福
之意。

> 酒面灩金魚。吳娃唱。吳潮上。玉殿白麻書。待君歸
> 後除。勾留風月好。平湖曉。翠峰孤。此景出關無。西州
> 空畫圖。——張先《醉垂鞭　錢塘送祖擇之》

> 月良慶會俱良月。萬歲千秋同瑞節。明朝仙頜趣是提
> 鼇，十萬人家齊臥轍。——張時甫《玉樓春　壽平江陳守》

> 今朝且賦歸與。明年春滿皇都。共泛桃花錦浪，與君
> 同醉西湖。——石孝友《清平樂　送同舍周智隆》

> 知是蘭省星郎，朱輪森戟，與風光為主。暇日登攜多
> 雅致，容我追隨臨賦。小宴重開，晚寒初勁，還下危梯去。
> 燭花紅墜，瑞堂猶按歌舞。——張鎡《念奴嬌　登平江齊雲樓，
> 夜飲雙瑞堂，呈雷吏部》

這些作品多應景之作，作詞人心情放鬆，聽詞人也不嚴肅對待，權且
都是一種娛樂方式。詞作流露出的閒適感相比山水遊賞詞多了應酬和
酒水氣，比都會狂歡詞要多私密性和個人化，屬於小範圍的消遣娛樂。

二、風月柔情

　　蘇杭景色優美，綠煙紅霧，花態柳情，吳娃們聰慧美麗，與文
交往甚秘，詞人在蘇杭自然少不了才子佳人的風流佳話。比較知名
如宋宗室子趙不敏與錢塘名娼盼奴相洽，周邦彥和姑蘇營妓岳楚雲
好，賀鑄蘇州情事，蘇軾在杭州邂逅王朝雲，吳文英與蘇杭兩妾生
死之戀。蘇杭的山水樓臺見證了詞人們的情感佳話，而蘇杭詞也記錄
了詞人心中纏綿的風月柔情。

卻憶西湖爛漫遊。水函山影翠光浮。輕舟短棹不驚鷗。帶露精神重嫵媚，戲風情態柳溫柔。鶯重燕語巧相留。——林淳《浣溪沙·憶西湖》

自古餘杭多俊俏。風流不獨誇蘇小。又見尊前人窈窕。花枝嫋。貪看忘卻朱顏老。——郭應祥《漁家傲·用履齊韻贈邵惜惜》

挑盡銀缸半夜花。拍簾風勁卷龍沙。香傳梅福深深意，春在錢塘小小家。——華嶽《瑞鷓鴣》

晚來江闊潮平，越船吳榜催人去。稽山滴翠，胥濤濺恨，一襟離緒。訪柳章臺，問桃仙浦，物華如故。向秋娘渡口，泰娘橋畔，依稀是、相逢處。——陳以莊《水龍吟·記錢塘之恨》

惆悵處，曾記蘇堤攜手。十年驚覺回首。蒼埃霽景成陰晦，湖水湖煙依舊。凝望久。問燕燕鶯鶯，識此年花否。長門別有。脈脈斷腸人，柔情蕩漾，長是爲伊瘦。——李裕翁《摸魚兒·春光》

就蘇杭詞而言，表現男女之情的數量並不多，這些詞中的情感和詞人在其餘地域的柔情之作相比，情感的眞摯和質感也許在事實上並非有所超越，但蘇杭詞中的柔情得益於蘇杭的江南環境，更柔美，更綺麗。蘇杭作爲江南水鄉，景色「些兒淡沱沖融意，到處黏花著柳」，「疏雨後。更豔豔綿綿，潑眼濃如酒」，最適宜滋長濃情蜜意。宋詞中的豔情多回憶之作，很少有描寫當時當地的情感，詞人的回憶往往受環境的影響，在蘇杭纏綿柔靡的環境裏，情感被無意中加重了分量。蘇杭詞中的風月柔情既有短暫的豔情，也有纏綿悱惻的愛情，這些男女情感在蘇杭如畫的環境襯托下即使千篇一律也似乎燦如雲霞，在蘇杭煙雨迷蒙的時節即使是一時情迷也會柔腸百結。

三、亡國悲情

作爲「地上天堂」的蘇杭，兩宋時期，也並非永遠奏響歡快綺麗

的音符，歷史的興旺在蘇杭詞的旋律中增添了蒼涼的興旺之感和悽愴的黍離之悲。

（一）蘇州——歷史的悲情餘音

前面已經論及，宋詞中的蘇州大概有兩個面目，一面是歷史上的「三高精神」深入宋代蘇州之魂，太湖垂虹亭、滄浪亭所標誌的隱逸之思；另一面則屬於姑蘇臺和吳宮所代表的更遙遠的吳國。宋詞中的蘇州淡化了美景，缺失了其作爲都會的繁華一面，甚至也難找現世的風情和人煙，宋代詞人都在集體懷念屬於蘇州第一個繁華高峰的吳國時期，宋詞中的蘇州也被打上了充滿滄桑之感的歷史痕跡。

> 吳霜應點鬢雲斑。綺窗閒。夢連環。說與東風，歸意有無間。芳草姑蘇臺下路，和淚看，小屏山。——辛棄疾《江神子》）

> 三塞外，紛狐貉。三徑裏，悲猿鶴。笑鴟夷老子，占他頭著。正使百年能幾許，看來萬事難描摸。問吳王、池館復何如，霜楓落。——吳潛《姑蘇靈巖寺涵空閣》

> 越來溪上雁，聲切闌干，似覓胥門怨吳霸。屬鏤沈，香溪斷，夢散雲空，千年外、等是漁樵閒話。但極目荒臺鬱蒼煙，衰草裏、又還夕陽西下。——黃載《洞仙歌》

> 畫圖中，煙際寺，水邊樓。叫雲橫玉、須臾三弄不勝愁。興廢都歸閒夢，俯仰已成陳跡，家在澤南州。有恨向誰說，月湧大江流。——袁去華《水調歌頭·次黃舜舉登姑蘇臺韻》

詞人往往是想像吳國宮城和姑蘇臺的昔日盛況，聯繫眼前的蕭瑟之景，由歷史的興旺轉而及自身，產生渺茫無奈的悲涼之感。據朱長文《吳郡圖經續記》記載「昔太史公嘗云：『登姑蘇，望五湖。』而今人殆莫知其處，嘗欲披草萊以訪之，未能也。」〔註63〕可見，北宋末年，姑蘇臺的痕跡實際已經不存在，但詞人們都固執甚至偏執地追思早已

〔註63〕【宋】朱長文《吳郡圖經續記》，江蘇古籍出版社，1999年，第42頁。

經消失在歷史時空中的古國。也許，正是曾經的輝煌和眼前的荒寂才衝擊出詞人面對蘇州時來源於歷史的興亡悲情。詞中的蘇州被定格在秋天，背景也總是衰草秋霜落葉，只擇取了當時蘇州的一個側面，關於宋詞中蘇州繁華和美麗真實面目的缺失，後面還要做詳細的論述。

（二）杭州──現世的黍離之悲

宋詞中的杭州只屬於當世，不論是綺麗如畫的湖山美景還是悲戚如訴的黍離之悲，宋詞呈現的都是當時之景色，當時之情感。宋詞中的杭州有烈火烹油的興盛喧鬧，也有南宋末期遺民如泣如訴的亡國悲音。

德祐元年（1275）冬，元兵長驅直入，佔領常州、無錫、蘇州一帶。第二年，攻佔臨安，俘虜了宋恭帝及后妃，靖康之難悲劇再演，儘管還有三年海戰的殊死掙扎，但南宋氣數已盡。杭州，見證了南宋在蒙古兵鐵蹄下的衰敗和窘迫，一勺西湖水由此浸染了離亂的悲戚之音。

> 送春去。春去人間無路。秋韆外，芳草連天，誰遣風沙暗南浦。依依甚意緒。漫憶海門飛絮。亂鴉過，斗轉城荒，不見來時試燈處。

> 春去。最誰苦。但箭雁沈邊，梁燕無主。杜鵑聲里長門暮。想玉樹凋土，淚盤如露。咸陽送客屢回顧。斜日未能度。

> 春去。尚來否。正江令恨別，庾信愁賦。蘇堤盡日風和雨。歎神遊故國，花記前度。人生流落，顧孺子，共夜語。

這首《蘭陵王‧丙子送春》是詞人劉辰翁寫於德祐二年（1276）春末杭州城被破之後。陳廷焯《白雨齋詞話》評價說：「題是《送春》，詞是悲宋，曲折說來，有多少眼淚。」〔註64〕張宗橚《詞林紀事》卷十四：「按樊謝論詞絕句，『《送春》苦調劉須溪』，信然。」〔註65〕唐圭璋先生《唐宋詞簡釋》論此詞：「此首題作『送春』，實寓亡國之痛。三篇皆重筆發端振起，以下曲折抒懷，哀感彌深。『秋韆外』

〔註64〕 【清】陳廷焯《白雨齋詞話》，人民文學出版社，1983 年，第 154 頁。
〔註65〕 【清】張宗橚《詞林紀事》卷十四，成都古籍書店，1982 年，第 410 頁。

三句，承『無路』，寫出一片淒迷景色。『依依』句，頓宕。『漫漫』數句，大筆馳驟，歎當年之繁華已無覓處。第二片，歷數春之燕與杜鵑，以襯人之傷春。第三片，歎故國好春，空餘神遊。末言人生流落之可哀。」〔註66〕「蘇堤盡日風和雨」，蘇堤的風雨爲西湖籠罩了悲傷的氛圍，而曾經西湖豔陽天裏邀遊的詞人，淪爲南宋遺民，也在政治風雨中飄搖。送西湖之春天，即送杭州之春天，即送南宋王朝之氣數。

　　爲了突出南宋滅亡帶給詞人的創傷，我們來分析同一個詞人周密在亡國前後寫的同一個題材的兩首詞。南宋滅亡前的《曲遊春》：

　　　　禁苑東風外，颭暖絲晴絮，春思如織。燕約鶯期，惱
　　芳情偏在，翠深紅隙。漠漠香塵隔。沸十里、亂弦叢笛。
　　看畫船，盡入西泠，閒卻半湖春色。

　　　　柳陌。新煙凝碧。映簾底宮眉，堤上游勒。輕暝籠寒，
　　怕梨雲夢冷，杏香愁羃。歌管酬寒食。奈蝶怨、良宵岑寂。
　　正滿湖、碎月搖花，怎生去得。

俞陛雲《唐五代兩宋詞選釋》稱此詞是「遊湖之良辰樂事，以工麗之筆寫之」。〔註67〕其詞寫杭人遊湖的慣例，按《武林舊事》：「都城自過收燈，貴遊巨室皆爭先出郊，謂之探春。水面畫楫，櫛比如鱗，無行舟之路。遊之次第，先南而後北，至午則盡入西泠橋裏湖，其外幾無一舸矣。」〔註68〕詞上片展現了一派春光綺麗，遊船如織的畫面，湖上笙歌、繁花、遊船，熱鬧異常，是世俗之樂。下片寫月湖空濛的靜幽境界，是仙境之美。

　　再看《探芳訊·西泠春感》：

　　　　步晴晝。向水院維舟，津亭喚酒。歎劉郎重到，依依
　　謾懷舊。東風空結丁香怨，花與人俱瘦。甚淒涼，暗草沿
　　池，冷苔侵甃。

〔註66〕唐圭璋《唐宋詞簡釋》，上海古籍出版社，1981年，第222頁。
〔註67〕俞陛雲《唐五代兩宋詞選釋》，上海古籍出版社，1985年，第537頁。
〔註68〕【宋】周密《武林舊事》，西湖書社，1980年，第29頁。

　　　　橋外晚風驟。正香雪隨波，淺煙迷岫。廢苑塵梁，如
　　今燕來否。翠雲零落空堤冷，往事休回首。最消魂，一片
　　斜陽戀柳。

本詞寫於元成宗大德三年（1299），距離宋朝滅亡已經 20 多年。同樣
是西泠，同樣是春天，卻完全是淒涼、悲冷的畫面。俞陛雲《唐五代
兩宋詞選釋》評價曰：「自白雁渡江以後，朝市皆非，草窗以淒清之
筆寫之。『人花俱瘦』句言花事之闌珊，『暗草沿池』句言池館之凋殘，
『廢苑塵梁』句言離宮之冷落，觸處生悲，不盡周原之感，湖山舉目，
誰動餘哀，剩有白髮遺黎，扶筇憑弔，如殘陽之戀柳耳。」〔註69〕

　　前後兩首詞都出於周密之手，寫的也同是西泠的春天，一樂一
悲，對比鮮明。「南北戰爭，惟有西湖，長如太平。」（陳人傑《沁園
春　詠西湖酒樓》）西湖一勺碧水，承載承平時期的富麗繁華，熙攘
人聲，也依然包融戰亂後的蕭瑟淒冷，亡國遺民。正是西湖景物如舊，
而詞人之背景和心境已變，才更顯出這黍離之悲的真切刻骨。

　　蘇杭詞中的黍離之悲自德祐二年（1276）臨安城破，繁華夢碎，
淒哀的吟唱一直持續到元代前期遺民詞人離世。遺民詞人或者由今
昔對比而發出亡國悲涼感慨，或詠物寄託對故國懷念，王沂孫、周
密、張炎等人《樂府補題》與直接抒寫亡國之悲的詞作相比，懷遺
民之慟，託物寄情，分詠蓮、蟬、龍涎香等物，以誌其家國淪亡之
悲，滴滴遺民淚，片片赤子心。「國家不幸詩家幸」，遺民詞作中的
杭州因為浸染了詞人的真摯血淚，增添了沉重黯淡的色彩，也使得
杭州凝重嚴肅起來。

　　誠如王國維所言「都邑者，政治與文化之標徵也」〔註70〕。作
為都城，宋代詞人筆下的杭州，直接映像了國運的盛衰興亡、時代風
濤和歷史變幻。但宋末的戰爭是整個宋王朝的傾覆，不僅此時的杭州

〔註69〕俞陛雲《唐五代兩宋詞選釋》，上海古籍出版社，1985 年，第 562 頁。
〔註70〕王國維《觀堂集林》卷十，《王國維遺書》第一冊，中華書局，1983
　　　　年，第 465 頁。

處處悲音，這一時段的蘇州詞中也是遠古的興旺和眼前的家國悲劇交織，更多一份蒼涼淒慘。如陳人傑《沁園春‧吳門懷古》：

> 草滿姑蘇，問訊夫差，今安在哉。望虎丘蒼莽，愁隨月上，蠡湖浩渺，興逐潮來。自古男兒，可人心事，惆悵要離招不回。離之後，似舞陽幾個，成甚人才。

> 西風斜照徘徊。比舊日江南尤可哀。歎茫茫馬腹，黃塵如許，紛紛牛背，青眼難開。應物香銷，樂天句杳，無限風情成死灰。都休問，向客邊解後，只好拈杯。

詞作寫吳門懷古，其實懷古只是一個引子或者一個藉口，作者心中所思懷的是不久前太平時期的蘇州，而不是遙遠的夫差故國。經過戰亂之後的蘇州已經和白居易筆下的雄州無法可比，詞人記憶中的蘇州風華香銷雲散，整個江南都是一副遲日殘照的景象。對此景，詞人的一腔悲憤無奈無處消解，面對宴席已經提不起興趣，等客人都走了，一個人用酒來澆這胸中的苦悶。

城市的景物凝固，而歷史是流動的，一個城市的面貌與內涵也在歷史的前行中不斷更替和豐富。不同的城市給予詞人的故事不同，情感也自然有差別，比如蘇州詞中多仕宦之愁，而杭州詞中卻相對較少。此外，不同的詞人，由於自身遭際的不同，在同一座城市抒寫的情感各異，姜夔詞中的杭州和吳文英詞中的杭州都有鮮明的個人色彩。地域不僅僅是詞人生存或停留的處所，它的歷史和現狀都會對詞人的生活以及創作產生不容忽視的影響，同樣一個詞人在某個地域的行跡也會對地域發生微妙甚至巨大的反作用力。

第三章　宋代詞人蘇杭行跡考證匯總

　　前面我們分別論述了歷史視野中的蘇杭眞實形象和宋詞文本中
展現的蘇杭鏡像，可以看出宋詞中的蘇杭是對現實蘇杭的藝術反映，
既展現了蘇杭的眞實風情，又在現實基礎上有所取捨和選擇。那麼蘇
州的隱逸之思是怎樣凸顯於宋詞之中？西湖景色是如何滲入宋詞之
中呢？地理意義上的蘇杭是通過什麼樣的媒介而化爲宋詞中的蘇
杭？地域的眞實狀態是如何和文學實現交匯的？

　　緒論中我們已經提到文學要受時間和空間兩個因素的影響，而這
兩種因素作用於文學必須通過作家這一中介來實現。文學是以語言文
字爲工具，形象化地反映客觀現實的藝術，不論是表現內心情感還是
再現一定時期或者一定地域的社會生活，文學說到底是人的活動。文
學要和地域發生關聯必須通過作家這一媒介。作家的活動直接影響到
文學作品的面貌，只有作家首先接觸和瞭解了某一地域，並把自己在
這一地域的所見所感融入文學作品，文學和地域才能實現交匯。具體
到宋詞與蘇杭而言，蘇杭地域中的垂虹橋和西湖如何進入詞作？以什
麼樣的姿態滲透進詞作？宋詞爲什麼會帶有濃重的江南情味？宋詞
的意象和意境爲何會偏偏和蘇杭的城市景象如此相融？這些無疑都
是詞人選擇的結果。如蘇州詞中多寫隱逸之思，而杭州詞則表現出明
顯的城市變遷特點，正是詞人的所見所感作用於內心情緒而造成詞作
的這些特點。因此，我們研究文學與地域的關係，必須首先研究作家

和這個地域的關係。而要瞭解作家和一個地域的具體關係就必須先瞭解作家來某一地域的初衷和原因是什麼？他在這一地域有什麼活動？他對這一地域的情感如何？留下了哪些遺跡作為表徵？這些都必須通過考察作家在區域的行跡來探尋。

回到宋詞和蘇杭的關係上，正是基於以上的思考，我們考證和匯總詞人在蘇杭的行蹤是有意義的。此外，在對於蘇杭區域作家群體的研究中，為避免停留在靜止的單一的層面上，文章按照時間先後順序來串聯詞人的行跡，這樣也可以實現詞人與蘇杭關係的動態變化。最後，在人地互動關係上，我們也兼顧了詞人的文化活動對外在地理條件的利用和改造。

在考證和匯總過程中，文章主要依據如下凡例：

第一，詳略得當，突出重點。這表現在：首先，對於重點詞人如張先、蘇軾、姜夔等儘量詳細考證他們在蘇杭的活動，而一些相對而言詞學或社會影響力較弱的詞人則只列出活動的大概路線和時間。其次，對於同一個詞人，本著本文的宗旨，其在蘇杭的活動行跡，和詞學以及文化有關的，列為重點考證和匯總對象；而和詞學無關的只作簡單介紹。例如，南宋的詞人大部分是仕宦來杭，我們關注的是詞人在蘇杭所作的詞作和對蘇杭文化、民生有建設作用的活動，而對於詞人官職的陞遷不作具體論述。如范成大乾道七年至於淳熙四年的活動，我們重點考證其乾道七年歸蘇州故里築造石湖別墅、周必大相訪唱和的事實和經過，而對於他在成都幾年的官職陞遷不做敘述。

第二，在選擇詞人時，首先依據兩個大原則：第一，量化標準，即《全宋詞》中收錄的詞人詞作數量在 30 首以上。第二，質性標準，詞人在蘇州或杭州有遊蹤。有些詞人儘管存詞數量較少，但是在詞史影響力較大如錢惟演、宋祁等，社會地位較高、社會影響較大如丁謂、陽枋、馬廷鸞等，對蘇杭城市建設有突出貢獻如王禹偁、蔣璨、趙抃等，這些詞人不管其存詞數目的多少均一一作為考察對象。關於詞人在詞史上的影響力，以現代學術界比較權威的袁行霈先生、章培恒先

生《中國文學史》中所涉及到的詞人爲依據；詞人對蘇杭城市建設的貢獻，以蘇杭自宋代以來地方志中記載到的詞人爲參考標準。對蘇杭地方志中有記載的所有詞人，無論其存詞數目的多少均一一對其行蹤做了考察。如范仲淹、趙抃、韓世忠等詞人遺存詞作很少，也難以確定作詞的具體時間和地點，然而詞人本身在蘇杭城市發展史上具有舉足輕重的作用，於蘇杭的重要性超越了作品的影響力，文章把這些詞人也作爲考察對象。

第三，對於詞人的蘇杭行跡，儘量有始有終，以本次到達蘇杭爲始，離開蘇杭爲止，儘量考證此次到達蘇杭的原因和離開原因。

第四，對於詞人行蹤的考證和匯總，文章首先依據學術界現存的詞人年譜，對於年譜中已經詳細考證的行跡，去粗取精引用年譜中的文獻，而不再注釋其具體的文本出處，只列出所依據的年譜。對於筆者自己考證的行跡，所採用的文獻一律標出具體出處。文章盡可能搜集詞人歷來年譜，比較、考查與蘇杭相關的記錄，考辨爭議部分，如各個年譜對詞人的記載一致的，選擇至少一個文獻資料作爲證據，如文獻資料比較多的詞人，一般選擇詞人自身作品作爲本證，旁證以正史和地方志、墓誌銘、行狀爲主，兼及他人作品。對於摘錄的文獻內容，以流傳最廣、影響最深的年譜內容爲主。但是因爲有宋一代「詩貴詞卑」的輿論環境，影響到詞人年譜的創作，在大多數詞人年譜中，詩文的年代比較清晰，但是對於詞卻鮮有提及；另有部分詞人《宋史》無傳，也罕見後人所作年譜，生平事跡淹沒無聞，以上都對考證與匯總宋代詞人的行蹤造成了操作上的困難。茲在勾稽有關方志，文集等資料的前提下，以年譜爲匯總行蹤的最初依據，因「自古名儒大賢，靡不有年譜以稽其學力之先後，出處之事跡，然多處於門人子弟編輯成書。其次則年代遼遠，而景其遺風者，往往因其文以譜其事。」〔註1〕所以，考慮到年譜形成過

〔註1〕　【清】顧棟高著，劉光勝點校《司馬溫公年譜》，中州古籍出版社出版社，1987年，第1頁。

程的一些不確切因素，在匯總耙梳年譜的基礎上，以詞人作品、神道碑、墓誌銘、行狀、正史、筆記小說等相關記載為參照對象和詳細注解，確定詞人來蘇杭的時間、地點（遊覽地或居住地）、活動內容、交遊範圍、作品、和蘇杭相關的典故詞話以及蘇杭地方志對於詞人的記載評價。其次，對於沒有年譜的詞人，儘量搜集正史、本集與筆記小說中的相關記錄，考慮到涉獵範圍有限，對於作品數量很少的詞人，一般不做詳細文獻的考證，僅僅作為數據參考。

　　第五，對所有詞人的排序以詞人出生時間為依據（父子詞人如蘇軾和蘇過，葛勝仲和葛立方除外），對於生卒年不詳細的作家則根據其交遊詞人而大致推定。

　　在如上標準之下，本文共涉及了 115 位詞人的蘇杭遊蹤。

1、王禹偁（仕宦於蘇州）

　　王禹偁（954～1001）字符之，濟州巨野人。《宋史》卷三百九十三本傳。有《小畜集》30 卷，今有《四部叢刊》本，另其曾孫王汾裒輯《小畜外集》13 卷。

太平興國九年（984），（按：本年十一月丁卯改元為雍熙元年）到蘇州。由成武主簿改大理評事、知長洲縣。

　　　　按：去年進士為簿尉者，今年郊禮畢，改守大理評事。

　　　　本集《小畜集》卷十八《答丁謂書》云「吾為主簿一年」，禹偁去年八月蒞成武主簿，改試大理評事應在八月後，實授大理評事知長洲縣則在十月二十一日後。

　　　　本集卷七《赴長洲縣》詩二首，有「移任長洲縣，辭親淚滿衣」之語。本集卷十八《與李宗諤書》則云：「頃年某為長洲縣令，侍親而行，姑蘇名邦，號為繁富，魚酒甚美，俸祿甚優。」

太宗雍熙二年（985）

在蘇州。

本年正月有《上許殿丞論榷酒書》（本集卷十八）

許殿丞即許袞（949～1005）時以殿中丞通判蘇州，《范文正公文集》卷十二《贈戶部郎中許公墓誌銘》。

本集卷十六《答張扶書》云：「到任之明年，大有年也」。長洲豐收。作《長洲縣令廳記》（本集卷十六）。

《送上官知十序》（本集卷二十）。

雍熙三年（986）

在蘇州。

《擬陳王判開封府制》（《外集》卷十二）自署「雍熙三年在長洲」。《潘閬詠潮圖贊並序》（《外集》卷十）、《崑山縣新修文宣王廟記》（《小畜集》第二冊，商務印書館 1937 年版）均自署「大宋雍熙三年」。

雍熙四年（987）八月

奉詔赴闕，離開蘇州。

本集卷十八《答鄭襃書》云「前年八月，僕自長洲縣令微拜右正言史館，既隨滿，遷左司諫知制誥」，官稱「七月三十日，尚書工部郎中典滁陽郡王某」，按王禹偁知滁州在至道九年乙未歲，是年六月蒞任」，書中又有「今春吾自西掖召拜翰林學士」語，按王禹偁拜翰林學士在至道元年（《學士年表》云：至道元年正月，以禮部員外郎知制誥拜），則《達鄭襃書》作於至道元年七月三十日。是所謂「前年八月」，應為「前八年八月」因奉詔服闕是在雍熙四年八月。

《惠山寺題留》、《遊虎丘》、《陸羽泉茶》、《南園偶題》，均見本集卷七。

軼事：

葉夢得《石林詩話》卷下云：「姑蘇南園，錢氏廣陵王之舊圃也。老木皆合抱，流水奇石，參錯其間，最為工，王翰林元之為長洲縣宰時，無日不攜客醉飲，嘗有詩云『他年我若成功後，乞取南園作醉鄉。』

今園中大堂，遂以「醉鄉」名之。」〔註2〕

詞《點絳唇》即寫蘇州。

參考年譜：

徐規編《王禹偁事跡著作編年》，中國社會科學出版社 1982 年版。

黃啓芳編《王禹偁年譜簡編》，《幼獅學誌》第十五卷第一期。

2、丁謂（籍貫蘇州並仕宦於蘇）

丁謂（966～1037）字謂之，後更字公言，蘇州人。少與孫何友善，王禹偁極賞其文，人稱「孫丁」。著有《丁謂集》八卷，《虎丘錄》五十卷等，今僅存《丁晉公談錄》一卷，本傳見《宋史》卷二八三。

籍貫為蘇州。

> 《宋史》卷二八三《丁謂傳》：「丁謂字謂之，後更字公言，蘇州長洲人。」

> 《中吳紀聞》卷一《丁晉公》：「公諱謂，字謂之。家世於冀，其祖仕錢氏，遂為吳人。」

大中祥符九年（1016）九月甲辰

罷兵部尚書、參知政事，為平江節度使。

> 丁謂《眞宗皇帝制御賜詩跋》：「（天禧元）去年秋九月甲辰，忽奉制命，遙登將壇，進崇秩於上公，建高牙於故里。

> 《續資治通鑒長編》卷八八「九月甲辰」：「兵部尚書、參知政事丁謂罷為平江節度使。」

> 《宋史》本傳亦有記載。

天禧元年（1017）

徙保信軍節度使。

> 《宋會要輯稿》食貨五：「天禧元年六月十一日，知升

〔註2〕 【清】何文煥《歷代詩話》，中華書局，1981 年，第 429 頁。

州丁謂言：『城北有後湖，因旱，百姓請佃……』」知，天禧元年六月仍知升州。

作《虎丘》、《垂虹亭》詩。

遺跡：

范成大《吳郡志・人物》：「丁謂嘗爲鄉里請於朝，特免丁錢，鄉人德之，祠於萬壽寺。」

王鏊《姑蘇志》卷一七「坊巷」條：「東北隅巷六十八……丁晉公巷，俗名丁家巷，甫橋北。」

龔明之《中吳紀聞》卷一「丁晉公」條：「丁晉公宅在大郎橋，堂甚古，有層閣數間臨其後，號晉公坊。」

參考年譜：

（日本）洪澤池子編《丁謂年譜》，巴蜀書社 1998 年版《丁謂研究》附，另據曾棗莊《西崑酬唱集詩人年譜簡編》，《宋人年譜叢刊》，四川大學出版社，2003 年版。

3、錢惟演（祖籍杭州）

錢惟演（977～1034）字希聖，錢塘人，吳越王俶十四子，《宋史》卷三一七本傳。

太平興國三年（978）五月乙酉

錢俶入朝，離開杭州。

李燾《續資治通鑒長編》卷一九謂七月丙辰，知杭州范旻與錢惟演等皆赴闕：「（八月辛未）初，淮南王錢俶入朝，命其子鎮國節度使惟治權知吳越國事……於是惟治悉率兵民圖籍、努廩管鑒授知杭州節度使范旻，與其弟錢惟演、惟灝等皆赴闕。」

《宋史》卷二八六《吳越錢氏世家》：「自鏐至俶，世有吳越之地僅百年，管內諸州皆子弟，將授任而後請命於朝……及歸朝卒、子惟演，惟濟皆童年，召見慰勞，並起家諸衛將軍。」

《續資治通鑒長編》卷四七，《宋會要輯稿》選舉三一之一二均有記載。

參考年譜：

（日）洪澤滋子編《錢惟演年譜》，《宋人年譜叢刊》第二冊。

4、潘閬（遊歷蘇杭，寓居杭州）

潘閬（？～1009），字逍遙（北宋劉攽《中山詩話》、沈括《夢溪筆談》卷二五，晁公武《郡齋讀書志》卷四、元鄧牧《洞霄圖志》卷四）或號逍遙子（吳處厚《青箱雜記》卷六，阮閱《詩話總龜》前集卷一一，南宋江少虞《宋朝事實類苑》卷三六），籍貫大名（晁公武《郡齋讀書志》卷四）或揚州（陳振孫《直齋書錄解題》卷二零），晚年定居杭州。（《四朝聞見錄》云潘閬居錢塘，南宋《古跡考》遂逕作錢塘人，當是占籍，大名若江都、錢塘皆寓，及之後人傾慕才名，輒引爲鄉望耳。）《四庫全書》有《潘閬集》。

雍熙四年（987）

潘閬攜神童劉少逸到蘇州長洲拜見王禹偁〔註3〕。

> 徐規《王禹偁生平事跡編年》
> 王禹偁《神童劉少逸與時賢聯句序》。

雍熙四年（987）八月

王禹偁被召赴闕，潘閬作《送王長洲禹偁赴闕》〔註4〕

> 《全宋詩》卷五六

王禹偁作《寄潘閬處士》〔註5〕

> 徐規《王禹偁生平事跡編年》

〔註3〕 徐規《王禹偁生平事跡編年》，中國社會科學出版社，1982年，第47頁。
〔註4〕《全宋詩》卷五六，北京大學出版社1998年，第618頁。
〔註5〕《全宋詩》卷五六，北京大學出版社1998年，第618頁。

雍熙年間（984～988）

以詠錢塘而出名。

　　王禹偁《潘閬詠潮圖贊並序》（王禹偁《小畜外集》卷一零，《四部叢刊》本）

　　吳處厚《青箱雜記》卷六：「……近世有好事者，以潘閬邀遊浙江詠潮著名，則亦以輕綃寫其形容，謂之《潘閬詠潮圖》。」〔註6〕

　　江少虞《宋朝事實類苑》卷三六：「潘閬邀遊浙江，詠潮著名。或以輕綃寫其形容，謂之《潘閬詠潮圖》」〔註7〕

景德年間（1004～1007）

居杭州。

　　《呈錢塘知府薛神議》：「再到錢塘眼暫清，騎驢看月又南行。」

大中祥符二年（1009）

葬於杭州。

　　《輿地紀勝》卷二引錢易撰寫之《墓誌銘》：「潘閬，字逍遙，錢塘之潘閬巷，其所居也。錢易銘其墓云：逍遙與道士馮德之居錢塘，約歸骨於天柱山。大中祥符二年為泗州參軍，卒於官舍。德之送囊其骨以歸吳中，葬於洞霄宮之右。」〔註8〕元鄧牧《洞霄圖志》卷四亦有記。

　　《全宋文》卷二一亦有《潘閬墓誌》。

遺跡：

《夢粱錄》卷一四：「潘逍遙祠，在潘閬巷，以宅基建祠祀之。」〔註9〕

〔註6〕【宋】吳處厚《青箱雜記》卷六中華書局1985年版，第60頁。
〔註7〕【宋】江少虞《宋朝事實類苑》卷三六，上海古籍出版社，1981年，第461頁。
〔註8〕【宋】王象之《輿地紀勝》卷二，中華書局，1992年，影印道光二十九年刊本，第192頁。
〔註9〕【宋】吳自牧《夢粱錄》，古典文學出版社，1957年，第131頁。

《咸淳臨安志》卷七二：「潘逍遙祠，在潘閬巷，即所居宅。」
同書卷九三：「潘閬居錢塘，今太學前有潘閬巷。」

補充：

根據祝尚書《柳開年譜》知柳開太平興國五年（980）冬至天平興國九年（984）在潤州任，因此潘閬在這三年多期間曾在吳地經過，如《周中自吳之越寄潤州柳侍御開楊博士邁》。

典故：

文瑩《湘山野錄》：「閬有清才，嘗作憶餘杭一闋「長憶西湖，盡日憑欄樓上望云云，錢希白愛之，自寫於玉堂畫壁。」

楊湜《古今詞話》：「潘閬狂逸不羈，坐事繫於獄，往往有出塵之語。」

楊慎《古今詞話》曰：「潘閬有《憶西湖》、《虞美人》一闋於時盛傳。東坡愛之，書於玉堂屏風。石曼卿使畫工繪之作圖。」

朱彝尊《詞綜》曰：「潘閬有《酒泉子》三闋，石曼卿見此詞，使畫工繪之作圖。錢唐沉雄起而辯之，非《虞美人》，亦非《酒泉子》，乃自製《憶餘杭》也。」

5、林逋（祖籍杭州）

林逋，字君復，錢塘人，力學好古，弗趨榮利，初放遊江淮間，久之歸杭州，結廬西湖之孤山。二十年足不及城市，真宗聞其名，贈粟帛，詔長吏，歲時勞問。既卒，州為上聞。仁宗嗟悼，賜諡和靖先生，有《和靖先生集》附詞。

典故：

彭孫遹《金粟詞話》記載：「林處士梅妻鶴子，可稱千古高風矣。乃其惜別詞如『吳山青，越山青』一闋，何等風致閒情，一賦詎必玉瑕珠纇耶。」

6、范仲淹（祖籍蘇州，仕宦蘇杭）

范仲淹（989～1052），字希文，蘇州吳縣人。有《范文正公集》傳世，通行有《四部叢刊》影明本，附《年譜》及《言行拾遺事錄》等。《宋史》卷三百一十四本傳。

景祐元年（1034）六月

知蘇州。

《上呂相公並呈中丞咨目》，言水利，募遊手疏五河，導積水入海。

　　《吳郡志》卷一一《牧守題名》：「范仲淹，朝散大夫
　　員外郎、天章閣待制。」

秋八月

徙明州，離開蘇州。

九月

轉運使上言公治水有緒，願留以畢其役。復知蘇州。

　　《與晏尚書書》：「吾自睦改蘇，首捧鈞翰，蜀董役海上。」

景祐二年（1035）

仍在蘇州，立郡學。

　　《吳郡志》卷四「學校」條：「景祐元年，范仲淹守鄉
　　郡。二年，奏請立學。得南園之異隅，以定其址。」

冬十月

詔還，判國子監，離開蘇州。

　　據《宋史》本傳〔註10〕。

皇祐元年（1049）正月乙卯

知杭州。

　　按《杭州謝上表》，前一年，在鄧州任滿三年，有《謝
　　依舊知鄧州表》，求知杭州，所以公時自己請求任職杭州。

〔註10〕【元】脫脫《宋史》，中華書局，1977年，第10269頁。

本集有《天竺山日觀大師塔記》云：「皇祐元年，余至錢塘。」

《續資治通鑑長編》卷一四二亦有記載。

贈林逋詩《贈西湖林處士》。

皇祐二年（1050）

在杭州，以遊玩來對抗飢饉，穩住民心。

沈括《夢溪筆談》卷五云：「皇祐二年，吳中大饑，殍饉枕路。是時公領浙西，發粟募民存餉，爲術甚備。吳民喜競渡，好爲佛事。乃縱民競渡，太守日出宴於湖上，自春至夏，居民空巷出遊。又召諸寺主首，諭以饑歲工價至賤，可大興土木，於是諸寺工作鼎盛。又新倉廒吏舍，日役千夫。監司奏劾荒政，嬉遊不節，及公私興造，傷耗民力。公乃自條敘所以宴遊興造，皆欲以有餘之財力以惠貧者……是歲。兩浙惟杭州晏然，民不流徙，皆公之惠也。」

黃祐三年（1051）

知青州，離杭。

《青州謝上表》

詩文：

在蘇州有《蘇州十詠》、《用韻謝晏尙書見寄》、《太平山白雲泉》、《題常熟頂山上放院僧舍》等。

在杭州有《與人約訪林處士阻雨見寄》、《和沈書記同訪林處士》、《過餘杭白塔寺》、《西湖筵上贈胡侍郎》、《和僧湖居五絕》、《和運使舍人觀湖二首》、《和蘇州蔣密學》、《和孫之翰對雪》、《謝賜鳳茶表》、《和幷州鄭宜徽見寄二首》等。

參考年譜：

【宋】樓鑰編，范之柔補，刁忠民校點《范文正公年譜》，張氏約園刊本《四明叢書》第三集。

7、柳永（遊歷蘇杭，仕宦杭州）

柳永（984？～1054？）初名三變，字景莊，後改今名，字耆卿，崇安（福建武夷山）人。《宋史》無傳。

行蹤：

咸平五年（1002）

經過並滯留杭州。

> 柳永離開家鄉去汴京應試禮部，取道水路入錢塘來杭州。因迷戀湖山美好，都市繁華，遂沉醉於聽歌買笑的浪漫生活中，滯留杭州。

咸平六年（1003）

在杭州。是年秋，寫《望海潮》贈孫何。

> 從唐圭璋先生「永冠年寫詞贈孫何」之說〔註11〕。
>
> 楊慎《古今詞話》云：「孫知杭州，禁甚嚴，耆卿欲兼職不得，作《望海潮》之詞，往謁名妓楚楚曰：『欲見孫相，恨無門路，若因府會，願借朱唇，歌於孫相公之前。若問誰爲此詞，但說柳七。』中秋府會，楚楚婉轉歌之，孫即日延耆卿預坐。」
>
> 《宋史·孫何傳》，謂何：「樂名教，勤接士類，後進之有詞藝者，必爲稱揚。」
>
> 羅大經《鶴林玉露》卷二載此詞流播，金主亮聞歌，欣然有慕於「三秋桂子，十里荷花」，遂起投鞭渡江之志。

真宗景德元年（1004）

仍流寓在杭州。

是年，孫何還京太常禮院，永寫有《玉蝴蝶·漸覺芳郊明媚》贈別，又有《長壽樂·太平世》寫在杭州時的浪子生活。

〔註11〕唐圭璋《柳永事跡新證》，《文學研究》1957年第三期。

景德二年（1005）

在蘇州。寫有《雙聲子》「晚天蕭索，斷蓬縱跡……」《玉蝴蝶》「選得芳容端麗，冠絕吳姬」。

大約在景德三年（1006）

離開杭州。

天聖三年（1025）

在蘇杭之間遊歷。

　　《引駕行》：「南顧，念吳邦越國，風煙蕭索在何處……」。

　　《鳳銜杯》詞二首，其一「經年價，兩地成幽怨，任吳山越水，似屏如障堪遊玩……」。

天聖四年（1026）

在蘇杭間漫遊。

　　《兩同心》「……魂斷南國……」，又有《西施》詞發思古之情懷。大概寫於蘇州或杭州

天聖六年（1028）

遊歷蘇杭間。

作《輪臺子・歎斷梗難停》。

景祐元年（1034）

應試及第，任睦州團練推官。

　　《續資治通鑑長編》卷一一四謂景祐元年，仁宗有詔「朕念士向學益蕃，而取人之路尚狹，或棲遲田裏，白首而不得進，其令南省就試進士、諸科，十取其二。進士五舉年五十，諸科六舉年六十；曾經殿試，進士三舉，諸科五舉；及嘗預先朝御試，雖試文不合格，毋輒黜，皆以名聞。」柳永正符合「進士五舉年五十」這一條件，赴汴京趕考。

二月春

始由汴京啓程赴睦州，二月經過蘇州，拜謁范仲淹獻詞《瑞鷓鴣‧吳會風流人煙好》。

> 據豐家驊《瑞鷓鴣》賞析一文。〔註12〕

景祐四年（1037）

由睦州團練推官調任餘杭縣令。

> 《嘉慶餘杭縣志》卷二十一，被列爲名宦類。

> 《長相思》：「又豈知名宦拘撿，年來減盡風情」。

景祐五年，寶元元年（1038）

在餘杭。

寶元二年（1039）

調任定海鹽場監官，離開杭州

> 《煮海歌》

> 《寶慶四明志》卷二十有柳永曾爲定海鹽場監官的記述。

慶曆三年（1043）

調任泗州判官，沿河北上赴泗州，過蘇州時寫有《木蘭花慢‧古繁華茂苑》贈蘇州太守呂溱。

> 從羅忼烈說，呂溱於仁宗寶元元年登進士榜首，故詞中有「鼇首」稱譽。以後在渭南寫有《瑞鷓鴣‧全吳嘉會古風流》，回憶遊蘇州的心情。

慶曆七年（1047）

再度遊蘇州

> 從羅忼烈說，作《永遇樂‧天閣英遊》贈滕子京。

參考文獻：

劉天文《柳永年譜稿》，成都大學學報1992年第一、二期。

謝桃坊主編《柳永詞賞析集》，巴蜀書社，1996年。

〔註12〕唐圭璋《唐宋詞鑒賞辭典》，江蘇古籍出版社，1999年，第237頁。

豐家驊《〈瑞鷓鴣〉賞析》，《唐宋詞鑒賞辭典》江蘇古籍出版社，1999 年，第 237 頁。

羅忼烈《柳永詞考辨三題》，《南都學壇》，1988 年第四期。

8、張先（仕宦蘇州，遊歷杭州）

張先（990～1078），字子野，烏程（今浙江湖州）人。宋仁宗天聖八年（1030）進士。歷太宗、眞宗、仁宗、英宗、神宗五朝，初爲宿州掾，後任吳江令、嘉禾判官、永興軍通判、渝州知州、安州知州。晚年優游於杭州、湖州之間，嘯詠自得，卒年八十九，葬於湖州弁山多寶寺，《宋史翼》卷二六載其事，《宋史》無傳。

康定元年（1040）

以秘書丞知吳江縣。修葺吳江亭。

> 龔明之《中吳紀聞》卷三「蔡君謨題壁條」：「張子野宰吳江，因吳江舊亭，撤而新之。蔡君謨題壁間云：『蘇州吳江之瀕，有亭曰如歸，隳壞不可居。康定元年冬十月，知縣事秘書丞張先治而大之。』」

> 《中吳紀聞》載張先吳江詩：「張子野宰吳江日，嘗賦詩云『春後銀魚霜下鱸，遠人曾到合思吳。欲圖江色不上筆，靜覓鳥聲深在蘆。』合爲時絕唱。」

> 朱長文《吳郡圖經續志》卷下云：「吳江舊有如歸亭，慶曆中，縣令張先益修飾之。蔡君謨爲紀其事。熙寧中（誤），林郎肇出宰，又於如歸亭之側作鱸鄉亭，以陳文惠有『秋風斜日鱸魚鄉』之句。」鱸鄉亭作於熙寧間，而如歸亭在康定元年。

慶曆元年（1041）

爲嘉禾判官，離蘇。

> 注：具體時間不能確定，夏承燾先生據梅堯臣《宛陵集》卷九《送簽判張秘丞赴秀州詩》在集中排序推斷張先約於慶曆元年離蘇。

嘉祐五年（1060）

在杭州。

本集卷一有《山亭宴慢・有美堂贈彥猷主人》，卷二有《轉調虞美人・雪上送彥猷》。

　　《咸淳臨安志》卷四十六郡守表：「唐詢嘉祐三年九月丙辰自知蘇州知杭，五年九月甲辰除吏部郎中。」按：第一首詞當作於杭州有美堂。然第二首應作於湖州。雪是湖州市的別稱，因境內有雪溪而得名。

治平三年丙午（1066）

在杭州。

五月，作《喜朝天・清暑堂贈蔡君謨》。

　　《咸淳臨安志》「牧守表」：「蔡襄治平二年，以端明殿學士禮部侍郎知，三年五月甲寅徙知應大府。」

　　《乾道臨安志》卷三：「清暑堂，治平三年，郡守蔡公襄建」。

治平四年（1067）

在杭州，作《破陣樂・錢塘》。

　　據首句「四堂互映，雙門並立，龍閣開府。」知其時杭州四堂「唐時盧白堂、嘉祐二年梅摯所建有美堂、至和三年孫沔於錢鏐閱禮堂故地重建之中和堂、治平三年蔡襄所建之清暑堂」，可知寫詞時應爲治平三年之後，當爲治平四年賀祖無擇以龍圖閣學士知杭州所作。〔註13〕

熙寧二年（1069）

在杭州。

孟秋晦日

與祖無擇等遊定山慈嚴院。作《醉垂鞭・錢塘送祖無擇》。

〔註13〕吳熊和《唐宋詞彙評》，浙江教育出版社，2004 年，第 120 頁。

《兩浙金石志》卷六《定山慈嚴院題名》：「祖無擇、沈振、元居中、張先，熙寧己酉孟秋晦偕遊。」

《浙江通志》之《職官志》卷四謂祖無擇知杭州在鄭獬之前。

《宋史·神宗本紀》謂鄭獬知杭州在本年五年，所以祖無擇應該在此年離開杭州。

作《好事近·和毅夫內翰梅花》

按：吳熊和《唐宋詞彙評》：「自下片云『誰叫強半臘前開』，則其時猶在熙寧二年之冬。」〔註14〕

熙寧三年（1070）

在杭州。

作《好事近·燈燭上山堂》、《天仙子·送鄭獬移青州》。

據鄭獬《好事近·初春》末句「歸去不須明燭，有山頭明月」，與張先詞首尾呼應，當爲熙寧三年初春唱和之作。〔註15〕

《咸淳臨安志》「郡守表」謂鄭獬以熙寧三年四月己卯徙知青州。

熙寧六年（1073）

在杭州，作《望江南·贈龍靚》、《雨中花·贈胡楚》。

陳師道《後山詩話》「胡楚龍艦」條：「杭妓胡楚龍靚，皆有詩名。胡云：『不見當時丁令威，年來處處是相思。若將此恨同芳草，卻恐青青有盡時。』張子野老於杭，多爲官妓作詞，與胡而不及靚。靚獻詩云：『天與群芳十樣葩，獨分顏色不堪誇。牡丹芍藥人題徧，自分身如鼓子花。』子野於是爲作詞也。」〔註16〕

〔註14〕吳熊和《唐宋詞彙評》，浙江教育出版社，2004年，第113頁。
〔註15〕吳熊和《唐宋詞彙評》，浙江教育出版社，2004年，第113頁。
〔註16〕施蟄存、陳如江輯錄《宋元詞話》，上海書店出版社，1999年，第59頁。

作《武陵春・每見韶娘梳鬢好》。

熙寧七年（1074）

在杭州，作《虞美人・述古陳襄移南郡》、《熙州慢・贈述古》、《何滿子・陪杭守泛湖夜歸》

　　　　據《北宋經撫年表》：陳襄七年六月己巳改應天，原知應天風雅翰林侍讀學士禮部侍郎楊繪知杭州，入爲翰學，九月丙申，沈起知杭州。熙寧七年六月，陳襄離杭移守南郡，宴僚佐於有美堂。

作《芳草渡・雙門曉鎖響朱扉》

　　　　按《唐宋詞彙評》，詞爲熙寧七年（1074）六月，送陳襄離杭赴應天府作。〔註17〕

九月

與杭守楊繪餞蘇軾於中和堂。

作《勸金船・流杯堂唱和翰林主人元素自撰腔》、《更漏子・流杯堂席上作》、《定風波令・次子瞻韻送元素內翰》、《定風波令・再次韻送子瞻》

　　　　《乾道臨安志》卷三《牧守》：「熙寧七年六月己巳，以應天府、翰林侍讀學士、尚書禮部侍郎楊繪知杭州。」同年九月，還召還朝。

　　　　蘇軾《南鄉子》題序云：「沈強輔雯上出犀麗玉作胡琴，送元素還朝，同子野各賦一首。」即爲此。〔註18〕

與蘇軾、楊繪、陳舜俞等置酒垂虹亭，作《定風波令》。

　　　　蘇軾《東坡志林・記遊松江》：「吾昔自杭移高密，與楊元素同舟，而陳令舉、張子野皆從余過李公擇於湖，遂與劉孝叔俱至松江。夜半月出，置酒垂虹亭上。子野年八十五，以歌詞聞於天下，作定風波令，其略云：「見說賢人聚吳分，試問，也應傍有老人星。」坐客歡甚，有醉倒者，

〔註17〕吳熊和《唐宋詞彙評》，浙江教育出版社，2004 年，第 134 頁。
〔註18〕吳熊和《唐宋詞彙評》，浙江教育出版，2004 年，第 116 頁。

此樂未嘗忘也。今七年耳，子野、孝叔、令舉皆為異物，而松江橋亭，今歲七月九日海風架潮，平地丈餘，蕩盡無復子遺矣。追思曩時，真一夢耳。元豐四年十二月十二日，黃州臨皋亭夜坐書。」〔註19〕

元豐元年（1078）

在杭州，從趙抃、趙槩遊，作《小重山・安車少師訪閱道，同遊湖山》

《咸淳臨安志》卷四十六《郡守表》：「鄧潤甫元豐二年正月己丑知，趙抃則以舊職加太子少保致仕。」

蘇軾《東坡集》卷三十七《趙清獻神道碑》：「元豐二年二月，家太子少保致仕，時年七十二矣。」

典故：

熙寧六年，應張先、蘇軾之雅意，陳襄準營妓周韶落籍事，詳見蘇軾《天際烏雲帖》：「……杭州營籍周韶，多蓄奇茗，常與君謨鬥，勝之。韶又知作詩。子容過杭，述古飲之，韶泣求落籍。子容曰：『可作一絕。』韶援筆立成、曰：『隴上巢空歲月驚，忍看回首自梳翎。開籠若放雪衣女，長念觀音般若經。』韶時有服，衣白，一坐嗟歎。遂落籍。同輩皆有詩送之，二人者最善。胡楚云：『淡妝輕素鶴翎紅，移入朱欄便不同。應笑西園舊桃李，強勻顏色待東風。』龍靚云：『桃花流水本無塵，一落人間幾度春。解佩暫酬交甫意，濯纓還作武陵人。』」

陳師道《後山詩話》亦有記載此事。

9、梅堯臣（遊賞蘇杭）

梅堯臣（1002～1060），字聖俞，宣州宣城人。

慶曆七年（1047）

作《寄題蘇子美滄浪亭》、《與道損仲文子華陪泛西湖》。

〔註19〕朱易安、傅璇琮等主編《全宋筆記》第一編，上海師範大學古籍研究所，2003，第14頁。

參考年譜：

【元】張師曾編，吳洪澤校點《宛陵先生年譜》清初鈔本《二梅公年譜》卷二。

10、歐陽修（摹寫杭州）

歐陽修（1007～1072），字永叔，號醉翁，晚號六一居士，吉州永豐人。卷三百一十九本傳。

慶曆八年（1048）十二月

蘇舜欽卒於蘇州。歐陽修作《湖州長史蘇君墓誌銘》。

嘉祐二年（1057）丁酉九月五日

梅摯出知杭州，歐陽修作《送梅龍圖公儀知杭州》。

> 《北宋經撫年表》卷四引《乾道臨安志》：「嘉祐二年九月戊寅（五日），龍圖閣直學士、吏部郎中梅摯知杭州，仁宗賜詩寵行。」

嘉祐四年（1059）八月二十五日

應江陵知府梅堯臣之請，爲其知杭州時所建有美堂作記。

> 本集卷一四九《與梅聖俞》其四十二：「梅公儀來，要杭州一亭記，述遊覽景物，非要務，閒辭長說，已是難工，兼以目所不見，勉強而成。幸未寄去，試爲看過，有甚俗惡，幸不形跡也。」

> 朱熹《朱子大全》卷七一《考歐陽文忠公事跡》：「梅龍圖摯知杭州，作有美堂，取得登臨佳處，公爲之作記。人謂公未嘗至杭，而所記入目覺，坐堂上者，使之爲記，未必能如是之詳也。」

遺跡：

蘇軾命名報恩院後泉水爲六一泉，並作《六一泉銘》紀念歐陽修。

參考年譜：

劉德清編《歐陽修傳·歐陽修紀年》刪訂。

11、王琪（仕宦蘇杭）

王琪（1019 年～1085）字禹玉，舒州（今安徽潛山）人，祖籍華陽。《宋史·王珪傳》卷三一二附錄本傳。

皇祐二年（1050）

知蘇州〔註20〕。

《吳郡志》卷六「官宇」條：「嘉祐中，王琪以知制誥守郡。始大修設廳，規模宏壯，假省庫錢數千緡。廳既成，漕司不肯除破。時方貴《杜集》，人間苦無全書。琪家藏本，讎校素精。即俾公使庫鏤板，印萬本，每部為直千錢，士人爭買之，富室或買十許部。既償省庫羨餘以給公廚。」〔註21〕

《吳郡志》卷一一《牧守題名》：「王琪尚書度支員外郎、龍圖閣待制。皇祐二年。」又「尚書工部郎中、知制誥。嘉祐中。」〔註22〕

《姑蘇志》：「王琪，皇祐三年四月乙巳，自知舒州徙蘇，四年六月乙未，徙潤州。」又「王琪，嘉祐三年七月再任，四年八月，降度支員外郎、知饒州。」〔註23〕

按：《吳郡志》卷一一《牧守題名》記王琪兩次知蘇州，但《宋史》王琪本傳卻無知蘇州事。嘉祐中知蘇州，《吳郡志》沒有記載具體年月，今從《姑蘇志》。

治平元年（1064）

知杭州。

《乾道臨安志》卷三「治平元年九月甲戌，以樞密直學士、同判太常寺王琪知杭州。十一月己亥，轉右諫議大

〔註20〕【元】脫脫《宋史》卷三零三，中華書局，1977 年，第 10042 頁。

〔註21〕【宋】范成大《吳郡志》卷六，江蘇古籍出版社，1999 年，第 51～52 頁。

〔註22〕【宋】范成大《吳郡志》卷六，江蘇古籍出版社，1999 年，第 142 頁。

〔註23〕轉引自李之亮《宋兩浙路郡守年表》巴蜀書社，2001 年，第 99 頁。

夫。二年，徙知揚州。本傳：字君玉，成都人，以詩知名
於世。」〔註24〕

12、司馬光（仕宦蘇杭）

司馬光（1019～1086），字君實，號迂夫，晚年號迂叟，世稱涑
水先生，陝州夏縣人。《宋史》卷三百三十六本傳。蘇軾撰有《司馬
溫公神道碑》、《司馬溫公行狀》。

寶元二年（1039）

其父天章公徙杭州，公辭所遷官，求籤書蘇州判官事以便親，許之。

《送李子儀序》云：「寶元中，從事在蘇，子儀僑居州

下，得從之遊」。

《送□浦江序》：「及壯，侍親之吳。」

蘇軾《司馬溫公行狀》。

康定元年（1040）

侍天章公於杭州。

康定二年（1041）

天章公卒於晉州。

熙寧二年（1069）

葬母於錢塘。

曾鞏《南豐先生元豐類稿》卷四五《壽昌縣太君許氏

墓誌銘》。

熙寧六年（1073）六月戊子（七月二十三日）

相度兩浙路農田、水利、差役等事，兼察訪。

熙寧七年（1074）三月

同修起居注，還朝在此以前，離杭。

〔註24〕【宋】周淙，施諤《南宋臨安兩志》，浙江人民出版社，1983 年，
第 60 頁。

熙寧八年（1075）七月

爲淮南兩浙災傷體量使。

參考年譜：

【清】顧棟高、劉承幹編，尹波校點《司馬溫公年譜》，求恕齋叢書本。

13、僧仲殊（祖籍蘇州，遊歷蘇杭）

仲殊（？），俗名張揮，字師利，安州人。號蜜殊、安州老人、太平閒人等，先後寓居蘇州承天寺、杭州寶月寺。

祖籍蘇州。

《侯鯖錄》卷一：「蘇州僧仲殊，本文士也，因事出家」

《中吳紀聞》卷四：「初爲士人，嘗與鄉薦。」

范成大《吳郡志》卷四二：「初爲士人，嘗預鄉薦。」

元豐八年（1085）

米芾贈仲殊詩，題於蘇州吳縣福臻禪寺壁間。

《吳郡志》卷三三五：「福臻禪院在吳縣西南四十五里穹窿山，舊經云：『梁天監二年置』，今記中云：『唐會昌六年建』。寺裏米芾大書詩兩壁，字畫奇逸，至今存焉。」

元祐四年（1089）六月

蘇軾經過蘇州見仲殊。

《輿地紀勝》卷五引《郾城志》云：「僧仲殊初至吳，姑蘇臺柱倒書一絕云：『天長地久大悠悠，爾即無心我亦休。浪跡姑蘇人不管，春風吹笛酒家樓。』東坡見之，疑神仙所作。是後與坡爲莫逆之交。」〔註25〕

元祐五年（1090）

仲殊在杭州，與蘇軾交遊，蘇軾作《安州老人食蜜歌》。

〔註25〕【宋】王象之《輿地紀勝》卷六，中華書局 1992 年，第 331 頁。

《吳郡志》卷四二云：「蘇文忠公與之還往甚厚，號志『蜜殊』。」

《姑蘇志》卷五八亦云：「蘇軾與之往還甚善，號之曰蜜殊。」

仲殊在蘇州作《南歌子·解舞清平樂》和蘇軾。

胡仔《苕溪漁隱叢話》前集卷五七引《冷齋夜話》：「東坡鎮錢塘，無日不在西湖。嘗攜妓謁大通禪師，慍形於色，東坡作長短句，令妓歌之，曰……時有僧仲殊在蘇州，聞而和之，曰：『解舞《清平樂》，如今說向誰。紅爐片雪上鉗錘。打就金毛獅子、也堪疑。木女明開眼，泥人暗皺眉。蟠桃已是著花遲。不向春風一笑、待何時。』」孔凡禮《蘇軾年譜》有記載此事。〔註26〕

阮閱《詩話總龜》卷四二《樂府門》有記。

元祐六年（1091）正月

仲殊與蘇軾雪中游西湖，並作詩唱和。

孔凡禮《三蘇年譜》記蘇軾作《次韻仲殊雪中游西湖二首》〔註27〕

元祐六年（1091）三月十九日

仲殊與蘇軾在吳江相會。〔註28〕

蘇軾在惠州書吳越十二僧事，贈《仲殊》：「蘇州仲殊師利和尚，能文，善詩及歌辭，皆操筆立成，不點竄一字。」

紹聖四年（1097）十月

仲殊作《陸河聖像院記》。

《姑蘇志》卷三零《寺觀下》記此事：「陸河聖像教寺，在陸河市。吳僕射徐真捨宅建，亦因泛海石佛耳名，宋嘉祐八年朱肱重建，僧仲殊記。洪武初重修。」

鄭虎臣《吳都文萃》卷九記錄有此文。

〔註26〕孔凡禮《蘇軾年譜》中華書局1998年版，第945頁。
〔註27〕孔凡禮《蘇軾年譜》中華書局1998年版，第952頁。
〔註28〕孔凡禮《蘇軾年譜》中華書局1998年版，第967頁。

14、蘇舜欽（寓居蘇州）

蘇舜欽（1008～1048）字子美，開封人，本集《蘇學士集》。

慶曆五年（1045）

春日乘舟東下，四月到蘇州。

  《答范資政書》：「又以世居京師，墳墓親戚所在，四方茫然無所歸，始者意亦重去，不得已遂沿南河，且來吳中。既至則有江山之勝，稻蟹之美……」。

  《蘇州洞庭山水禪院記》：「予乙酉歲夏四月，來居吳門」，三次遷徙，築滄浪亭定居。

慶曆八年（1048）十二月

卒於蘇州。

詞話：

  《東軒筆錄》：「蘇子美謫居吳中，欲遊丹陽潘師旦，深不欲其來，宣言於人，拒之。子美作《水調歌頭》，有『擬借寒潭垂釣，又恐沙鷗相猜，不肯傍青綸』之句為是。」

參考年譜：

傅平驤、胡問濤編《蘇舜欽年譜簡編》，《南充師院學報》1986年第1期。

傅平驤、胡問陶校注《蘇舜欽集編年校注》，巴蜀書社1991年出版。

沈文倬編，吳洪澤校點《蘇舜欽年譜》，《四部叢刊》本。

15、趙抃（仕宦杭州）

趙抃（1008～1084），字閱道，自號知非子，衢州西安（今浙江衢縣）人。卷三百一十六本傳。蘇軾、蘇轍均撰寫有《趙清獻公墓誌銘》

熙寧三年（1070）

以資政殿學士罷知杭州。

時王安石自上年閏十一月行青苗法，臺諫侍從多以言事求去，公既疏劾安石，不省，四上章求郡，亦不允。四月，公復五上章。

八月

到杭州。

無賴子弟逆公素寬厚，聚爲惡，公重懲之，勿敢犯。

十二月

徙知青州，離開杭州。

熙寧四年（1071）三月

與越守孔度支延之餞別於金山。有《別杭州詩》。

熙寧十年（1077）五月癸亥

復知杭州。

六月

到杭州。

時杭州久旱，公入境之夕，四郊雨足。朝廷命築城，公移久旱奏罷之。

九月

有詩《武林即事》、《次韻程給事歲暮有感》。

爲吳越國王修墳廟，立「表忠觀」（即原來的妙音院）。蘇軾撰寫碑記。

> 按《表忠觀記》。〔註29〕

> 《咸淳臨安志》卷七十五「寺觀」之「表忠觀」條：「（表忠觀）在城南龍山。熙寧十年，守趙清獻公以錢氏墳廟蕪廢，請於朝。即龍山廢佛刹妙因院。爲觀俾，錢氏之孫爲道曰自然者，首居之。仍歲度其徒一人以供灑掃。詔賜額曰『表忠』詳具蘇公所撰碑。」

〔註29〕曾棗莊、舒大剛編《三蘇全書》第十五冊，語文出版社，2001 年，第 323 頁。

元豐元年（1078）

在杭州任。

有詩《元日偶成》、《武林言懷》、《杭州八詠》等。

九日

湖上登高。

元豐二年（1079）二月

加太子少保致仕。在杭州逗留數日。

　　　蘇軾《賀趙大資少保致仕啟》〔註30〕。

元豐七年（1084）夏

仲子侍公遊杭州。

　　　蘇軾《趙清獻公神道碑》謂公致仕歸杭，人留不得行，
　　公曰「六年當復來」，至是適六歲矣。〔註31〕

八月

以疾還衢，離杭。

　　　蘇軾《趙清獻公神道碑》。

參考年譜：

蕭魯編，曹清華校點《宋趙清獻公年譜》，民國間刊《趙清獻公集》卷首。

羅以智編，李文澤校點《趙清獻公年譜》，民國二十二年刊《趙清獻公集》卷首。

16、吳感（祖籍蘇州）

吳感（？），字應之，吳郡人。天聖二年（1024）省試第一，九年又中書判拔萃科仕至殿中丞。

〔註30〕曾棗莊、舒大剛編《三蘇全書》第十二冊，語文出版社，2001 年，第 281 頁。

〔註31〕曾棗莊、舒大剛編《三蘇全書》第十二冊，語文出版社，2001 年，第 351 頁。

《中吳紀聞》謂：「吳感，字應之，以文章之知名……
嘗作《折紅梅詞》喜冰澌初泮云云，傳播人口，春日郡宴，
必使倡人歌之。元注楊元素本事集，誤以爲蔣堂侍郎有小
鬟號紅梅，吳殿丞作此詞贈之。」

17、蔡襄（經過杭州，仕宦杭州）

蔡襄（1012～1067），字君謨，興化軍仙遊人。著有《蔡忠惠集》，
《宋史》卷三百二十，列傳第七十九本傳，歐陽修撰《端明殿學士蔡
公墓誌銘》。

景祐三年（1036）

從家回京途中過杭州，遊徑山。

本集卷二五《遊徑山記》。

徑山：在杭州北四十里。《咸淳臨安志》卷二十五：「在
縣北，去縣五十里。徑山事狀雲山，乃天目之東北峰。有
徑路通天目，故謂之徑山。奇勝特異，五峰周抱中有平地，
人跡不到。」

又謁杭州淨土院僧惟正，作《七石序》。

慶曆三年（1043）十月

到杭州拜訪楊偕。

《續資治通鑒長編》卷一六三：「（楊偕）初坐蔡襄等
劾知杭州，會襄謁告杭，而輕遊里市，或謂偕言曷於朝，
答曰：『襄嘗以公事詆我，我豈可以私報邪？』時，偕以九
月知杭州。」

皇祐三年（1051）

丁父憂畢歸京，過杭州並滯留。

本集卷六《自留詩稿》有《華嚴院西軒見芍藥兩枝追
想吉祥賞花慨然有感寄呈才翁》。

過蘇州，祭奠蘇舜欽，作《祭蘇子美文》。

另有《崇德夜泊寄福建提刑章屯田思錢唐春月並遊》、《嘉禾郡偶
書》等。

至和二年（1055）

過杭州。

孫沔知杭州，作雙門，公爲作《杭州新作雙門記》。

嘉祐五年（1060）

乞知杭州，未果。

《辭翰林學士知開封府狀》：「……臣欲望朝廷與臣知
揚州或杭州一任，不獨便於養親，兼臣易得醫藥。」

嘉祐六年（1061）

過杭州。

本集卷八《杭州過璘上花圃》。

治平二年（1065）

知杭州

《歐陽文忠公集》卷一一九。

五月二十六日

到杭州。

本集卷二十《杭州謝上表》：「伏奉敕差知杭州軍州事，
已於五月二十六日到任訖。」又有《杭州謝兩府啓》。

七月

遊孤山，作《七月過孤山勤上人院》。

九月九日

登有美堂，作《重陽日·有美堂南望》（本集卷七）。

治平三年（1066）

連日出遊，有詩多首。

本集卷二八《與元朗中書》：「自寒食遊西湖，入靈隱、
天竺；穀雨賞花，過吉祥、龍華、淨明，及民間園館，往
往傳於篇詠，誠可娛也。」

四月二十七日

樞密副使胡宿知杭州，代襄，離開杭州。

　　　　《乾道臨安志》卷三「三年五月甲寅，（蔡襄）徙知應
　　天府」。

但胡宿遲遲未到任，九月蔡襄仍在杭州。

　　　　《杭州清暑堂記》題云：「治平三年九月十八日，端明
　　殿學士、尚書禮部侍郎、知軍州事蔡襄撰」，可證。

十月

母卒於杭州，離杭歸家。

　　　　歐陽修《長安郡太君盧氏墓誌銘》：「治平三年十月某
　　日，辛於杭州之官舍，享年九十有二。」

遺跡：

　　《乾道臨安志》卷三：「清暑堂，治平三年郡守蔡襄建，在州之
　左，並撰記」。

詩文：

　　《上巳日州園東樓》、《清明西湖》、《十日西湖晚歸》、《寒食西湖》
　《十三日吉祥院探花》、《十三日趙園觀花》、《十五日遊龍華淨明兩院
　值雨》、《十九日奉慈親再往吉祥院觀化》、《二十二日山堂小飲》等。

參考年譜：

　　劉琳《蔡襄年譜》，據《宋代文化研究》第四輯增訂。

18、王安石（遊歷杭州，仕宦蘇州）

　　王安石（1021～1086）字介甫，號半山，撫州臨川人。

皇祐二年（1050）

到杭州拜見范仲淹。

　　　　《上杭州范資政啓》：「某近遊浙壤，久揖孤風，當資
　　斧之無容，幸曳裾之有地。粹玉之彩，開眉宇以照人；縟

星之文，借談端而飾物。覊瑣方嗟於中路，逢迎下問於翹材，仍以安石之甥，復見牢之之舅。茲惟雅故，少稔燕閒，言旋桑梓之邦，驟感神麻之詠。寫吳綾之危思，未盡攀瞻；憑楚乙之孤風，但傷間闊。恢臺貫序，虛白調神，禱頌之私，不任下懇。」

作有《杭州呈勝之》六首詠寫杭州景物。

皇祐五年（1053）夏

王安石赴姑蘇視積水。

六月十五日

書天童瑞新道人壁。

參考年譜：

【清】顧棟高編，劉乘幹校，尹波校點《王荊公年譜》卷，求恕齋叢書本。

【宋】詹太和編，吳洪澤校點，影印元大德五年刊本《王荊文公詩》卷首。

19、鄭獬（仕宦杭州）

鄭獬（1022～1072），字毅夫，一作義夫，紓子。安州安陸（今屬湖北）人。熙寧二年（1069）出知杭州。三年，徙青州（《乾道臨安志》卷三）。《東都事略》卷七六、《宋史》卷三二一有傳。

熙寧二年（1069）

以翰林學士知杭州。

《乾道臨安志》卷三《牧守》：「熙寧二年五月癸未，以翰林學士、尚書兵部員外郎鄭獬為翰林侍讀學士、戶部郎中知杭州，三年四月己卯，徙知青州。」

熙寧三年（1070）

徙知青州，離杭。

鄭獬存二首《好事近》，均爲在杭州時作，張先和之《好事近‧燈燭上山堂》、《好事近‧和毅夫內翰梅花》。

20、蘇軾 （仕宦杭州，經過蘇州並遊玩）

蘇軾（1037～1101），字子瞻，又字和仲，號「東坡居士」。

熙寧四年（1071）

御史以雜事誣奏蘇軾過失，軾乞外任避之，除通判杭州。

　　《文集》卷三十二《杭州召還乞郡狀》敘遭謝景溫誣奏後，此云：「臣緣懼禍乞出。」

　　《揮麈錄‧前錄》卷三：「國朝亦來，仕於外，非兩制則雖帥守監司，止呼寄祿官，惟通判多從館中帶職出補，如蔡君謨湖州、歐陽文忠公滑州、王荊公舒州、東坡先生杭州，如此之類甚多。」

十一月

過蘇州，賦《減字木蘭花》。

遊虎丘，觀王禹偁畫像。

　　《蘇軾文集》卷二十《王元之畫像贊》。

二十八日

到杭州通判任。

十二月一日

遊孤山，訪惠勤、惠思二僧，有詩。

　　《蘇軾詩集》卷七有《臘日遊孤山訪惠勤惠思二僧》。

與張先遊。

　　《蘇軾文集》卷六十三祭張先文：「我官於杭，始獲擁帚。」

　　《初到杭州寄子由》

　　《宋史》本傳。

另有《好事近‧湖上》，時間無法確考，姑繫於此。

熙寧五年（1072）

任杭州通判。

城外探春，賦《浪淘沙‧昨日出城東》。

正月

與蘇頌同遊西湖。蘇頌和蘇軾《臘日遊孤山》。

> 《蘇魏公文集》卷四《次韻蘇子瞻臘日遊西湖》。

於官居建鳳洙堂、濺玉齋、方庵、月岩齋。

> 《丹淵集》卷十《寄題杭州通判胡學士官居詩四首》
> 詩序。

題張次山壽樂堂詩。

> 《蘇軾詩集》卷七。

三月二十三日

從太守沈公觀花於吉祥寺，作《牡丹記》。

> 《蘇軾文集》卷十《牡丹記敘》：「熙寧五年三月二十
> 三日，余從太守沈公觀花于吉祥寺僧守璘之圃。」

雨中游天竺靈感觀音院。

> 《蘇軾詩集》卷七。

同陳襄觀芍藥。

> 《欒城集》卷四：「公驚春去已多日，爭看花開最後番。」

六月二十七日

《登望湖樓醉書五絕》。

> 《蘇軾詩集》卷七。

七月一日

出城，循行屬縣，作詩。

> 《蘇軾詩集》卷七。

七日

寓餘杭法喜寺。

> 《蘇軾詩集》卷七。

宿臨安淨土寺、至功臣寺，遊徑山，宿望湖樓，夜泛西湖。

　　　　《蘇軾詩集》卷七。

八月

監試中和堂，有《呈試官》詩及《試院煎茶》詩、《催試官考較戲作》

　　　　《蘇軾詩集》卷八。

八月十七日

登望湖樓。

　　　　是日榜出，與試官兩人復留，作五絕句《八月十七日，

　　　復登望海樓，自和前篇，是日榜出》，詩序：「八月十七日，

　　　復登望海樓，自和前篇，是日榜出，余與試官兩人復留。」

權領州守事，判官妓從良。

　　　　《澠水燕談錄》卷十：「子瞻通判錢塘，嘗權領州事；

　　　新太守至，營妓陳狀詞，以年乞出籍從良。公即判曰：『五

　　　日京兆，判狀不難，九尾野狐，從良任便。』有周生者，

　　　色藝為一州之最，聞之亦陳狀乞嫁。惜其去，判云：『慕周

　　　南之化，此意雖可嘉；空冀北之群，所請宜不允。』」

　　　　《侯鯖錄》卷八：「錢塘一官妓，性善媚惑，人號曰九

　　　尾野狐。東坡先生適是邦，闕守，權攝。九尾野狐者，一

　　　日下狀解籍，遂判云：『五日京兆，判斷自由。』……」

十月

與錢塘之士貢於禮部者九人。宴於中和堂，作是詩以勉之。

　　　　《蘇軾文集》卷十《送杭州進士詩敘》。

冬至

獨游吉祥寺。

　　　　《西湖遊覽志》卷二十《北山分脈城內勝蹟》謂吉祥

　　　寺乃乾德二年睦州刺史薛溫捨宅為之。

除夕，直都廳，軾題詩於牆壁。

晁補之見蘇軾，作《七述》。

> 《柯山集拾遺》卷十二《晁無咎墓誌銘》：「公從皇考
> 於杭之新城。公覽觀錢塘人物之盛麗，山川之秀異，謂之
> 作文以誌之，名曰七述。今端明蘇公通判杭州。蘇公蜀人，
> 悅杭之美而思有賦焉。公謁見蘇公，出《七述》公讀之，
> 歎曰：『吾可以擱筆矣。』蘇公以文章名一時，士爭歸之，
> 得一言足以自重，而延譽公如不及，自屈輩行與共交。由
> 此，公名籍甚於士大夫間。」

熙寧六年（1073）

是年蘇軾任杭州通判。以事至姑蘇，爲王誨作《仁宗御飛白記》、
《三瑞堂》，除夜宿常州城外。

> 《仁宗皇帝飛白記》：「熙寧六年冬，以事至姑蘇。安
> 簡王公子誨出所賜公端敏二字。」

> 《錢塘六井記》：「熙寧五年，太守陳公述古至，問民
> 之利病。明年春，六井畢脩，故詳其語以告後人。」

陳襄飲蘇頌，營妓周韶求落籍，得從。韶之同輩胡楚、龍量有詩。
蘇軾記其事。

賦《祝英臺近・掛輕帆》。

與陳襄吉祥寺賞花。

> 《蘇軾詩集》卷九《花降落而述古不至》。

作《定風波・送元素》。

本年另有《江城子・江景》、《減字木蘭花・雙龍對起》。

熙寧七年（1074）三月

作《卜算子・感舊》、《畫堂春・寄子由》

五月十日

與呂仲甫、周邠、僧惠勤等同泛湖遊北山。

> 《蘇軾詩集》卷九。

會客有美堂。

　　《蘇軾詩集》卷九《會飲有美堂答周開祖湖上見寄》。

填詞《菩薩蠻・繡簾高卷傾城出》。

　　據《蘇軾詞編年校注》。

湖上，與張先同賦《江城子》。

　　張邦基《墨莊漫錄》卷一：「東坡在杭州，一日遊西湖，坐孤山竹閣，前臨湖亭上，時二客皆有服，預焉。久之，湖心有一彩舟漸近亭前，靚粧數人，中有一人尤麗，方鼓箏，年且三十餘，風韻閑雅，綽有態度，二客競目送之。曲未終，翩然而逝。公戲作長短句云。」

遊孤山，登柏山、竹閣，與陳襄自有美堂夜飲。

作《虞美人・沙河塘裏燈初上》、《江城子・孤山竹閣送述古》。

　　《蘇軾詩集》卷十《與述古有美堂乘月夜歸》。

五月

受命移知密州。

去杭赴密州，與楊元素同舟，與陳令舉、張子野過李公擇於湖，遂與劉孝叔俱至松江。夜半月出，置酒垂虹亭上。

　　蘇轍《超然臺賦》序：「子瞻通守餘杭，三年不得代。以轍之在濟南也，求為東州守。既得請高密，五月乃有移知密州之命。」

　　蘇軾《勤上人詩集序》：「熙寧七年，余自錢塘赴高密。」

　　《別天竺觀音詩》序：「余昔通守錢塘，移涖膠西，以九月二十日，來別南北山道友。」

　　《記遊松江說》云：「吾昔自杭移高密，與楊元素同舟，而陳令舉、張子野皆從余過李公擇於湖，遂與劉孝叔俱至松江。夜半月出，置酒垂虹亭上。子野年八十五，以歌詞聞於天下，作《定風波》令。」

　　《師子屏風贊》云：「潤州甘露寺，有唐李衛公所留陸探微畫師子版。余自錢塘移守膠西，過而觀焉。」

七月

作《菩薩蠻・杭妓往蘇迓新守》、《訴衷情・送述古迓元素》、《虞美人・湖山信是東南美》。

八月十五

觀潮，題詩安濟亭上，作《瑞鷓鴣・觀潮》。

八月十七日

作《醉落魄・席上呈元素》。

九月八日

作《浣溪沙・縹緲危樓紫翠間》。

重九

《浣溪沙・白雪清詞出坐間》。

與周邠、李行中游徑山，憑弔吳越王遺跡，作《將軍樹》、《錦溪》等詩。

　　　　《詩集》卷十。

遊風水洞，作《臨江仙》，本年還作有《江城子・玉人家在鳳凰山》。

熙寧七年，納妾王朝雲。

　　　　墓誌銘有記：「朝雲姓王氏，錢塘人。事先生二十有三年，紹聖三年卒於惠州，年三十四」。以歲月考之，當此年。

作《清平樂・清淮濁汴》送陳襄，另有《菩薩蠻・娟娟缺月西南落》、《菩薩蠻・秋風湖上蕭蕭雨》送陳襄。

元豐二年（1089）三月

移知湖州途中到蘇州，遊常州、無錫惠山。

　　　　《贈惠山僧惠表》。

元祐四年（1091）三月

累章請郡，除龍圖閣學士知杭州。

　　　　《續資治通鑑長編》卷四百二十四有記。

《蘇軾文集》卷二十三《謝除龍圖閣學士表二首》。

黃庭堅《山谷老人刀筆》卷二《與王立之承奉直方》第二十四簡：「翰林出牧餘杭，湖山清絕處，蓋將解其天弢，於斯人爲得其所。」

《次韻徐仲車》：「元豐八年予赴登州，元祐四年赴杭州，今赴揚州，皆見仲車。」

過蘇州，或見仲殊題姑蘇臺詩。

《輿地紀勝》卷五《平江府詩》引《鄞城志》：「僧仲殊初至吳，姑蘇臺柱倒書一絕云：『天長地久太悠悠，爾既無心我亦休。浪跡姑蘇人不管，春風吹笛酒家樓。』東坡見之。疑神仙所作。時候與坡爲莫逆交。」

七月二日

到杭州。

《蘇軾文集》卷二十三謝表云：「江山故國，所至如歸；父老遺民，與臣相問。」

七月十三日

遊西湖，作詩。

《蘇軾詩集》卷三十一。

有美堂宴集，與劉季孫唱和。

《詩集》卷三十一《次韻答劉景文左藏》。

二十六日

與秦觀等雨中游寶山，賦詩。

《蘇軾詩集》卷三十一。

重九，和蘇堅作《點絳唇・我輩情鍾》，又作《浣溪沙・珠檜絲衫冷欲霜》、《浣溪沙・雙鬢蓬勘插拒霜》二首。

十月

興工濬治運河。

《文集》卷三十《申三省請開湖六條狀》。

十一月初四日

奏乞賑濟浙西七州狀。

《文集》卷三十。

元祐五年（1092）

臥病數月，病癒作《臨江仙・病癒登望湖樓贈項長官》。

望湖樓：《咸淳臨安志》卷六：「望湖樓，一名看經樓。乾德五年（967）錢忠懿王建，去錢塘門一里。」

《詩集》卷三十二有《臥病彌月，聞垂雲花開，順闍黎以詩見招，次韻答之》、《雪後，便欲與同僚尋春，一病彌月，雜花都盡，獨牡丹在爾》等。

寒食

與王瑜、劉季孫等遊西湖，訪清順、道潛及陳師錫。

《文集》卷三十二《次韻劉景文、周次元寒食同遊西湖》。

設安樂坊，命醫官為疫者治病，全活者甚眾。

《墓誌銘》、《清波雜志》卷上亦有記載。

晚春

賦《南歌子・晚春》、《南歌子・春情》

四月十八日

與劉季孫往龍山眞覺寺賞枇杷。

《詩集》卷三十二《參寥子詩集》，卷六《景文寶示四月是七日翰林公過龍山眞覺寺賞枇杷五言一章，景文巳和之，復使余繼其後》。

眞覺寺：《咸淳臨安志》卷七十七記：「眞覺院，開寶八年建，舊名奉慶，大中祥符元年改今額。」

二十八日

興功開西湖。作《南歌子・湖景》。

題西湖壽星院此君軒。

　　　　《詩集》卷三十二。

端午日

作《南歌子·遊賞》與民同樂。

　　　　《乾道臨安志》卷二：「十三間樓：去錢塘門二里許。
　　　　蘇公治杭日，多治事於此。」

　　　　《武林梵志》卷五《北山分脈》：「相嚴院，晉天福二
　　　　年錢氏建。有十三間樓，樓上貯三世佛一尊。蘇子治郡時，
　　　　常判事於此。」

另有《南歌子·湖景》、《南歌子·寓意》、《南歌子·和前韻》、《南
歌子·再和前韻》、《南歌子·晚春》，均本年端午作。

在萬頃寺作《賀新郎·乳燕飛華屋》。

和蘇堅《點絳唇·不用悲秋》，另有《點絳唇·莫唱陽關》和錢勰。

開濬西湖功竣（包括疏濬茅山、監橋二河及修六井、作長堤。）
有謝吳山水仙王廟祝文。

　　　　《文集》卷六十二，林希名西湖堤為蘇公堤。

　　　　《皇朝郡縣志》：「（西湖）源出於武林泉。唐李泌引湖
　　　　水入城中，為六井，以便民汲。白居易《記》云：『遇歲旱，
　　　　可溉田千頃。』元祐間，蘇軾重開，因築堤其上，自孤山
　　　　抵北山，夾道植柳。林希榜曰：『蘇公堤』。其後禁蘇氏學，
　　　　士大夫多趁時好，郡守呂惠卿奏毀之。」

　　　　《武林舊事》卷五《蘇公堤》亦有記載。

八日

應孤山僧惠勤弟子之請，作《六一泉銘》。

　　　　《輿地紀勝》卷二《臨安府》：「六一井，在報恩院孤
　　　　山之址，有泉汪然，甚白而甘，歐陽公嘗與僧惠勤遊此，
　　　　東坡因以為泉。東坡為作銘。」

中秋節

作《南歌子‧觀潮》。

本年另有《南歌子‧苒苒中秋過》、《南歌子‧師唱誰家曲》、《點絳唇‧閒倚胡床》。

重九

作《點絳唇》。

十月二十六日

與晦老、全翁、元之、敦夫遊南屏寺，作《遊南屏寺記》，《點茶試墨說》。

十二月

遊小靈隱，聽林道人彈琴，作《乞僧子珪師號狀》，除夜，作《和熙寧中題都廳詩》。

是年蘇軾詩文有：《論西湖狀》、《謝元祐五年曆日表》、《與劉景文蘇伯固遊七寶寺題竹上絕句》、《點絳唇》、《遊南屏寺記》、《點茶試墨說》、《乞僧子珪師號狀》、《和熙寧中題都廳詩》、《書朱象先畫後》、《問淵明》、《題張子野詩集後》等。

　　《和熙寧中題都廳詩》序：「熙寧中，某通守此邦，除
　夜題一詩於壁，今二十年矣。」

元祐六年（1093）元月十五日

遊伽藍院，作《浣溪沙‧寄袁公濟》寄袁轂。

十八日

葉溫叟罷轉運副使。蘇軾賦《浣溪沙‧陽羨姑蘇已買田》送之。

本月還有詞作《蝶戀花‧同安生日放魚取金光明經救魚事》，賦《南鄉子‧有感》贈夫人王閏之。

仲殊雪中游西湖，賦詩，和之。

　　《詩集》卷三十三。

賦《減字木蘭花》詠雪。

　　與曹子方眞覺寺賞瑞香，作《西江月·眞覺賞瑞香二首》、《西江月·坐客見和復次韻》。

　　　　卷三十三有《次韻曹子方龍山眞覺院賞瑞香花》。

二月二十八日

以翰林學士承旨知制誥召還，上辭免狀乞郡。不許。

　　　　《文集》卷二十三。

被召。

　　　　《別天竺觀音》三絕。序云：「以三月九日被旨赴闕」，
　　另《參寥泉銘》：「予以寒食去郡」。

　　　　《懷舊別子由》：「元祐六年，予自杭州召還，寓居子
　　由東府，數月復出領汝陰，時予年五十六矣。」

　　　　趙德麟《侯鯖錄》：「元祐六年冬，汝陰久雪，人饑。
　　一日天未明，東坡先生簡召議事曰：『某一夕不寐，念潁人
　　之饑，欲出百餘千造炊餅救之。老妻謂某曰：子昨過陳，
　　見傅欽之，言簽判在陳，賑濟有功，不問其賑濟之法？某
　　遂相招。』令時面議曰：『已備之矣。今細民之困，不過食
　　與火耳。義倉之積穀數千石，便可支散，以救下民。作院
　　有炭數萬秤，酒務有柴數十萬秤，依元價賣之，可濟中民。』
　　先生曰：『吾事濟矣。』遂草放積欠賑濟奏。陳履常有詩，
　　先生次韻，有『可憐擾擾雪中人』之句，爲是故也。由此
　　觀之，先生善政，救民之饑，眞得循吏之體矣。」

　　　　《破琴詩（並引）》：「元祐六年三月十九日，予自杭州
　　還朝，宿吳淞江。」

賦《減字木蘭花》別杭。

時爲杭州浙漕的馬瑊賦《玉樓春·來時吳會猶殘暑》送別，蘇公
賦《玉樓春·次馬中玉韻》唱酬。

　　　　《玉照新志》卷二：「東坡先生知杭州，馬中玉成（當
　　爲瑊）爲浙漕。東坡被召赴闕，中玉席間作詞，云：『來時
　　吳會猶殘暑，去日武林春已暮。欲知遺愛感人深，灑淚多

於江上雨。歡情未舉眉先聚，別酒多斟君莫訴。從今寧忍
看西湖，抬眼盡成腸斷處。」東坡和之，所謂『明朝歸路
下塘西，不見鶯啼花落處』是也。」

至蘇州訪問災情。

十九日

泊舟吳江，見仲殊。

　　　　《破琴詩》序。

三月六日

《八聲甘州·有情風》別道潛。

遺跡：

東坡庵：《咸淳臨安志》卷二十三《山川·城西諸山·孤山·東
坡庵》：「東坡既名六一泉，又於泉之後鑿岩築室，自名曰東坡庵，今
不存。」

東坡探梅鳳凰嶺。《咸淳臨安志》卷二十八《山川·嶺·城內外·
鳳凰嶺》：「在錢塘門外……坡公……《探梅》詩，有『聞信鳳凰嶺下
梅』」。

《山谷詩集注》記載公嘗移林逋神像配食水仙王。

《文集》卷十五《劉邦直送早梅水仙花四首》自注：「錢塘有水
仙王廟，林和靖祠堂近之。東坡先生以爲和靖清節映世，遂移神像配
食水仙王。」

蘇軾來蘇州九次：

熙寧四年十一月至蘇州，遊虎丘，觀王禹偁（元之）畫像。蘇州
報恩寺重造石塔，舍以銅龜子，或爲此時事。賦《減字木蘭花》。

　　　　《蘇軾文集》卷二十一《王元之畫像贊》。

熙寧六年十月，蘇軾以轉運司檄，往常、潤、蘇、秀諸地賑濟災
民。請成都都通長老出主蘇州報恩寺，作疏。

　　　　《蘇州通長老疏》。

熙寧七年五月，至蘇州，遊虎丘寺；與劉述會虎丘，州守王誨以祈雨不至；飲闔丘孝終家。

　　　　有詩《虎丘寺》。

熙寧七年九月，置酒垂虹亭。

同年冬，蘇軾至蘇州。郡守王誨席上，為歌者賦《阮郎歸・蘇州席上作》。

　　　　作《阮郎歸・蘇州席上作》元延祐本，詞題序：「一年三過蘇，最後赴密州。時有問：『這回來不來？』其色淒然。太守王規甫嘉之，令作此詞。」首句「一年三度過蘇臺」，可知熙寧七年蘇軾共來蘇州三次。

元祐四年，過蘇州，或見仲殊題姑蘇臺詩。

　　　　《輿地紀勝》卷五《平江府詩》。

元豐二年己未自徐州移湖州五月五過蘇。

　　　　《醉落魄・蘇州閶門留別》。

過吳淞江，與關景仁、徐安中、秦觀、道潛會於垂虹亭。

　　　　《蘇軾詩集》卷十八，《淮海集》卷六《與子瞻會松江得浪字》，《參寥子詩集》卷四《吳江垂虹亭同賦得岸字》。

同年八月就逮，赴臺獄六過蘇；

　　　　蘇軾赴獄路線自湖州過江到揚州宿州，路線與來時類似，應過蘇州，但是文集中沒有關於此次過蘇的文字，難以確考。

元祐六年，自下塘起行。取道湖州至蘇州，以訪問災情

　　　　按孔凡禮《三蘇年譜》。

參考年譜：

孔凡禮《三蘇年譜》，北京古籍出版社 2004 年〔註32〕。

【宋】傅藻編，吳洪澤校點《東坡紀年錄》宋黃善夫家塾刻本《百家注分類東坡先生詩》本。

〔註32〕蘇詞編年全部依據孔譜，再加考證。

【宋】王宗稷編，吳洪澤校點《東坡先生年譜》，影印明成化四年程宗刻《蘇文忠公全集》本。

薛瑞生《東坡詞編年箋證》，三秦出版社，1998 年。

21、蘇過（遊歷杭州）

蘇過（1072～1123），字叔黨，蘇軾次子。

熙寧五年（1072）

生於杭州。

元祐四年（1089）七月三日

隨父自京師入杭。

元祐六年（1091）

歸京師。

22、沈括（祖籍杭州）

沈括（1031～1095）字存中，號夢溪丈人，錢塘人，沈周子。

仁宗天聖九年（1031）

生於杭州。

康定元年（1040）

隨父親到泉州守，離開杭州。

皇祐三年（1051）

父親以太常少卿分司南京歸第，十一月庚寅卒。

皇祐四年（1052）

葬父於錢塘龍居里。

　　　王安石《臨川先生文集》卷九八《太常少卿分司南京沈公墓誌銘》。

至和元年（1054）

終父喪，初任沐陽縣主簿，離杭。

　　《續資治通鑑長編》卷二百六十六，《夢溪筆談》補編
　卷二均有記載。

參考年譜：

胡道靜編《沈括事跡年表》，《夢溪筆談校證》附錄。

23、舒亶（仕官杭州）

舒亶（1041～1103），字信道，號懶堂、亦樂居士，明州慈谿（今浙江慈谿東南）人。英宗治平二年（1065）年進士（《寶慶四明志》卷八）。《宋史》卷三二九本傳，《東都事略》卷九十八亦有傳。

熙寧七年（1074）

以功改提舉兩浙常平。

熙寧八年（1075）

遷，離開杭州。

24、秦觀（遊賞蘇杭）

秦觀（1049～1100）字少游，一字太虛，號邗溝居士、淮海居士，揚州高郵人。

元豐二年（1079）秋後一日

同參寥子月夜杖策度風篁嶺，拜謁辯才法師於潮音堂，作《龍井題名記》，又別作《龍井記》。

元豐二年（1079）五月五日

蘇軾過吳淞江，秦觀與關景仁、徐安中、道潛會於垂虹亭。

　　《蘇軾詩集》卷十八《淮海集》卷六《與子瞻會松
　江得浪字》。《參寥子詩集》卷四《吳江垂虹亭同賦得岸
　字》。

紹聖元年（1094）

先生坐黨籍，改館閣校勘，初爲杭州通判，但未到杭州。

元祐四年（1089）

與蘇軾等雨中游寶山，賦詩。

《蘇軾詩集》卷三十一。

參考年譜：

秦鏞編，秦瀛重編，吳洪澤校點《淮海先生年譜》，清嘉慶二年世恩堂刻本。

龍榆生《淮海先生年譜簡編》，《淮海居士長短句》附錄，中華書局，1957年。

25、米芾（流寓蘇州）

米芾（1051～1107），字符章，自號無礙，又號海岳外史、家居道士、鹿門居士、襄陽漫士，世稱米南宮、米襄陽、米顛，祖籍太原，後徙襄陽，晚年移居潤州。《宋史》卷四四四本傳。

元祐三年（1088）九月

道吳門。

五日

艤舟垂虹亭。

按《跋般令名帖》，另《蜀素詩卷》有《吳江垂虹亭》詩。

晚年，流寓蘇州。

王栐《蘇州府志》卷第六十七：「米芾，字元章，襄陽人。愛潤州山水，結海獄庵，遊寓於吳，子友仁官於是，女亦歸於是，故《宋史》稱爲吳人。」

26、賀鑄（流寓蘇州）

賀鑄（1052～1125）字方回，自號慶湖遺老、鑒湖遺老，衛州共城人。孝惠皇后族孫。程俱爲作《宋故朝奉郎賀公墓誌銘》。

建中靖國元年（1101）

客杭州。

程俱《北山小集》卷十五《賀方回詩序》：「季眞去後四百二十載，建中辛巳，始識其孫於湖上，蓋鑒湖遺老也。」

賀鑄詞《漁家傲‧遊仙詠》：「嘯度萬松千步嶺。錢湖門外非塵境。」是賀鑄唯一的杭州詞。杭州詩也僅《錢塘潮》一首。

大觀二年（1102）

客蘇州。

《吹劍錄》「虎丘賀方回題名」條，載虎丘白蓮池臨水石壁有賀方回等題名云：「賀鑄、王防、弟枋、蘇京、侄餘慶，大觀戊子三月辛酉。」

大觀三年（1103）

致仕居蘇州，復起管勾杭州洞霄宮。

《墓誌銘》：「通判太平州，官勾亳州明道宮，再遷至奉議郎，遂請老，以承議郎致仕，時年五十八。」

《詩集補遺》鄒柄和作小序：「鑄年五十八，因病廢，得旨休。致一絕寄呈姑蘇昆陵諸友云：『求田間舍向吳津，欲著衰殘老兵身。未拜君恩賜剡曲，歸來且醉鑒湖春。』附鄒柄和作云『鑒湖先生酷志嗜書，未老掛冠告歸，滿朝榮慕，眞漢之二疏也。以詩卜居於姑蘇昆陵兩郡，親知和之者皆一時名公。』」

《中吳紀聞》卷三「賀方回」條：「本山陰人，徙姑蘇之醋坊橋。有小築在盤門之南十餘里，地名橫塘，方回往來其間，嘗作《青玉案》詞云『凌波不過橫塘路』。」

賀鑄初到蘇州時間考辯：

夏承燾先生根據《青玉案》詞在崇寧初已爲黃庭堅所賞，居吳當不始於此年，並推而言之，元符末江夏去官之後，曾客居寓蘇州。《鷗

鷓天・重過閶門萬事休》當作於此年。從題目可知賀鑄定居蘇州之前，夫婦一起來過蘇州。據鍾振振先生《東山詞校注》後附錄《賀鑄年譜簡編》，賀鑄首次客蘇是在哲宗元符三年（1100）十二月後。哲宗元符三年詞人在儀眞見過蔡京、米芾後便南下至杭州。按夏先生的說法此時詩人自儀眞往杭州，最爲便利的一條路便是走京杭大運河，而蘇州正位於這條水路的中點，所以其間也必過蘇州。因此遇吳女在哲宗元符三年歲末至徽宗建中靖國元年初應該是肯定的。

賀鑄居住地考辯：

《中吳紀聞》卷三 「賀方回」條：「本山陰人，徙姑蘇之醋坊橋。有小築在盤門之南十餘里，地名橫塘，方回往來其間，嘗作《青玉案》詞云『淩波不過橫塘路』。」有誤，王楘《蘇州府志》、陸友仁《硯北雜誌》均謂賀鑄故居在吳中昇平橋。

政和元年（1111）

群臣復起，賀鑄以故宮管句杭州洞霄宮。

政和三年（1113）

居蘇州。

> 程俱所作《墓誌銘》：「政和間，余居吳，方回病，要余曰『死以銘委公也』」。

> 葉夢得《石林居士建康集・北山小集序》：「政和間，余自翰苑罷，領宮祠居吳下，致道（程俱字）亦以上書論政治事，與時異籍，不得調，寓家於吳，始相遇」。葉夢得爲賀鑄作傳，與賀、程交遊，當在斯年前後。

政和四年（1114）

仍居蘇州。

> 楊時《慶湖遺老集序》：「政和秋八月，予還自京師，過平江，謁方回，披腹道舊，相視惘然如夢耳……是年冬十有二月庚申，延平楊時書。」

宣和二年（1120）

庚子，在楚州。

宣和七年（1125）

卒於常州僧舍。

《吳門柳》、《畫堂空》、《伴登臨》、《宴齊雲》、《苗兒秀》、《東吳樂》諸闋均為姑蘇詞。

參考年譜：

王夢隱編，王震生增訂《賀鑄年譜》，據河南師大學報 1982 年五期增訂。

夏承燾編《賀方回年譜》，《唐宋詞人年譜》，上海古籍出版社，1979 年版。

27、陳師道（遊歷杭州）

陳師道（1053～1102）字履常，一字無己，號後山居士，彭城人。《宋史》卷四四四本傳。

元豐四年（1081）秋八月

就捨錢塘，有《錢塘寓居宿錢塘尉廨》、《十七日觀潮》、《十八日觀潮》《月下觀潮》諸詩。

　　本集《思白堂記》：其秋八月，就捨錢塘，問思白之堂
　而往觀焉。

元豐五年（1082）

自錢塘北歸。

　　《思白堂記》：「明年二餘北歸。」

　　《咸淳臨安志》卷七十九「寺觀五」之「水心保寧寺」
　條：「天福中建舊曰水心寺，大中祥符初賜今額舊志有：『思
　白堂：白樂天舊遊，元豐二年樞密使林希榜曰思白示懷賢
　之意』」

參考年譜：

陳兆鼎編《陳後山年譜》，江蘇省立國學圖書館年刊第十年刊。

宋任淵編，吳洪澤校點《後山詩注目錄年譜》，四部叢刊初編本《後山詩注》卷首。

28、晁補之（遊歷蘇杭）

晁補之（1053～1110），字無咎，號歸來子，濟州鉅野（今山東巨野）人。事見《柯山集拾遺》卷一二《晁無咎墓誌銘》，《宋史》卷四四四本傳。

熙寧四年（1071）冬

結識蘇軾於杭州。

按《宋史》本傳，蘇軾通判杭州，時晁補之正待父杭之新城，以久慕軾大名，乃往拜謁。乃聽到蘇軾議論，遂退而撰《七述》，備述錢塘山川風物之秀麗。蘇軾讀後大為讚歎，「稱其文博辯雋偉，絕人遠甚，必顯於世，由是知名。」這是二人訂交之始，此後直貫終生，對晁補之影響極深遠。

29、張耒（仕宦蘇杭）

張耒（1054～1114），字文潛，人稱宛丘先生，祖籍亳州譙縣（今安徽亳州），居於楚州淮陰（今江蘇淮陰西南）。

熙寧五年（1072）六月

應舉姑蘇，受知於通判唐通直。

按：淮陰屬淮南東路，姑蘇屬兩浙路，先生不當越路應舉。然考《參寥集·送蘇臺蘇過二承務以詩賦解兩浙路赴試春闈》與晁說之《蘇叔黨墓誌》，元祐五年，蘇軾知杭州，叔黨以詩賦解兩浙路。先生應舉姑蘇，當在其父為吳江令時。宋代之制，蓋不拘於本路登解也。

參考年譜：

邵祖壽編《張文潛先生年譜》，田聰場刻《柯山集》附錄，1929 年。

30、周邦彥（祖籍杭州）

周邦彥（1056～1121），字美成，號清眞居士，錢塘人。《宋史》卷四四四，列傳第二百三本傳。

元豐七年（1084）

離開錢塘，到京師。

> 《續資治通鑒長編》謂元豐七年三月壬戌，詔以太學生外舍生錢塘周邦彥爲試太學正。因獻《汴都賦》故擢之。居五年不遷。

大觀三年（1109）

歸自京師，過吳，飲與太守蔡岳了高坐中，見營妓岳楚雲之妹，作《點絳唇》寄之。

> 《夷堅支志》：「周美成在姑蘇，與營妓岳楚雲相戀，後從京師過吳，岳已從人矣。因飲於太守蔡岳席上，見其妹，乃賦《點絳唇》」。《碧雞漫志》亦有記載。

此行還作有：在吳作《繞佛閣‧旅況》，在杭州作《驀山溪‧湖平春水》、《感皇恩‧露柳好風標》、《蘇幕遮》、《訴衷情‧堤前》、《丁香結‧蒼蘚沿階》、《夜遊宮‧ 秋暮晚景》、《南鄉子‧戶外井桐》等。

宣和二年（1120）

歸錢塘，方臘盜起，倉皇出奔，趨西湖。

> 《揮塵錄》：「《瑞鶴仙》『悄郊原帶郭』一首，謂美成晚歸錢唐鄉里，夢中所得，後兆。方臘盜起，倉皇出奔，趨西湖之憤庵，遇故人小妾，小飲旗亭，歸臥庵閣，恍如詞中情境。繼得提舉洞霄宮，悉孚前作，美成因自記之。」

> 《玉照新志》：「美成以侍制提舉南京鴻慶宮，自杭徙居睦州，夢中作《瑞鶴仙》一闋，既覺，猶能全記。了不詳其所謂也。未幾，遇方臘之亂，欲還杭州舊居，而道路兵戈已滿，僅得脫免。入錢塘門，見杭人倉皇奔避，如蜂

屯蟻沸，視落日在鼓角樓簷間，即詞中所謂『斜陽映山落，
斂餘紅，猶憐孤城闌角』者，應矣。」

　　《東都事略》與《乾道臨安志》、《揮塵錄》相合。《一
寸金》、《尉遲杯》兩詞可印證。

參考年譜：

陳思編，吳洪澤校點《清眞居士年譜》，遼海叢書本（其譜推定
周邦彥生卒年有誤）。

羅忼烈《清眞年表》，《清眞集箋注》附錄，上海古籍出版社，
2008 年。

馬成生《周邦彥年譜》，《麗水師專學報》，1991 年第 2 期。

31、鄒浩（仕宦蘇州）

鄒浩（1060～1111），字志完，號道鄉，常州晉陵人。《宋史》卷
三四五、《東都事略》卷一百，《咸淳毗陵志》卷一七有傳。陳瓘爲撰
《鄒公墓誌》。

元豐五年（1082）

調蘇州吳縣主簿，待次。

元豐七年（1084）

改除揚州府學教授，離蘇。

參考年譜：

【元】謝應芳編《道鄉先生年譜》一卷，見所輯《思賢錄》卷一。

【清】李兆洛編，張尙英校點《道鄉先生年譜》清道光十一年刻
《道鄉先生文集》附。

32、毛滂（仕宦杭州）

毛滂（1060～？）字澤民，衢州人。元祐間，爲杭州法曹。崇寧
初，除刪定官，有《東堂詞》。《全宋詞》有小傳。

毛滂爲杭州法曹。

　　　　《蘇軾詩集》卷三十一詩題。

約於元祐六年罷法曹。

賦《惜分飛》。

　　　　《清波雜志》卷九引全詞，並注曰：「毛澤民元祐間罷
　　杭州法曹，至富陽所作贈詞也。因是受知東坡。」

33、葛勝仲　葛立方（仕宦杭州）

　　葛勝仲（1072～1144），字魯卿，常州江陰人。有《丹陽集》二十四卷以及《丹陽詞》一卷。《宋史》卷四四五，列傳二百七文苑七本傳。本集卷末附其婿章倧《文康葛公行狀》。

　　葛立方（1092～1164），字常之，號歸愚，《歸愚集》試卷及《歸愚詞》一卷，《韻語陽秋》二十卷。

元符二年（1099）

葛勝仲調杭州右司理參軍。

　　　　《行狀》謂魯卿試律學第一後，「國子監上其程文，乞
　　旌擢以勵眾。元符二年，調杭州右司理參軍」

元符三年（1100）春三月

葛勝仲入京師學宮於宏詞科，離杭。

紹興十四年（1144）

葛立方在臨安任諸王宮大小學教授。

　　　　李心傳《建炎以來繫年要錄》卷一五一：「紹興十四年
　　吳越丁卯，『左奉議郎、諸王宮大小學教授葛立方言『陛下
　　決策定計，成此中興，親迎長樂之鑾輿……』』。」

九月八日

丁父憂，離杭。

紹興十七年（1147）

在臨安，起爲太學博士。

> 《建炎以來繫年要錄》卷一五六：紹興十七年六月丁酉，「太常博士葛立方、太學正孫仲鼇並爲秘書省正字。」

紹興十八年（1148）

在臨安，任秘書省正字，兼編定書籍官。

> 《宋會要輯稿》選舉二十：「紹興十八年二月十二日，以吏部侍郎邊知白知貢舉……秘書正字葛立方、御史臺補助陳戩、太常寺主簿林大鼎、宗正寺主簿王葆亞差充參詳官。」〔註33〕

紹興十九年（1149）

在臨安，任秘書省正字。

六月

除校書郎。

> 《南宋館閣錄》卷八《校書郎》：「葛立方，字常之，江陰人。黃公度榜同進士出身。治《書》。十九年六月除，二十一年六月爲考功員外郎。」

紹興二十一年（1151）九月

罷職歸家，離開杭州。

> 《建炎以來繫年要錄》卷一六二：紹興二十一年九月十一日戊申，「尚書考功員外郎兼權中書舍人葛立方罷，以右正言章廈論其輕恣也。」《直齋書錄解題》卷一八《歸愚集》謂常之「以郎官攝西掖，忤秦檜得罪」，即謂此。

紹興二十五年（1155）十二月

除尚書吏部員外郎。

> 《建炎以來繫年要錄》卷一七零：「紹興二十五年十二月十八日辛卯，『左朝三郎葛立方爲尚書吏部員外郎』」。

〔註33〕 【清】徐松《宋會要輯稿》，中華書局，1957年，第3872頁。

紹興二十六年（1156）

在臨安任尚書吏部員外郎。

八月

守左司郎中。

　　《建炎以來繫年要錄》卷一七四：「紹興二十六年八月
庚午朔，『尚書吏部郎中葛立方守左司郎中』」。

閏十月

爲賀金生辰使使金。

　　《建炎以來繫年要錄》卷一七五：「紹興二十六年閏十
月三日辛丑『尚書左司郎中葛立方爲賀金生辰使。』」

紹興二十七年（1157）六月

歸國，權吏部侍郎。

　　《謝吏部侍郎表》（《歸愚集》卷九）。

十月

罷吏部侍郎。

　　《宋會要輯高》職官七零亦載是月：「二十七日，權吏
部侍郎葛立方罷。」

　　《建炎以來繫年要錄》卷一七八：紹興二十七年十月
二十七日，『殿中御史王珪言權吏部侍郎葛立方違法爲其子
營求薦章。詔罷之。』」

參考年譜：

周麟之《葛文康公神道碑》，《海陵集》卷二三，文淵閣四庫全書本。
王兆鵬《兩宋詞人年譜》，文津出版社，1994 年版。

34、葉夢得（祖籍蘇州，仕宦杭州）

葉夢得（1077～1148）字少蘊，號石林居士，吳縣人。《宋史》
卷四四五，列傳二百七文苑七本傳。

元祐元年（1086）

隨父入蜀，寓達州，離開蘇州。

《避暑錄話》卷四：「少從先君入峽。」

大觀四年（1110）

自潁州還蘇州，作《應天長・自潁上縣欲還吳作》

政和元年（1111）

居於蘇州。

《避暑錄話》卷一：「蘇州白樂天手植檜在州宅後池光亭前池中，余政和初見之。」

陸友仁《硯北雜誌》卷上：「葉左丞少蘊嘗居在郡之鳳池鄉，門前有橋名『魚城』」。

王鏊《姑蘇志》卷三一：「政和中，寓居城東布德坊。」

政和二年（1112）

居蘇州。蔡京來訪。

政和三年（1113）

居蘇州，有《遊南峰寺》詩。

《吳郡志》卷三十二，《宋詩紀事》卷三十五。

政和四年（1114）秋日

在蘇州與賀鑄、曾紆等會別於熙春堂，有《臨江仙・熙春臺與王取道賀方回曾公袞會別》詞。

石林移居泗州卞山，離蘇。

宣和六年（1124）

遊太湖，次韻葛藤仲《鷓鴣天》詞，另有《鷓鴣天・次韻魯卿大錢觀太湖》

靖康元年（1126）十月十三日

復職知杭州

《靖康要錄》卷十一：「靖康元年，以葉夢得知杭州」。

周淙《乾道臨安志》卷三「靖康元年十月乙卯，朝散大夫葉夢得復龍圖閣侍制知杭州」。

建炎元年（1127）

在杭州十個月。

此年八月，杭州兵變。

《避暑錄話》卷四：「錢塘西湖、建康鍾山，皆士大夫願遊而不獲者，仕宦適之，未有不厭足，所欲兩郡，余皆辱居之。」

《靖康要錄》卷八記載建炎元年八月戊午朔，「杭州軍亂。」卷四亦有本年杭州兵亂記載。

建炎二年（1128）

召至揚州行在，以兵變罷職，離杭。

建炎三年（1129）二月十一日

徒步到杭州。

《靖康要錄》卷二十：三年二月十一日，「辛酉，御舟泊臨平鎮，戶部尚書葉夢得自宜興間道之杭州，至是來迓。」

《避暑錄話》卷一亦有記載。

三月三日

罷尚書左丞，玄歸湖州卞山，離杭。

趙鼎《建炎筆錄》卷上：建炎三年己酉歲三月「車駕在杭。是月初，葉夢得罷。」

《宋會要輯稿》職官七八：「夢得執政十四日罷而有命，力辭不就。」

參考年譜：

王兆鵬《葉夢得年譜》，《兩宋詞人年譜》，文津出版社，1994年版。

35、李光（仕宦蘇杭）

李光（1078～1159），字泰發，一作字泰定，號轉物老人（《輿地紀勝》卷二四、一二五）越州上虞人。知臨安府、平江府。《宋史》卷三百六十三，列傳第一百二十二》本傳。朱熹爲作《莊簡公墓誌》。

崇寧五年（1106）

登進士第，知常熟縣。朱勔方以花石得倖，公械其奴，諷移知吳江，公將致仕，會有直其事者，勔終不能害之也。

> 按《莊簡公墓誌》。

建炎三年（1129）

除徽猷閣待制、知臨安府。

言者指光爲檜黨，落職奉祠。尋復寶文閣待制、知湖州，除顯謨閣直學士，移守平江，除禮部尙書。

> 按《宋史》本傳。

> 《吳郡志》卷一一：「李光，顯謨閣直學士、左朝奉郎。紹興五年七月到，十一月赴召。」〔註34〕

紹興八年（1138）

除吏部尙書，十二月，除參知政事。

> 按《莊簡公墓誌》。

36、王庭珪（仕宦杭州）

王庭珪（1079～1171）字民瞻，自號瀘溪老人、瀘溪眞逸，吉州安福（今屬江西）人。有《瀘溪文集》五十卷。胡銓爲作《王公墓誌銘》，《宋史翼》卷七十有傳。

隆興元年（1183）春

84歲的詞人被召赴臨安。

〔註34〕【宋】范成大《吳郡志》卷一一，江蘇古籍出版社，1999年，第148頁。

胡銓《盧溪文集序》：「自隆興癸未至乾道辛卯，凡兩奏對。」

《盧溪集》卷二六有《上皇帝書》：「臣近奉詔，來趨闕庭……」。

八月

授左承奉郎，除國子監主簿，主管台州崇道觀。

《盧溪文集》附有《除國子監主簿告詞》，題落時間爲「隆興元年八月十四日」。

冬

離開臨安。

楊萬里《誠齋集》卷二有《送王監簿民瞻南歸》。

乾道七年（1171）

應召至臨安，對內殿。

胡銓《墓誌銘》：「乾道庚寅再被召，固辭……明年冬始到闕」。

周必大《行狀》：「逾年始至，對內殿」。

參考年譜：

蕭東海《王庭珪年譜》，《吉安師專學報》1994 年第 2、3 期。

37、孫覿（仕宦蘇杭，寓居蘇州）

孫覿（1081～1169），字仲益，號鴻慶居士，常州晉陵（今江蘇武進）人。善屬文，尤長四六。

建炎二年（1128）

知平江府。歷試給事中、吏部侍郎，兼權直學士院。

《吳郡志》：「孫覿，龍圖閣直學士、朝奉郎。建炎。」

建炎三年（1129）

出知溫州，改知平江府，以擾民奪職，提舉鴻慶宮。

紹興元年（1131）

起知臨安府。

> 按《咸淳臨安志》卷三十二秩官五《古今郡守表》。

紹興二年（1132）

以盜用軍錢除名，象州羈管。

紹興四年（1134）

放還，居太湖二十餘年，致仕。

> 民國《吳縣志》卷七十六流寓一：「孫覿，字仲益，晉陵人，宋大觀三年進士，建炎初出守平江，未幾罷，慕郡西山水之勝，泛舟濟太湖，登洞庭山，日與詩僧韻士嘯傲於豐林邃壑間，遂居西山之陽，名其室曰休寓。」

孝宗乾道五年卒，年八十九。

陳振孫《直齋書錄解題》卷一八。

38、朱敦儒（仕宦杭州）

朱敦儒（1081～1159），字希眞，洛陽人。歷兵部郎中、臨安府通判、秘書郎、都官員外郎、兩浙東路提點刑獄，致仕，居嘉禾。《宋史》卷四四五，列傳二百七文苑七本傳。

紹興二年（1132）

入仕杭州。

> 《宋史》本傳：「宣諭使明彙言敦儒深達治體，有經世才，廷臣亦多稱其靖退。詔以爲右迪功郎，下肇慶府敦遣詣行在，敦儒不肯受詔。其故人勸之曰：「今天子側席幽士，翼宣中興，譙定召於蜀，蘇庠召於浙，張自牧召於長蘆，莫不聲流天京，風動郡國，君何爲棲茅茹藋，白首岩谷乎！」敦儒始幡然而起。既至，命對便殿，論議明暢。上悅，賜進士出身，爲秘書省正字。俄兼兵部郎官，遷兩浙東路提點刑獄。」

《建炎以來繫年要錄》：「（紹興三年，九月己巳）河南布衣朱敦儒特補右迪功郎，令肇慶府以禮敦遣赴行在。」

《宋會要輯稿》卷一萬六百五十《選舉》三四之四三：「（紹興三）九月十八日詔以布衣朱敦儒爲迪功郎。」

紹興六年（1136）六月

改左承奉郎。

十一月，兼兵部郵官。

《建炎以來繫年要錄》卷一百二：「（紹興六年，六月甲寅）左迪功郎祕書省正字朱敦儒改左承奉郎。」

紹興九年（1139）

爲祕書郎。

五月

爲都官員外郎。

《建炎以來繫年要錄》卷一百二十七：「（紹興九年四月）左宣教郎通判臨安府朱敦儒爲祕書郎。」同書卷一二八：「（紹興九年五月乙未）祕書郎朱敦儒爲都官員外郎。」

紹興十四年（1143）二月

爲兩浙東路提點刑獄公事。

《建炎以來繫年要錄》：「（紹興十四年二月乙酉）左朝奉郎江南東路制置大使司參議官朱敦儒爲兩浙東路提點刑獄公事。」

紹興二十五年（1155）十月六日

起爲鴻臚少卿。

是月二十三日

致仕。

《宋會要輯稿》卷一萬三千三百二十八《職官》二五之五：「紹興二十五年十月六日，詔鴻臚寺並歸禮部。紹興

二十五年十月六日，詔左朝散郎朱敦儒除鴻臚少卿。是月
二十三日敦儒以巨僚言章，依舊致仕，後補復置。」

參考年譜：

張叔寧《朱敦儒簡譜》，《南京理工大學學報》1995 年第 3、4 期。

39、李綱（仕宦杭州）

李綱（1083～1140），字伯紀，號梁溪先生，福建邵武人。《宋史》
卷三百五十八、三百五十九，列傳第一百一十七，一百一十八本傳。

紹興六年丙辰（1136）

正月召赴行在。

二月二十四日

至國門，凡三對。有《繳進靖康間奉迎錄箚子》未幾，離杭。

參考年譜：

【宋】李綸著，彭邦明校點《梁溪先生年譜》，傅增湘校訂本《梁
溪先生文集》附錄。

【清】楊希閔編《李忠定公年譜》，廣陵古籍刊行社重印《十五
家年譜》本。

40、胡舜陟（仕宦蘇杭）

胡舜陟（1083～1143），字汝明，號三山老人，績溪人。《宋史》
卷三百七十八，列傳第一百三十七本傳。

熙寧元年（1068）

遊學江浙，寓杭、湖、饒最久。

建炎三年（1129）九月

改兩浙宣撫司參謀官，在平江府。

《宋史·高宗紀》：「九月癸丑，以周望爲兩浙、荊湖
等路宣撫使，領兵守平江。己巳，以供爲參謀官」。

舜申公《己酉避亂錄》亦有記載。

建炎四年（1130）三月

遣裨將陳思恭敗金軍於太湖。

《宋史・高宗紀》：「三月，金人入平江，統制陳思恭以舟師邀敗其後軍於太湖。」

《乙酉避亂錄》有載。

六月

轉朝奉大夫，知臨安府。

《宋史》本傳：知建康府，踰年改知臨安府，復爲徽猷閣待制。

《新安志》：六月，以徽猷閣待制知臨安府。

未幾，丁父憂，歸家，離杭。

參考年譜：

胡培翬編，胡培係補編，李春梅校點《胡少師年譜》，清光緒間胡廷楨校刊本。

41、李清照（寓居杭州）

李清照（1084～1155），濟南章丘人，號易安居士。

紹興二年（1132）

春天赴杭州。

《金石錄後序》：「壬子，又赴杭。」

夏，再適張汝舟。

秋八月壬辰

與張汝舟離異。

《建炎以來繫年要錄》卷五十八：「紹興二年九月戊午朔：『右承奉郎、監諸軍計司張汝舟屬吏，以汝舟妻李氏訟其妄增舉數入官也。其後有司當汝舟私罪徒，詔除名……』」。

紹興四年（1134）十月

離杭赴金華避難

　　　　《打馬圖經序》序云：「涉岩灘之險。」

紹興五年（1135）

回杭州，至紹興二十五年（1155）都在杭州。

　　　　周密《浩然齋雅談》卷上云：「李易安紹興癸亥在行都，
　　有親聯爲內命婦者，因端午進帖子。」

紹興二十一年辛未至二十五年乙亥（1151～1155）

李清照上《金石錄》於朝。

　　　　宋洪适《隸釋》云：「紹興中，其妻易安居士李清照表
　　上之。」

參考文獻：

王朝聞《李清照集校注》，人民文學出版社，1979 年版。

42、呂本中（仕宦蘇杭）

　　呂本中（1084～1145），字居仁，學者稱東萊先生，開封人。《宋
史》卷三七六本傳。

紹興六年（1136）四月初五

召赴行在。

　　　　《建炎以來繫年要錄》卷一百：「紹興六年四月初五壬
　　寅『詔左朝請大夫主管台州崇道觀陳公輔、右嘲諷郎直秘
　　閣主管台州崇道觀呂本中……並召赴行在所。』」《宋史》
　　本傳亦有記載。

　　　　張元幹《水調歌頭・宋呂居仁召赴行在所》。

七月二十日後

到臨安。

　　　　《宋會要輯稿》選舉九：「紹興六年『七月七日』賜右
　　朝奉郎主管台州崇道觀呂本中進士出身，除起居舍人。」

紹興七年（1137）正月

在平江，上書請開言路、求人才。

> 《建炎以來繫年要錄》卷一零八，另有《宋楊晨時赴
> 夔漕》：「楊侯從舊名籍籍，吳中一見如舊識。」

三月九日

隨高宗行在至建康。

> 《建炎以來繫年要錄》卷一零九有記。

43、趙鼎（寓居杭州，仕宦杭州）

趙鼎（1085～1147）字元鎮，自號得全居士。解州聞喜（今屬山
西）人。徽宗崇寧五年（1106）進士。南渡後，累官至尚書左僕射同
中書門下平章事兼樞密使。他薦任岳飛、韓世忠等愛國將領，有效地
組織了軍事力量以抵禦金兵。《宋史》卷三百六十，列傳第一百一十
九本傳。

建炎二年（1128）六月

寓居杭州，遷朝奉大夫祠差主管洞霄宮。

> 《自志筆錄》：「丁未秋沿檄南渡，寓居杭州。遷朝奉
> 達夫祠差主管洞霄宮。」

是年冬，有詞《花心動‧偶居杭州七寶山國清寺冬夜作》。

> 國清寺：《咸淳臨安志》卷七十六《寺觀二》云：「國
> 清寺在通江橋四條巷，舊係西北流寓吉祥巷，慶元二年移
> 請今額。」

建炎三年（1129）

有詞《好事近‧杭州作》

二月

被召。

> 《自志筆錄》謂：「（建炎三）二月，車駕渡江，駐蹕
> 錢塘。是月，被召。」

《中興小紀》卷六引《趙鼎事實》：「上初渡江，詔郎官以上薦士。時都司黃概以鼎應詔，至杭，聞復辟，始入城。而張浚又薦之。」

作有詩《發杭州有訝太遽者》。

四月初二

返回杭州。

《建炎筆錄》：「是日（四月初二日），某至杭州門外，且聞勤王兵至，乃入門。」

有詩《趨三衢別故人時車駕幸杭州》。

五月

還建康。

《建炎筆錄》載：「五月從駕還建康，對於普寧寺行宮。」

九月

從駕平江

《建炎以來繫年要錄》卷二六。

九月初五日

至平江府。

《建炎筆錄》：（建炎三年九月）「初二日，車駕發鎮江。初六日，車駕至平江。」

九月初九日

在平江府，有詞抒懷。

九月二十七日

遣元鎮往杭、秀諸州按察。

《建炎以來繫年要錄》卷二八：「（建炎三年九月丙午朔）壬申，遣御史趙鼎往杭、秀諸州按察。」

十月初一日

在平江府，大雨，未能出行。

《建炎筆錄》云：「（建炎三）十月，車駕在平江。初
一日，臺諫發，大雨不可行。」

紹興四年（1134）正月

召赴行在臨安，不至。

二月十四日

復召赴闕奏事。

《建炎以來繫年要錄》卷七二：「（紹興四年春正月
辛亥朔）丁丑，召江西制置大使趙鼎赴行在，將以代席
益也。鼎守洪都踰再歲，戢吏愛民，盜賊屏息，一方賴
之。」

三月戊午

除太中大夫參知政事。

《建炎以來繫年要錄》卷七四：「（紹興四年三月辛亥
朔）戊午，端明殿學士江南西路制置大使趙鼎參知政事。
時鼎已召而未至也。」

九月癸丑

在朝堂，與王繪、朱勝非論使事。

《建炎以來繫年要錄》卷八零。

十月二十七日

諫上親征，扈從登舟，發臨安府，駐平江。

《建炎以來繫年要錄》卷八一。

紹興五年乙卯（1135）正月

扈從還臨安。

《自志筆錄》云：「乙卯正月，扈從還臨安。」

八月十五日

在錢塘觀潮，有詞《望海潮‧八月十五日錢塘觀潮》。

紹興六年（1136）正月初五日

生日，有詞《賀聖朝·丙辰歲生日作》。

> 本集卷六。

九月初八日

至平江府。

> 《丙辰筆錄》：「（九月）初八日，發吳江至平江府，換小舟入門，從梁汝嘉所請也，泊姑蘇館，進輦入行宮。晚得湖北提刑趙伯牛破雷德通寨捷報。」

> 《自志筆錄》：「丙辰九月，扈從駐平江。」

> 《丙辰筆錄》：「十二日後殿常朝……是晚同右揆西樞謁韓世忠，就其後圃，置酒七行。世忠之圃即子厚園池，昔蘇子美滄浪亭也。」

在蘇州，有《靈巖寺》詩。

冬十月

回臨安。

> 《建炎以來繫年要錄》卷一百六載。

十二月十二日

入辭，除知紹興府。

> 《建炎以來繫年要錄》卷一百七：「（十二月十二日乙巳）趙鼎入辭……鼎既行，上趣令之鎮。鼎力辭新命，且言：『臣才疏智短，昧於周防。無補毫分，徒招怨咎。是宜引分，屏跡山林。』詔不許。」

紹興七年（1137）九月十七日

授左金紫光祿大夫守尚書左僕射同中書門下平章事兼樞密使。

> 《丁巳筆錄》云：九月「十七日，宣制，授左僕射。」

> 《建炎以來繫年要錄》卷一百一十四亦有記載。

紹興八年（1138）二月十五日

扈從次平江府，奏事。

> 《建炎以來繫年要錄》卷一百十八有記。

十月二十八日

入辭。

> 《中興小紀》卷二十五云：「（紹興八年十月二十八日）
> 辛未，趙鼎入辭……」。

紹興十年（1140）五月

請祠提舉臨安府洞霄宮

> 《宋史》卷三六零載：御史中丞王次翁論鼎治郡廢馳，
> 命提舉洞霄宮。

參考年譜：

孫豔輝《南宋名臣趙鼎年譜簡編》，《船山學刊》2010 年 03 期。

44、向子諲（仕宦蘇杭）

向子諲（1085～1152），字伯恭，自號薌林居士，臨江人。有《酒邊集》一卷、《酒邊詞》二卷。《宋史》卷三百七十七，列傳第一百三十六本傳。汪應辰為撰《徽猷閣直學右大中大夫向公墓誌銘》（《文定集》卷二一），胡宏撰《向侍郎行狀》（《五峰集》卷三）。

宣和二年（1120）

監杭州洞霄宮，除淮南江浙荊湖水制置發運司文字官。

> 《行狀》、《墓誌銘》有記。

紹興六年（1136）二月

薌林應詔赴臨安稟議，陞秘書閣修撰，旋還江東漕任。

> 《建炎以來繫年要錄》卷九十八：紹興六年二月二十
> 四日壬戌，「直龍圖閣江東轉運使向子諲陞秘書閣修撰。子
> 諲赴都堂稟議，上召見，進職遣還。」
>
> 《行狀》亦有記載。

十月

與劉光世不協，移兩浙路轉運副使。

> 《墓誌》：「以此與劉光世不協，求去。詔移兩浙路。」

> 《行狀》：「然攻謂漕臣，耳語主帥不協，乃力求去。詔與浙漕張彙兩易。」兩浙轉運使，置司於杭州。

> 《咸淳臨安志》卷五十：「熙寧七年檢正沈括乞分（兩浙路）爲兩路，於杭州置（轉運使）司，詔從之。」

> 《建炎以來繫年要錄》卷一一八有記。

紹興七年（1137）

在浙轉運使任。

五月

奏請修濬丹陽湖。

> 《建炎以來繫年要錄》卷一零八：「兩浙轉運使向子諲奏修湖……從之。」

入朝覲見，高宗親書「薌林」二字以賜。

> 《墓誌》：「初公卜居臨江，名曰『薌林』，至是入覲，上親書『薌林』賜之。」

紹興八年（1138）

陞升徽猷閣侍制，充都轉運使。

> 《行狀》：「除陞升徽猷閣侍制，都轉運使。公辭，上曰：『此舊物，可無辭』」《墓誌銘》亦有記載。

三月十九日

除戶部侍郎。

> 《行狀》：「居三月，除戶部侍郎。再辭，皆批答不允」。

> 《要錄》卷一一八有記載。

七月初七

除徽猷閣學士，知平江府。

《建炎以來繫年要錄》卷一二一有記：「紹興八年七月初七辛卯，尚書戶部侍郎向子諲充徽猷閣學士知平江府。子諲請致仕，疏三上，乃命出守⋯⋯」

八月十九日

到平江任所。

錢大昕《潛研堂金石文跋尾》卷十五《向子諲題名》：「向子諲題名在虎丘觀音殿壁間。其文云『子諲秋八月壬申到郡，冬十月庚午乞還印綬，章上屢卻。十二月癸丑詔許歸薌林。乘泛宅，艤虎丘而去。紹興八年河內向子諲伯恭父題』。」

翟汝文《忠惠集》卷九《回知平江府向侍郎啓》。

同月

見官署巖桂盛開，遂賦《滿庭芳》詞，並約徐俯、蘇庠、陳與義、朱敦儒等同賦。詞序有記。

王灼《碧雞漫志》卷二「六人賦木犀」條有記：「向伯恭用滿庭芳曲賦木犀，約陳去非、朱希眞、蘇養直同賦，『月窟蟠根，雲巖分種』者是也。然三人皆用《清平樂》和之。」

是秋

薌林有懷歸之思，賦《浣溪沙》、《生查子》二詞以寄意。兩詞的序都有記載。

十一月二十一日

致仕。

《建炎以來繫年要錄》卷一二三「徽猷閣學士右朝議大夫知平江府向子諲轉一官致仕。」《行狀》、《墓誌銘》都有記載。

《吳郡志 題名》卷一一：「向子諲，徽猷閣直學士、右朝請大夫。紹興八年八月到，十一月致仕。」

十二月

蘭林離平江府回清江。行前題名於虎丘。曾題王文孺遯庵詩。
《吳郡志》卷十四。〔註35〕

45、蔣璨（仕宦蘇杭，流寓蘇州）

蔣璨（1085～1159），字宣卿，號景坡，宜興人。崇寧中，爲蘭溪主簿。紹興中，歷臨安、平江（《建炎以繫年要錄》卷一七六）二府，遷兩浙轉運副使（《乾道臨安志》卷三）敷文閣待制。紹興二十九年（1159）卒，年七十五。

紹興二十七年（1157）

《吳郡志》卷一一《牧守題名》：「蔣璨，右中大夫、充集英殿修撰。紹興二十七年二月到。二十八年三月，除敷文閣待制。十月，提舉洪州玉隆觀。」

紹興二十八年（1158）

建平易堂、思賢堂。〔註36〕

池光亭的小山芳坻〔註37〕修葺北池、木蘭堂並賦詠。〔註38〕作《北池宴集詩》、《北池賦》、《和梅摯北池十詠》。

46、胡松年（仕宦蘇州）

胡松年（1087～1146），字茂老，海州懷仁（今連雲港贛榆）人，一說胸山（今江蘇連雲港）人。《建炎以來繫年要錄》卷三五）。《宋史》卷三七九本傳。

建炎四年（1130）

密奏中原利害，召赴行在，出知平江府。

〔註35〕【宋】范成大《吳郡志》，江蘇古籍出版社，1999 年，第 200 頁。
〔註36〕【宋】范成大《吳郡志》卷六，江蘇古籍出版社，1999 年，第 59 頁。
〔註37〕【宋】范成大《吳郡志》卷六，江蘇古籍出版社，1999 年，第 56 頁。
〔註38〕【宋】范成大《吳郡志》卷六，江蘇古籍出版社，1999 年，第 54 頁。

　　《吳郡志・牧守題名》卷一一：「胡松年，起復朝請郎、
直龍圖閣。建炎四年九月到。紹興二年閏四月罷。」

事跡：

　　未入境，貪吏解印斂跡，以興利除害十七事揭於都市，百姓便之。
加徽猷閣待制。奏防江利害。胡松年言：「平江，控馭江海。或無人
可遣，臣願疾馳以赴其急。」詔遣松年往江上，與諸將會議進討，因
覘賊情。帝決意親征，遂次平江，命松年權參知政事，專治戰艦，張
浚專治軍器。

　　按《宋史》本傳。

47、洪皓（仕宦杭州）

　　洪皓（1088～1155）字光弼，饒州鄱陽人。《宋史》卷三七三本傳。

紹興十三年（1143）六月

自燕京回杭州。

　　《宋史・高宗紀》紹興十三年六月庚戌，金遣洪皓、
朱弁來歸。八月戊戌洪皓至自金國入見。

　　《盤洲集》卷六十二《題軺軒唱和集》「紹興癸亥六月
庚戌，先君及張公邵、朱公弁自燕還。八月戊戌，先君
至……」。

七月

見於內殿。

九月

出知饒州。

　　《宋史・高宗紀》：九月甲子，洪皓出知饒州。

參考年譜：

　　【清】張洪奎編，張尚英校點《洪忠宣公年譜》，宣統元年晦木
齋刊《四洪年譜》版。

48、鄭剛中（仕宦杭州）

鄭剛中（1088～1154），字亨仲，一字漢章，號北山，金華人。卷三百七十，列傳第一百二十九本傳。

紹興六年（1136）

召赴行在改左宣議郎。除樞密院編修官。

紹興十七年（1147）

以忤秦檜罷使落職。提舉江州太平興國宮，桂陽監居，離杭。

參考年譜：

【宋】鄭良嗣編，尹波校點《宣撫資政鄭公年譜》，金華叢書本《北山文集》卷末附。

49、韓世忠（仕宦杭州，寓居蘇州）

韓世忠（1089～1151），字良臣，延安人。卷三百六十四，列傳第一百二十三。

宣和三年（1121）

公從王淵軍至於杭州，並以所部破賊眾於杭州北關堰橋，遂與淵定交。

　　《韓忠武王世忠中興佐命定國元勳之碑》（簡稱《忠武王碑》）有記：「遇別將王淵於杭之北關堰橋……王追至淵舟前，斬首數級，師遂大克。淵乃歎服曰：『眞萬人敵！』盡以所隨白金器賞焉。與淵定交自此始。至今，杭人呼堰橋爲得勝橋云。」

　　《宋會要輯稿・討判門四》亦有記載。

建炎三年（1129）三月

張浚於平江決策討亂，公於是月丙申以所部至平江相會。

　　《朱子大全集・張浚行狀》：「三月九日，有自杭州持『苗傅、劉正彥檄文來者』即記錄其事。」

《中興小曆》卷五：「三月丙申，御營平寇將軍韓世忠以兵由海道至平江，見張浚。」

《建炎以來繫年要錄》卷二十一：「丙申，韓世忠以所部至平江。」二十日，發自平江。

五月戊寅

引兵發杭州，聞苗、劉趨信上，乃自浦城捷出邀擊之。

《建炎以來繫年要錄》卷二十三：「五月戊寅朔⋯⋯是日，韓世忠引兵發杭州。」

六月

召領所部赴行在。

《建炎以來繫年要錄》卷三十四：庚寅，詔浙西制置使韓世忠以所部赴行在。

納杭妓呂小小為室，俞樾《茶香室續鈔》引胡舜申《己酉避難錄》，後易姓茅氏。

紹興二年（1132）正月十四日

高宗至臨安，韓世忠奏請乘勝撲滅江西湖南群寇。

按《忠武王碑》。

十一月

奏對，論用兵事。

《建炎以來繫年要錄》卷五十八：呂頤浩屢請，因夏月舉兵北向，以復中原，且謂：「今韓世忠已到行在，臣願睿斷早定⋯⋯」。

此年，韓世忠往來於行在甚繁，但匆匆。

紹興四年（1134）五月

自揚州入朝。

《建炎以來繫年要錄》卷七十六：「五月辛酉⋯⋯世忠與光世交惡不已，至是，世忠自揚州入朝。」

於平江私邸建閣藏御書。

> 《建炎以來繫年要錄》卷七十六：「時世忠於平江私第建寶閣藏御書，乞賜名，有旨賜名懋功，學士綦崇禮奏罷之」

> 《宋會要輯稿》御書賜勳戚類：四年五月二十八日，詔韓世忠私第御書閣以懋功爲名，從其請也。

紹興六年（1136）五月

詔以平江府陳滿塘地賜公。

> 《建炎以來繫年要錄》卷一百一：丙辰，詔以平江府陳滿塘地賜韓世忠。以韓世忠歸所賜南園而請佃塘地，故撥賜焉。」

九月

高宗幸平江，韓世忠自楚州來朝見。

> 《建炎以來繫年要錄》卷一百五：「九月丙朔，上發臨安府……癸酉，上次平江府」，「乙亥，韓世忠自楚州來朝」。

紹興七年（1137）春正月

高宗在平江。二月，去建康。

> 《建炎以來繫年要錄》卷一一八：二月戊寅，上至臨安府。

與張浚、岳飛來朝。

> 《三朝北盟會編》卷一八四。

紹興十年（1140）

入朝臨安，賜宴。

> 《建炎以來繫年要錄》一三四：「三月辛卯，賜京東淮東宣撫制使韓世忠、淮西宣撫使張俊燕於臨安府，以其來朝故也」

紹興十二年（1142）

在杭州。

　　《梁溪漫志》卷八記有韓蘄王詞《臨江仙》、《南鄉子》本事。

　　《攻媿集》卷七五之《跋韓世忠武王詞》：「近見費補之《梁溪漫志》『紹興間韓蘄王，……萬年乃稍能之耳。』嘉定改元，莊敏公次子樞密承旨帶御器械杕一二石詞本見示，益信梁溪之說，但詞中一二字不同耳。昔人有競病之詩，及塞北煙塵之句，雖皆可稱，殆未有超然物外如蘄王之曠達者也。」

紹興十七年（1147）

移節鎮南武安寧國軍，離杭。

紹興二十一年（1151）八月初五日

薨於臨安府之賜第。

　　《神道碑》謂在八月四日辛未。

參考年譜：

鄧恭三《宋韓忠武公世忠年譜》，據重慶獨立出版社 1944 年刊本，新編中國名人年譜集成第十二輯。

鄧廣銘《韓世忠年譜》，三聯書店，2007 年。

50、李彌遜（祖籍蘇州）

　　李彌遜（1089～1153），字似之，號筠溪居士，又號普現居士，連江人，居吳縣。大觀三年（1109）進士，曾任起居郎。多次參加抗金鬥爭，進入南宋朝廷後，堅決反對議和，因與秦檜發生衝突，落職而歸。《宋史》卷三八二有傳。

　　《永遇樂·初夏獨坐西山釣臺新亭》、《永遇樂·學士兄築室南山拒梗峰下，與西山相對。因生日，以詞見意》、《江神子·臨安道中》、《虞美人·東山海棠》等均作於蘇杭。

51、陳與義（仕宦杭州，遊賞蘇州）

陳與義（1090～1138），字去非，號簡齋，河南洛陽人。《宋史》卷四四五，列傳第二百四文苑七本傳。

紹興二年（1132）

時爲起居郎，從駕來臨安，有《過錢塘》、《夙興》詩。

《建炎以來繫年要錄》卷五三云：「紹興二年夏四月壬午，起居郎陳與義試中書舍人。」

紹興四年（1134）

知湖州，離杭。

按《宋史》本傳。

紹興六年（1136）九月

從駕至平江。此年六月，公已被召至臨安。

按《宋史》本傳：「九月，高宗如平江。」

紹興八年（1138）春

扈蹕還臨安。

按《宋史》本傳。

三月

以病乞退，再知湖州。

《宋史》本傳：「以疾請，復以資政殿學士知湖州。」

冬十一月二十九日

薨於湖州。

參考年譜：

鄭騫《增訂陳簡齋年譜》，《幼獅學報》二卷二期。
白敦仁《陳與義年譜》，中華書局 1983 年版。